B. lettres. N.º 20706.ᵇⁱˢ (Rés.)

Corrections de la main de Voltaire.

I0632241

C. DecLyon 1874.

J. de Troy pinx.   Cl. Duflos fecit.

Disce puer virtutem ex me verumque Laborem.

OEUVRES

DE

Mᴿ. DE VOLTAIRE.

Nouvelle Edition,

Revue, corrigée & considérablement augmentée,
avec des Figures en Taille-douce.

TOME PREMIER.

A AMSTERDAM,

Chez JAQUES DESBORDES.

M. DCC. XXXIX.

(Rieune)

8° B. L. 34.042

1

PIECES

Contenues dans le Tome I.

VI. Essay ſur le Poëme Épique, imprimé ſur l'Original Français de Mr. *de Voltaire*, & non ſur la Traduction de l'Abbé *des Fontaines*, comme dans les précédentes Editions.

PRÉ-

PRÉFACE.

ON donne cette Nouvelle Edition à laquelle l'Auteur n'a d'autre part & d'autre interêt que celui d'avoir beaucoup corrigé LA HENRIADE, & d'avoir travaillé à rendre de plus en plus cet Ouvrage digne du Public & du Siècle éclairé où nous vivons. C'eſt ainſi qu'en uſoit M. Deſpreaux, le premier des Français qui mit de la correction & de l'élégance dans la compoſition de nos Vers de ſix pieds, qui ſont de tous les vers les plus difficiles à faire. Il corrigeoit ſes Ouvrages à chaque Edition : cette attention ſi louable, eſt bien plus néceſſaire en-

* 2 core

core dans un Poëme Epique , que dans des Ouvrages détachés ; car il eſt bien plus naturel de faire quelques faux pas dans une longue carriére que dans une petite.

L'Auteur de LA HENRIADE s'eſt attaché ſur-tout à peindre des détails que l'on n'avoit jamais exprimés noblement en Français , & qui avoient été l'écueil de tous nos Poëmes Epiques. Cela fait voir que notre Langue peut exprimer les mêmes choſes que la Grecque & la Latine , & que les idées les plus communes peuvent être annoblies à Paris, comme à Athènes & à Rome , par le charme de la Poëſie. C'eſt-là ſans doute la meilleure maniére de confondre ceux qui, n'ayant lu Homére que dans des traductions , trouvent les deſcriptions & les comparaiſons, qui ſont dans l'Iliade, baſſes & puériles ; M. Perrault & M. de la Motte

te condamnoient Homére d'avoir comparé des Héros à des Chiens.

Qu'on life ce nouveau morceau de
LA HENRIADE au huitième Chant,
on verra qu'une telle comparaifon
peut être très-digne de la majefté de
l'Epopée.

> Des Ligueurs , en tumulte , une foule s'avance.
> Tels au fond des Forêts précipitans leurs pas,
> Ces Animaux hardis, nourris pour les combats,
> Fiers efclaves de l'homme & nez pour le carnage,
> Preffent un Sanglier, en raniment la rage :
> Ignorans le danger, aveuglés, furieux,
> Le Cor excite au loin leur inftinct belliqueux,
> Les Antres, les Rochers, les Monts en retentif-
> fent ;
> Ainfi contre Bourbon mille ennemis s'uniffent,
> Il eft feul contre tous, abandonné du fort,
> Accablé par le nombre, entouré de la mort.

On trouve plufieurs nouveaux traits
pareils dans cette Edition, & beaucoup de vers changés.

L'Auteur a eu foin de ne rimer que
pour les oreilles & non pour les yeux.

* 3   L'har-

L'harmonie de la rime réfulte uniquement du retour des mêmes fons. C'eft donc de la prononciation des paroles & non de la maniére dont on les écrit, que doit dépendre la rime. C'eft auffi pour cette raifon qu'on ne fait plus rimer *fier* avec *foyer*, parce qu'on prononce *foyé* & qu'on ne prononce pas *fié*. C'eft être exact que de rimer felon la prononciation des fyllabes, & c'eft pécher contre l'exactitude que de ne rimer richement qu'aux yeux. On a imprimé *Français* par un *a* comme dans l'Edition de Zaïre, pour fe conformer à l'ufage très-raifonnable, & qui fe confirme tous les jours de prononcer *Français* & non *François*. Cette orthographe étoit d'autant plus néceffaire dans la HENRIADE qu'il y eft parlé de S. *François* Fondateur des Cordeliers.

Sous l'Habit d'Auguftin, fous le froc de François.

II

Il feroit fort ridicule d'écrire & de prononcer un *Français* , comme on prononce S. *François* par un *o*.

On a mis au-devant de cette Edition la Lettre de M. Cocchi, regardé à Florence comme un homme plein de favoir & de goût. On l'avoit déja imprimée ailleurs , mais c'eft ici fa véritable place.

On trouvera dans cette Lettre une idée neuve & hardie , c'eft que le merveilleux n'eft pas ce qui lui plaît le plus dans les Poëmes Epiques. Cela paroît très-vrai , & fûrement Armide & Renaud , Didon & Enée font plus intereffans que les Meffages de Mercure , & que la haine de Junon. S'il n'y avoit que ce qu'on appelle du merveilleux dans les Poëmes anciens , ils ne feroient que des Recueils des miracles du Paganifme.

Mais je ne crois pas, comme M. Cocchi, qu'on doive bannir ce mer-

* 4   veil-

veilleux ; il doit feulement être employé avec fobriété dans une Religion auffi févére que la nôtre, & dans un Siècle où la Raifon eft devenue auffi févére que la Religion.

C'eft au Lecteur équitable, à juger fi l'Auteur de la HENRIADE a fu garder ce jufte tempérament. Tant d'Editions n'ont pu encore le rendre content de fon propre Ouvrage, mais je dirois que le Public doit l'être, fi la reconnoiffance & tous les fentimens que je dois à M. de Voltaire ne rendoient mon témoignage fufpect de trop de zèle ; d'ailleurs je crois que la HENRIADE le loue mieux que tout ce qu'on pourroit en dire.

TRA-

TRADUCTION
D'UNE
LETTRE

De M. Antoine Cocchi, *Lecteur de Pise*, à M. Rinuccini, *Secrétaire d'Etat de Florence*, *sur la* Henriade.

Elon moi, Monsieur, il y a peu d'Ouvrages plus beaux que le Poëme de la Henriade, que vous avez eu la bonté de me prêter.

J'ose vous dire mon jugement avec d'autant plus d'assûrance, que j'ai remarqué, qu'ayant lu quelques pages de ce Poëme à gens de différente condition, de différent génie, & adonnés à divers genres d'érudition, tout cela n'a point empêché la Henriade de plaire également à tous, ce qui est la preuve la plus certaine que l'on puisse apporter de sa perfection réelle.

Les actions chantées dans la Henriade regardent, à la vérité, les Français plus particuliérement que nous; mais comme elles font véritables, grandes, fimples, fondées fur la juftice, & entremêlées d'incidens qui frappent, elles excitent l'attention de tout le monde.

Qui eft celui qui ne fe plairoit point à voir une rebellion étouffée; & l'Héritier légitime du Thrône s'y maintenir, en affiégeant fa Capitale rebelle, en donnant une fanglante Bataille, & en prenant toutes les mefures dans lesquelles la force, la valeur, la prudence & la générofité brillent à l'envi?

Il eft vrai que certaines circonftances hiftoriques font changées dans le Poëme; mais outre que les véritables font notoires & récentes, ces changemens, étant ajuftés à la vraifemblance, ne doivent point embarraffer l'efprit d'un Lecteur tant foit peu accoutumé à confidérer un Poëme comme l'imitation du poffible & de l'ordinaire, liés enfemble par des fictions ingénieufes.

Tout l'éloge que puiffe jamais mériter un Poëme pour le bon choix de fon fujet, eft certainement du à la Henriade,
d'au-

d'autant plus que par une fuite naturelle il a été néceffaire d'y raconter le maffacre de la St. Barthelemy, le meurtre de Henri III. la Bataille d'Yvri, & la famine de Paris : Evénemens tous vrais, tous extraordinaires, tous terribles, & tous repréfentés avec cette admirable vivacité, qui excite dans le Speétateur & de l'horreur, & de la compaffion : Effets que doivent produire pareilles peintures, quand elles font de main de Maître.

Le nombre d'Aéteurs dans la Henriade, n'eft pas grand ; mais ils font tous remarquables dans leurs rôles, & extrêmement bien dépeints dans leurs mœurs.

Le caraétère du Héros Henri IV. eft d'autant plus incomparable, que l'on y voit la valeur, la prudence militaire, l'humanité & l'amour, s'entredifputer le pas, & fe le céder tour à tour, & toujours à propos pour fa gloire.

Celui de Mornay, fon ami intime, eft certainement rare ; il eft repréfenté comme un Philofophe favant, courageux, prudent & bon.

Les Etres invifibles, fans l'entremife defquels les Poëtes n'oferoient entreprendre un Poëme, font bien ménagés dans

ce

celui-ci, & aifés à fuppofer : tels font l'A-
me de St. Louïs, & quelques Paffions
humaines perfonifiées ; encore l'Auteur
les a-t-il employées avec tant de jugement
& d'œconomie, que l'on peut facilement
les prendre pour des allégories.

En voyant que ce Poëme foutient
toujours fa beauté, fans être farci,
comme tous les autres, d'une infinité
d'Agens furnaturels, cela m'a confirmé
dans l'idée que j'ai toujours eue, que fi
l'on retranchoit de la Poëfie Epique, ces
Perfonnages imaginaires, invifibles &
tout-puiffans, & qu'on les remplaçat,
comme dans les Tragédies, par des Perfonnages réels, le Poëme n'en deviendroit
que plus beau.

Ce qui m'a d'abord fait venir cette penfée, c'eft d'avoir obfervé que dans Homére, Virgile, Dante, Ariofte, Taffe,
Milton, & en un mot dans tous ceux que
j'ai lus, les plus beaux endroits de leurs
Poëmes ne font pas ceux où ils font agir
ou parler les Dieux, le Diable, le Deftin
& les Efprits ; au contraire tout cela fouvent fait rire, fans jamais produire dans le
cœur ces fentimens touchans, qui naiffent de la repréfentation de quelque action

tion infigne, proportionnée à la capacité de l'homme, notre égal, & qui ne paſſe point la ſphére ordinaire des paſſions de notre ame.

C'eſt pourquoi j'ai admiré le jugement de ce Poëte, qui, pour enfermer ſa fiction dans les bornes de la vraiſemblance, & des facultés humaines, a placé le tranſport de ſon Héros au Ciel & aux Enfers, dans un ſonge dans lequel ces ſortes de viſions peuvent paroître naturelles & croyables.

D'ailleurs, il faut avouer que ſur la conſtitution de l'Univers, ſur les Loix de la Nature, ſur la Morale, & ſur l'idée qu'il faut ſe former du Mal & du Bien, des Vertus & du Vice, le Poëte ſur tout cela a parlé avec tant de force & de juſteſſe, que l'on ne peut s'empêcher de reconnoître en lui un génie ſupérieur, & une connoiſſance parfaite de tout ce que les Philoſophes modernes ont de plus raiſonnable dans leur Syſtême.

Il ſemble rapporter toute ſa ſcience à inſpirer au monde entier une eſpèce d'amitié univerſelle, & une horreur générale pour la cruauté & pour le fanatiſme.

Egalement ennemi de l'irreligion, le Poëte,

Poëte dans les difputes que notre Raifon ne fauroit décider , qui dépendent de la Révélation , adjuge avec modeftie & folidité la préférence à notre Doctrine Romaine, dont il éclaircit même plufieurs obfcurités.

Pour juger de fon ftile, il feroit néceffaire de connoître toute l'étendue & la force de la Langue : habileté à laquelle il eft prefque impoffible qu'un Étranger puiffe atteindre, & fans laquelle il n'eft pas facile d'approfondir la pureté de la diction.

Tout ce que je puis dire là-deffus, c'eft qu'à l'oreille fes Vers paroiffent aifés & harmonieux, & que dans tout le Poëme je n'ai trouvé rien de puéril, rien de languiffant, ni aucune fauffe penfée ; défauts dont les plus excellens Poëtes ne font pas tout-à-fait exempts.

Dans Homére & Virgile on en voit quelques-uns, mais rares ; on en trouve beaucoup dans les principaux, ou, pour mieux dire, dans tous les Poëtes de Langues modernes, & fur-tout dans ceux de la feconde claffe de l'Antiquité.

A l'égard du ftile, je puis encore ajouter une expérience que j'ai faite, qui donne ne beaucoup à préfumer en fa faveur.

Ayant traduit ce Poëte couramment, en le lifant à différentes perfonnes, je me fuis apperçu qu'elles en ont fenti toute la grace & la majefté : indice infaillible que le ftile en eft très-excellent. Auffi l'Auteur fe fert-il d'une noble fimplicité & briéveté pour exprimer des chofes difficiles & vaftes, fans néanmoins rien laiffer à defirer pour leur entiére intelligence ; talent bien rare, & qui fait l'effence du vrai fublime.

Après avoir fait connoître en général le prix & le mérite de ce Poëme, il eft inutile d'entrer dans un détail particulier de fes beautés les plus éclatantes. Il y en a, je l'avoue, plufieurs, dont je crois reconnoître les Originaux dans Homére, & fur-tout dans l'Iliade, copiés depuis avec différens fuccès par tous les Poëtes poftérieurs ; mais on trouve auffi dans ce Poëme une infinité de beautés qui femblent neuves & appartenir en propre à la Henriade.

Tel eft, par exemple, la nobleffe & l'allégorie de tout le quatrième ; l'endroit où le Poëte repréfente l'infâme meurtre de Henri III. & fa jufte réflexion fur

ce

ce misérable assassin, pag. 120. de cette
Edition.

C'est encore quelque chose de nouveau
dans la Poësie, que le Discours ingénieux
qu'on lit au milieu de la 154 & suiv. sur
les châtimens à subir après la mort.

Il ne me souvient pas non plus d'avoir
vu ailleurs ce beau trait qu'il met page.
187. dans le caractère de Mornay : *qu'il*
combat sans vouloir tuer personne.

La mort du jeune d'Ailly page 187, &
188, massacré par son pere sans en être
connu, m'a fait verser des larmes, quoique j'eusse lu une Avanture un peu semblable dans le Tasse ; mais celle de M. de
Voltaire étant décrite avec plus de pré-
cision , m'a paru nouvelle & plus sublime.

Les Vers des pages 189, & 190. sur l'a-
mitié, sont d'une beauté inimitable , &
rien ne les égale, si ce n'est la description
de la modestie de la belle d'Estrées, page
211.

Enfin dans ce Poëme sont répandus
mille graces, qui démontrent que l'Auteur, né avec un goût infini pour le beau,
s'est perfectionné encore davantage par
une application infatigable à toute sorte
de

de Science, afin de devoir fa réputation moins à la Nature, qu'à lui-même.

Plus il y a réuffi, plus il eft obligeant à lui envers notre Italie, d'avoir dans un Difcours à la fuite de fon Poëme, préféré notre Virgile & notre Taffe à tout autre Poëte, quoique nous n'ofions nousmême les égaler à Homére, qui a été le premier fondateur de la belle Poëfie.

Une legére indifpofition, & de petites affaires m'ont empêché, Monfieur, d'obéïr plutôt à l'ordre que vous m'avez donné de vous rendre compte de cet Ouvrage. J'efpére que vous m'en pardonnerez le délai, en vous fuppliant de me croire avec refpect,

MONSIEUR,

Votre, &c.

* *   HIS.

HISTOIRE ABREGÉE

Des Evénemens sur lesquels est fondée la Fable du Poëme de la Henriade.

L E feu des Guerres Civiles, dont François II. vit les premiéres étincelles, avoit embrasé la France sous la minorité de Charles IX. La Religion en étoit le sujet parmi les Peuples, & le prétexte parmi les Grands. La Reine Mére, Catherine de Médicis, avoit plus d'une fois hazardé le salut du Royaume pour conserver son autorité, armant le Parti Catholique contre le Protestant, & les Guises contre les Bourbons, pour les accabler les uns par les autres.

La France avoit alors pour son malheur beaucoup de Seigneurs trop puissans, & par conséquent factieux : des Peuples devenus fanatiques & barbares par cette fureur de Parti qu'inspire le faux zèle ; des Rois enfans, aux nom desquels on ravageoit l'Etat. Les Batailles de Dreux, de Saint Denis, de Jarnac, de Montcontour, avoient signalé le malheureux Régne de Charles IX. Les plus grandes Villes étoient prises, reprises, saccagées tour à tour

** 2

par

par les Partis oppofés. On faifoit mourir les Prifonniers de guerre par des fupplices recherchés. Les Eglifes étoient mifes en cendres par les Réformés, les Temples par les Catholiques ; les empoifonnemens & les affaffinats n'étoient regardés que comme des vengeances d'ennemis habiles.

On mit le comble à tant d'horreurs par la Journée de la Saint Barthelemi. Henri *le Grand*, alors Roi de Navarre, & dans une extrême jeuneffe, Chef du Parti Réformé, dans le fein duquel il étoit né, fut attiré à la Cour avec les plus puiffans Seigneurs du Parti. On le maria à la Princeffe Marguerite, Sœur de Charles IX. Ce fut au milieu des réjouïffances de ces Nôces, au milieu de la paix la plus profonde, & après les fermens les plus folemnels, que Catherine de Médicis ordonna ces Maffacres, dont il faut perpétuer la mémoire, (toute affreufe & toute flétriffante qu'elle eft pour le Nom Français,) afin que les hommes, toujours prêts à entrer dans de malheureufes querelles de Religion, voyent à quel excès l'efprit de Parti peut enfin conduire.

On vit donc dans une Cour qui fe piquoit de politeffe, une Femme célèbre par les agrémens de l'efprit, & un jeune Roi de vingt-trois ans, ordonner de fang froid la mort de plus d'un million de leurs Sujets. Cette même Nation qui ne penfe aujourd'hui à ce crime qu'en friffonnant, le commit avec tranfport & avec zèle. Plus de cent mille hommes furent affaffinés par leurs Compatriotes ; & fans les

fa-

sages précautions de quelques Personnages vertueux, comme le Président Jeanin, le Marquis
de Saint Herem, &c. la moitié des Français
égorgeoit l'autre.

Charles IX. ne vécut pas long-tems après la
Saint Barthelemi. Son frere Henri III. quitta
le Trône de la *Pologne* pour venir replonger la
France dans de nouveaux malheurs, dont elle
ne fut tirée que par Henri IV. si justement surnommé *le Grand* par la Postérité, qui seule
peut donner ce titre.

Henri III. en revenant en France y trouva
deux Partis dominans. L'un étoit celui des
Réformés, renaissant de sa cendre, plus violent que jamais, & ayant à sa tête le même
Henri *le Grand*, alors Roi de Navarre. L'autre étoit celui de la Ligue, faction puissante,
formée peu à peu par les Princes de Guise, en-
couragée par les Papes, fomentée par l'Espagne, s'accroissant tous les jours par l'artifice
des Moines, consacrée en apparence par le
zèle de la Religion Catholique ; mais ne ten-
dant qu'à la rebellion. Son Chef étoit le Duc de
Guise, surnommé *le Balafré*: Prince d'une réputation éclatante, & qui ayant plus de grandes
qualités que de bonnes, sembloit né pour changer la face de l'Etat dans ce tems de troubles.

Henri III. au lieu d'accabler ces deux Partis
sous le poids de l'autorité Royale, les fortifia
par sa foiblesse. Il crut faire un grand coup de
politique en se déclarant le Chef de la Ligue;
mais il n'en fut que l'Esclave. Il fut forcé de
faire la guerre pour les interêts du Duc de Gui-

fe qui le vouloit détrôner , contre le Roi de Navarre fon Beaufrere , fon Héritier préfomptif, qui ne penfoit qu'à rétablir l'autorité Royale , d'autant plus qu'en agiffant pour Henri III. à qui il devoit fuccéder , il agiffoit pour lui-méme.

L'Armée que Henri III. envoya contre le Roi fon Beaufrere , fut battue à Coutras, fon favori Joyeufe y fut tué. Le Navarrois ne voulut d'autre fruit de fa victoire que de fe réconcilier avec le Roi. Tout vainqueur qu'il étoit, il demanda la paix , & le Roi vaincu n'ofa l'accepter , tant il craignoit le Duc de Guife & la Ligue. Guife dans ce tems-là même venoit de diffiper une Armée d'Allemands. Ces fuccès du *Balafré* humiliérent encore davantage le Roi de France, qui fe crut à la fois vaincu par les Ligueurs & par les Réformés.

Le Duc de Guife enflé de fa gloire, & fort de la foibleffe de fon Souverain , vint à Paris malgré fes ordres. Alors arriva la fameufe Journée des Barricades, où le Peuple chaffa les Gardes du Roi, & où ce Monarque fut obligé de fuir de fa Capitale.

Guife fit plus, il obligea le Roi de tenir les Etats-Généraux du Royaume à Blois ; & il prit fi bien fes mefures, qu'il étoit prêt de partager l'autorité Royale , du confentement de ceux qui repréfentoient la Nation , & fous l'apparence des formalités les plus refpectables. Henri III. réveillé par ce preffant danger , fit affaffiner au Château de Blois cet ennemi fi dangereux , auffi-bien que fon frere le Cardinal,

plus

plus violent & plus ambitieux encore que le Duc de Guife.

Ce qui étoit arrivé au Parti Proteftant, après la Saint Barthelemi, arriva alors la Ligue. La mort des Chefs ranima le Parti. Les Ligueurs levérent le mafque, Paris ferma fes Portes. On ne fongea qu'à la vengeance. On regarda Henri III. comme l'affaffin des défenfeurs de la Religion, & non comme un Roi qui avoit puni des Sujets coupables.

Il fallut que Henri III. preffé de tous côtés fe réconciliât enfin avec le Navarrois. Ces deux Princes vinrent camper devant Paris; & c'eft-là que commence la HENRIADE.

Le Duc de Guife laiffoit encore un frere: c'étoit le Duc de Mayenne, homme intrépide, mais plus habile qu'agiffant; qui fe vit tout d'un coup à la tête d'une Faction inftruite de fes forces, & animée par la vengeance, & par le Fanatifme.

Prefque toute l'Europe entra dans cette Guerre. La célèbre Elifabeth, Reine d'Angleterre, qui étoit pleine d'eftime pour le Roi de Navarre, & qui eut toujours une extrême paffion de le voir, le fecourut plufieurs fois d'hommes, d'argent, de Vaiffeaux; & ce fut Dupleffis-Mornay qui alla toujours en Angleterre folliciter ces fecours.

D'un autre côté le Roi d'Efpagne favorifoit la Ligue dans l'efpérance d'arracher quelques dépouilles d'un Royaume déchiré par la Guerre Civile. Les Papes combattoient le Roi de Navarre, non-feulement par des Excommunications;

** 4

cations; mais par tous les artifices de la Politique, & par les petits fecours d'hommes & d'argent que la Cour de Rome peut fournir.

Cependant Henri III. alloit fe rendre maître de Paris, lorfqu'il fut affaffiné à Saint Cloud par un Moine Dominicain, qui commit ce parricide dans la feule idée qu'il obéïffoit à Dieu, & qu'il couroit au Martyre; & ce meurtre ne fut pas feulement le crime de ce Moine fanatique, ce fut le crime de tout le Parti. L'opinion publique, la créance de tous les Ligueurs, étoit qu'il falloit tuer fon Roi, s'il étoit mal avec la Cour de Rome. Les Prédicateurs le crioient dans leurs mauvais Sermons; on l'imprimoit dans tous ces Livres pitoyables qui inondoient la France, & qu'on retrouve à peine aujourd'hui dans quelques Bibliothéques, comme des Monumens curieux d'un Siècle également barbare & pour les Lettres & pour les Mœurs.

Après la mort de Henri III. le Roi de Navarre, (Henri *le Grand*) reconnu Roi de France par l'Armée, eut à foutenir toutes les forces de la Ligue, celles de Rome, de l'Efpagne, & fon Royaume à conquérir. Il bloqua, il affiégea Paris à plufieurs reprifes. Parmi les plus grands hommes qui lui furent utiles dans cette Guerre, & dont on a fait quelqu'ufage dans ce Poëme, on compte les Maréchaux d'Aumont & de Biron, le Duc de Bouillon, &c. Du Pleffis-Mornay fut dans fa plus intime confidence jufqu'au changement de Religion de ce Prince; il le fervoit de fa perfonne dans

les

les Armées, de fa plume contre les Excommunications des Papes, & de fon grand art de
négocier, en lui cherchant des fecours chez
tous les Princes Proteftans.

Le principal Chef de la Ligue étoit le Duc
de Mayenne : celui qui avoit le plus de réputation après lui, étoit le Chevalier d'Aumale,
jeune Prince, connu par cette fierté & ce
courage brillant qui diftinguoient particuliérement la Maifon de Guife. Ils obtinrent plufieurs fecours de l'Efpagne; mais il n'eft queftion ici que du fameux Comte d'Egmont, fils
de l'Amoral, qui amena treize ou quatorze
cens Lances au Duc de Mayenne.

On donna beaucoup de combats, dont le
plus fameux, le plus décifif, & le plus glorieux pour Henri IV. fut la Bataille d'Ivry, où
le Duc de Mayenne fut vaincu, & le Comte
d'Egmont fut tué.

Pendant le cours de cette Guerre, le Roi
étoit devenu amoureux de la belle Gabrielle
d'Eftrées, mais fon courage ne s'amollit point
auprès d'elle: témoin la Lettre qu'on voit encore dans la Bibliothéque du Roi, dans laquelle il dit à fa Maîtreffe: ,, Si je fuis vaincu,
,, vous me connoiffez affez pour croire que je
,, ne fuirai pas; mais ma derniére penfée fera
,, à Dieu, & l'avant derniére à vous. "

Au refte on obmet plufieurs faits confidéra-
bles, qui n'ayant pas de place dans le Poëme,
n'en doivent point avoir ici. On ne parlera
ni de l'Expédition du Duc de Parme en France, qui ne fervit qu'à retarder la chûte de la

** 5   Li-

Ligue, ni de ce Cardinal de Bourbon qui fut quelque tems un Fantôme de Roi fous le nom de Charles X.

Il fuffit de dire qu'après tant de malheurs & de defolations Henri IV. fe fit Catholique, & que les Parifiens qui haïffoient fa Religion, & révéroient fa perfonne, le reconnurent alors pour leur Roi.

IDE'E

IDÉE

DE LA

HENRIADE.

E sujet de LA HENRIADE est le Siège de Paris, commencé par Henri de Valois & Henri *le Grand*, achevé par ce dernier seul.

Le lieu de la Scène ne s'étend pas plus loin que de Paris à Ivry, où se donna cette fameuse Bataille qui décida du sort de la France & de la Maison Royale.

Le Poëme est fondé sur une Histoire connue, dont on a conservé la vérité dans les Evénemens principaux. Les autres moins respectables ont été ou retranchés, ou arrangés suivant la vraisemblance qu'exige un Poëme. On a tâché d'éviter en cela le défaut de Lucain, qui ne fit qu'une Gazette empoulée; & on a pour garant ces Vers de M. Despréaux:

Loin ces Rimeurs craintifs dont l'esprit flegmatique
Gardent dans leurs fureurs un ordre didactique:
- - - - - - - - - - - - - - -
Pour prendre Lille, il faut que Dôle soit rendu:

Et

Et que leur Vers éxact, ainſi que Mézeray,
Ait fait tomber déja les remparts de Courtray.

On n'a fait même que ce qui ſe pratique dans toutes les Tragédies, où les Evénemens ſont pliés aux règles du Théâtre.

Au reſte ce Poëme n'eſt pas plus hiſtorique qu'aucun autre. LE CAMOUENS, qui eſt le Virgile des Portuguais, a célébré un Evénement dont il avoit été témoin lui-même. Le Taſſe a chanté une Croizade connue de tout le monde, & n'en a obmis ni l'Hermite Pierre, ni les Proceſſions. Virgile n'a conſtruit la Fable de ſon Enéïde que des Fables reçues de ſon tems, & qui paſſoient pour l'Hiſtoire véritable de la deſcente d'Enée en Italie.

Homére, contemporain d'Héſiode, & qui par conſéquent vivoit environ cent ans après la priſe de Troye, pouvoit aiſément avoir vu dans ſa jeuneſſe des Vieillards qui avoient connu les Héros de cette Guerre. Ce qui doit même plaire d'avantage dans Homére, c'eſt que le fond de ſon Ouvrage n'eſt point un Roman, que les caractères ne ſont point de ſon imagination, qu'il a peint les hommes tels qu'ils étoient, avec leurs bonnes & leurs mauvaiſes qualités, & que ſon Livre eſt le Monument des mœurs de ces tems reculés.

La HENRIADE eſt compoſée de deux parties; d'Evénemens réels dont on vient de rendre compte, & de Fictions. Ces Fictions ſont toutes puiſées dans le Syſtéme merveilleux,
telles

telles que la prédiction de la Converſion de Henri IV. la protection que lui donne Saint Louïs : ſon Apparition : le feu du Ciel détruiſant ces opérations magiques qui étoient alors ſi communes, &c.

Les autres ſont purement allégoriques. De ce nombre ſont le Voyage de la Diſcorde à Rome, la Politique, le Fanatiſme perſonifiés, le Temple de l'Amour ; enfin les Paſſions & les Vices

Prenant un corps, une ame, un eſprit, un viſage.

Que ſi l'on a donné dans quelques endroits à ces Paſſions perſonifiées les mêmes attributs que leur donnoient les Payens, c'eſt que ces attributs allégoriques ſont trop connus pour être changés. L'Amour a des fléches, la Juſtice a une Balance dans nos Ouvrages les plus Chrétiens, dans nos Tableaux, dans nos Tapiſſeries, ſans que ces repréſentations ayent la moindre teinture de Paganiſme. Le mot d'*Amphitrite* dans notre Poëſie ne ſignifie que la *Mer* & non l'*Epouſe* de Neptune. *Les Champs de Mars* ne veulent dire que la *Guerre*, &c.

S'il eſt quelqu'un d'un avis contraire, il faut le renvoyer encore à ce grand Maître M. Deſpréaux qui dit :

C'eſt d'un ſcrupule vain s'allarmer ſottement,
Bien-tôt ils défendront de peindre la Prudence,
De donner à Thémis ni bandeau, ni balance :
Et le Tems qui s'enfuit un Horloge à la main,
De

De figurer aux yeux la Guerre au front d'airain:
Et par-tout des difcours, comme une idolâtrie,
Dans leur faux zèle iront chaffer l'Allégorie.

AYANT rendu compte de ce que contient cet Ouvrage, on croit devoir dire un mot de l'efprit dans lequel il a été compofé.

On n'a voulu ni flater ni médire. Ceux qui trouveront ici les mauvaifes actions de leurs Ancêtres, n'ont qu'à les réparer par leur ver-tu. Ceux dont les Ayeux y font nommés avec éloge, ne doivent aucune reconnoiffance à l'Auteur, qui n'a eu en vûe que la vérité; & le feul ufage qu'ils doivent faire de ces louan-ges, c'eft d'en mériter de pareilles.

Si l'on a dans cette nouvelle Edition retran-ché quelques Vers qui contenoient des vérités dures contre les Papes, qui ont autrefois des-honoré le Saint Siège par leurs crimes, ce n'eft pas qu'on faffe à la Cour de Rome l'affront de penfer qu'elle veuille rendre refpectable la mé-moire de ces mauvais Pontifes. Les Français qui condamnent les méchancetés de Louïs XI. & de Catherine de Médicis, peuvent par-ler fans doute avec horreur d'Aléxandre VI. Mais l'Auteur a élagué ce morceau, unique-ment parce qu'il étoit trop long, & qu'il y a-voit des Vers dont il n'étoit pas content.

C'eft dans cette feule vûe qu'il a mis beau-coup de noms à la place de ceux qui fe trou-vent dans les premiéres Editions, felon qu'il les a trouvés plus convenables à fon fujet, ou que les noms mêmes lui ont paru plus fonores.

La

La feule politique dans un Poëme doit être de faire de bons Vers.

On a retranché la mort d'un jeune Boufflers, qu'on fuppofoit tué par Henri IV. parce que dans cette circonftance la mort de ce jeune homme fembloit rendre Henri IV. un peu odieux, fans le rendre plus grand.

On a fait paffer Dupleffis-Mornay en Angleterre auprès de la Reine Elifabeth, parce qu'effectivement il y fut envoyé, & qu'on s'y reffouvient encore de fa Négociation.

On s'eft fervi de ce même Dupleffis-Mornay dans le refte du Poëme, parce qu'ayant joué le rôle de confident du Roi dans le premier Chant, il eût été ridicule qu'un autre prît fa place dans les Chants fuivans: de même qu'il feroit impertinent dans une Tragédie, (dans Bérénice, par exemple,) que Titus fe confiât à Paulin au premier Acte, & à un autre au cinquième. Si quelques perfonnes veulent donner des interprétations malignes à ces changemens, l'Auteur ne doit point s'en inquiéter. Il fait que quiconque écrit eft fait pour effuyer les traits de la malice.

Le point le plus important eft la Religion, qui fait en grande partie le fujet du Poëme, & qui en eft le feul dénouement.

L'Auteur fe flate de s'être expliqué en beaucoup d'endroits, avec une précifion rigoureufe qui ne peut donner aucune prife à la Cenfure.

Tel eft par exemple ce morceau:

La puiffance, l'amour avec l'intelligence,

Unis

Unis & divifés, compofent fon effence.

. . . .

Il reconnoît l'Eglife ici-bas combattue,
L'Eglife toujours Une, & par-tout étendue,
Libre mais fous un Chef; adorant en tout lieu
Dans le bonheur des Saints la grandeur de fon Dieu.
Le Chrift, de nos péchés Victime renaiffante,
De fes Elus chéris nourriture vivante.
Defcend fur les Autels à fes yeux éperdus,
Et lui découvre un Dieu fous un pain qui n'eft plus.

Si l'on n'a pu s'exprimer par-tout avec cette éxactitude Théologique, le Lecteur raifonnable y doit fuppléer.

Il y auroit une extrême injuftice à examiner tout l'Ouvrage, comme une Thèfe de Théologie. Ce Poëme ne refpire que l'amour de la Religion & des Loix. On y détefte également la rebellion & la perfécution. Il ne faut pas juger fur un mot, un Livre écrit dans un tel efprit.

ERRATA

L A

HENRIADE.

. . . Incedo per ignes
Suppositos cineri doloso.

Horat. Od. I. Lib. II.

u
Dieu
,

us,
cette
nna-

ami-
e de
nou
éga-
faut
s un

,TA

De Troy filius in.

A. Duflos fecit.

LA
HENRIADE.

CHANT PREMIER.

ARGUMENT.

HENRI III. *réuni avec Henri de Bourbon Roi de Navarre, contre la Ligue, aïant déja commencé le Blocus de Paris, envoie secretement Henri de Bourbon demander du secours à Elizabeth Reine d'Angleterre. Le Héros essuïe une tempête: il relâche dans une Isle où un Vieillard Catholique lui prédit son changement de Religion, & son Avénement au Trône. Description de l'Angleterre & de son Gouvernement.*

JE chante ce Héros, qui régna sur la France,
Et par droit de conquête, & par droit de naissance;

Qui par le malheur même apprit à gouverner:

Perfécuté long-tems , fut vaincre & pardonner;

5 Confondit & Mayenne , & la Ligue, & l'Ibére,

Et fut de fes Sujets le Vainqueur & le Pére.

Je t'implore aujourd'hui févère Vérité :

Répans fur mes Ecrits ta force & ta clarté.

Que l'oreille des Rois s'accoutume à t'entendre.

10 C'eft à toi d'annoncer ce qu'ils doivent apprendre,

C'eft à toi de montrer aux yeux des Nations,

Les coupables effets de leurs divifions.

Dis comment la Difcorde a troublé nos Provinces;

Dis les malheurs du Peuple, & les fautes des Princes;

15 Viens, parle; & s'il eft vrai que la Fable autrefois

Sut à tes fiers accens mêler fa douce voix,

Si fa main délicate orna ta tête altiére,

Si fon ombre embellit les traits de ta lumiére;

Avec moi fur tes pas permets-lui de marcher,

20 Pour orner tes attraits, & non pour les cacher.

VALOIS régnoit encor , & fes mains incertaines,
                                                    De

21 *Valois régnoit encor, & fes mains incertaines.*] HENRI
III. Roi de France , l'un des principaux Perfonnages de
ce Poëme , y eft toujours nommé Valois, nom de la Branche
Royale dont il étoit.

De l'Etat ébranlé laiſſoient floter les rênes :

Ses eſprits languiſſoient par la crainte abattus :

Ou plutôt en effet Valois ne régnoit plus.

25 Ce n'étoit plus ce Prince environné de gloire ,

  Aux combats dès l'enfance inſtruit par la Victoire,

  Dont l'Europe en tremblant regardoit les progrès,

  Et qui de ſa Patrie emporta les regrets ;

  Quand du Nord étonné de ſes vertus ſuprêmes,

30 Les Peuples à ſes pieds mettoient les Diadêmes.

  Tel brille au ſecond rang, qui s'éclipſe au premier,

  Il devint lâche Roi, d'intrépide Guerrier ;

  Endormi ſur le Trône au ſein de la Molleſſe ,

  Le poids de ſa Couronne accabloit ſa foibleſſe.

35 Quelus & Saint - Maigrin , Joyeuſe & d'Epernon,

  Jeunes voluptueux qui régnoient ſous ſon Nom,
                                        D'un

  26 *Aux combats dès l'enfance inſtruit par la Victoire.*] Henri III. (*Valois.*) étant Duc d'Anjou , avoit commandé les
Armées de Charles IX. ſon Frere , contre les Proteſtans , &
avoit gagné à dix-huit ans les Batailles de Jarnac & de
Moncontour.

  35 *Quelus & Saint-Maigrin , Joyeuſe & d'Epernon.*] C'é-
toient les *Mignons* de Henri III. Il s'abandonnoit avec eux
à des débauches mêlées de ſuperſtition. Quelus fut tué en
duel, Saint-Maigrin fut aſſaſſiné près du Louvre. *Voyez*
les Remarques ſur Joyeuſe au troiſiéme Chant.

D'un Maître efféminé, corrupteurs politiques,

Plongeoient dans les plaifirs fes langueurs létargi-
    ques.

Des Guifes, cependant, le rapide bonheur,

40 Sur fon abaiffement élevoit leur grandeur ;

Ils formoient dans Paris cette Ligue fatale,

De fa foible puiffance orgueilleufe Rivale.

Les Peuples aveuglés, vils efclaves des Grands,

Perfécutoient leur Prince, & fervoient des Tyrans.

45 Ses amis corrompus bien-tôt l'abandonnérent,

Du Louvre épouvanté fes Peuples le chafférent.

Dans Paris révolté l'Etranger accourut,

Tout périffoit enfin, lorfque Bourbon parut.

Le vertueux Bourbon plein d'une ardeur guerriére,

50 A fon Prince aveuglé vint rendre la lumiére :

Il ranima fa force ; il conduifit fes pas

De la honte à la gloire, & des jeux aux combats.

Aux remparts de Paris les deux Rois s'avancérent.

Rome s'en allarma, les Efpagnols tremblérent.

55 L'Europe intereffée à ces fameux revers,

Sur

---

48 *Tout périffoit enfin, lorfque Bourbon parut.*] Henri IV.
le Héros de ce Poëme y eft appellé indifféremment *Bourbon* ou *Henri*. Il nâquit à Pau en Bearn, le 13. Décembre 1553.

Sur ces murs malheureux avoit les yeux ouverts.

On voïoit dans Paris la Difcorde inhumaine,
Excitant aux combats & la Ligue & Mayenne,
Et le Peuple & l'Eglife ; & du haut de ces Tours,
60 De la fuperbe Efpagne appellant les fecours.
Ce Monftre impétueux, fanguinaire, infléxible,
De fes propres Sujets eft l'ennemi terrible :
Aux malheurs des Mortels il borne fes defleins :
Le fang de fon Parti rougit fouvent fes mains :
65 Il habite en Tyran dans les cœurs qu'il déchire,
Et lui-même il punit les forfaits qu'il infpire.
Du côté du Couchant, près de ces bords fleuris,
Où la Seine ferpente en fuïant de Paris,
Lieux aujourd'hui charmans, retraite aimable &
    pure,
70 Où triomphent les Arts, où fe plaît la Nature,
Théâtre alors fanglant des plus mortels combats,
Le malheureux Valois raffembloit fes Soldats.
Là, font mille Héros, fiers foutiens de la France,
Divifés par leur Secte, unis par la vengeance.
75 C'eft aux mains de Bourbon que leur fort eft commis :
En gagnant tous les cœurs, il les a tous unis.
On eût dit que l'Armée, à fon pouvoir foumife,

A 4   Ne

Ne connoiſſoit qu'un Chef, & n'avoit qu'une Egliſe.

Le Pere des Bourbons, du ſein des Immortels,
80 Louïs, fixoit ſur lui ſes regards paternels ;
Il préſageoit en lui la ſplendeur de ſa Race ;
Il plaignoit ſes erreurs, il aimoit ſon audace ;
De ſa Couronne un jour il devoit l'honorer ;
Il vouloit plus encor, il vouloit l'éclairer.

85 Mais Henri s'avançoit vers ſa grandeur ſuprême,
Par des chemins cachés inconnus à lui-même :
Louïs du haut des Cieux lui prêtoit ſon appui ;
Mais il cachoit le bras qu'il étendoit pour lui,
De peur que ce Héros, trop ſûr de ſa victoire,
90 Avec moins de danger, n'eût acquis moins de gloire.

Déja les deux Partis, aux pieds de ces remparts,
Avoient plus d'une fois balancé les hazards ;
Dans nos Champs déſolés le Démon du carnage
Déja juſqu'aux deux Mers avoit porté ſa rage,
95 Quand Valois à Bourbon tint ce triſte diſcours,
Dont ſouvent ſes ſoupirs interrompoient le cours :

Vous voyez à quel point le Deſtin m'humilie ;
Mon

79 *Le Pere des Bourbons, du ſein des Immortels.*] S. Louïs,
neuviême du nom, Roi de France, eſt la tige de la Branche des Bourbons.

Mon injure eſt la vôtre, & la Ligue ennemie,

Levant contre ſon Prince un front ſéditieux,

100 Nous confond dans ſa rage, & nous pourſuit tous
deux;

Paris nous méconnoît, Paris ne veut pour Maître,

Ni moi qui ſuis ſon Roi, ni vous qui devez l'être;

Ils ſavent que les Loix, les nœuds ſacrés du ſang,

Que ſur-tout la Vertu vous appelle à mon rang;

105 Et redoutant déja votre grandeur future,

Du Trône où je chancelle, ils penſent vous exclure.

De la Religion, terrible en ſon courroux,

Le fatal anathême eſt lancé contre vous.

Rome, qui ſans Soldats porte en tous lieux la
guerre,

110 Aux

107 *De la Religion, terrible en ſon courroux.*] Henri IV.
Roi de Navarre, avoit été ſolemnellement excommunié
par le Pape Sixte V. dès l'an 1585. trois ans avant l'événement dont il eſt ici queſtion. Le Pape dans ſa Bulle l'appelle *génération bâtarde & déteſtable de la Maiſon de Bourbon,*
le prive, lui & toute la Maiſon de Condé, à jamais de tous
leurs Domaines & Fiefs, & les déclare ſur-tout incapables
de ſuccéder à la Couronne.

Quoiqu'alors le Roi de Navarre & le Prince de Condé
fuſſent en armes à la tête des Proteſtans, le Parlement toujours attentif à conſerver l'Honneur & les Libertez de l'E-
tat, fit contre cette Bulle les Remontrances les plus fortes, & Henri IV. fit afficher dans Rome à la Porte du Vatican que Sixte Quint, ſoi-diſant Pape, en avoit menti, &
que c'étoit lui-même qui étoit hérétique, &c.

A 5

110 Aux mains des Espagnols a remis son tonnerre:

Sujets, amis, parens, tout a trahi sa foi,

Tout me fuit, m'abandonne, ou s'arme contre
     moi;

Et l'Espagnol avide, enrichi de mes pertes,

Vient en foule inonder mes Campagnes desertes.

115   Contre tant d'ennemis ardens à m'outrager,

Dans la France à mon tour appellons l'Etranger:

Des Anglais en secret gagnez l'illustre Reine.

Je sai qu'entr'eux & nous une immortelle haine,

Nous permet rarement de marcher réunis,

120 Que Londre est de tout tems l'Emule de Paris;

Mais aprés les affronts dont ma gloire est flétrie,

Je n'ai plus de Sujets, je n'ai plus de Patrie;

Je hais, je veux punir des Peuples odieux,

Et quiconque me venge, est Français à mes yeux.

125 Je n'occuperai point dans un tel ministère

De mes secrets Agens la lenteur ordinaire:

Je n'implore que vous; c'est vous de qui la voix

Peut seule à mon malheur interesser les Rois.

Allez en Albion: que votre renommée

130 Y parle en ma défense, & m'y donne une Armée:

Je veux par votre bras vaincre mes ennemis;

                                   Mais

Mais c'eſt de vos vertus que j'attends des amis.

Il dit: & le Héros, qui, jaloux de ſa gloire,
Craignoit de partager l'honneur de la victoire,
135 Sentit en l'écoutant une juſte douleur.

Il regrettoit ces tems ſi chers à ſon grand cœur,
Où fort de ſa vertu, ſans ſecours, ſans intrigue,
Lui ſeul avec Condé faiſoit trembler la Ligue.

Mais il falut d'un Maître accomplir les deſſeins:
140 Il ſuſpendit les coups qui partoient de ſes mains;

Et laiſſant ſes lauriers cueillis ſur ce rivage,
A partir de ces lieux il força ſon courage.

Les Soldats étonnés ignorent ſon deſſein;

Et tous de ſon retour attendent leur deſtin.
145 Il marche. Cependant la Ville criminelle,

Le

138 *Lui ſeul avec Condé faiſoit trembler la Ligue.*] C'étoit
Henri Prince de Condé, Fils de Louïs, tué à Jarnac. Henri de Condé étoit l'eſpérance du Parti Proteſtant. Il mourut à S. Jean d'Angely à l'âge de trente-cinq ans, en 1585.
Sa Femme Charlotte de la Trimouille fut accuſée de ſa
mort. Elle étoit groſſe de trois mois lorſque ſon Mari mourut, & accoucha ſix mois après de Henri de Condé, ſecond
du nom, qu'une tradition populaire & ridicule fait naître
treize mois après la mort de ſon Pere.

Larrey a ſuivi cette tradition dans ſon Hiſtoire de Louïs
XIV. Hiſtoire, où le ſtile, la vérité & le bon ſens, ſont également négligés.

Le croit toujours préfent, prêt à fondre fur elle,
Et fon nom, qui du Trône eft le plus ferme appui,
Semoit encor la crainte, & combattoit pour lui.

Déja des Neuftriens il franchit la Campagne :
150 De tous fes Favoris, Mornay feul l'accompagne,
Mornay fon confident, mais jamais fon flatteur,
Ce vertueux Soutien du Parti de l'Erreur,
Qui fignalant toujours fon zèle & fa prudence,
Servit également fon Eglife & la France.
155 Cenfeur des Courtifans, mais à la Cour aimé,

Fier

151 *Mornay fon confident, mais jamais fon flatteur.*] Du Pleffis-Mornay, le plus vertueux & le plus grand homme du Parti Proteftant, nâquit à Buy le 5. Novembre 1549. Il favoit le Latin & le Grec parfaitement, & l'Hébreu autant qu'on le peut favoir, ce qui étoit un prodige alors dans un Gentilhomme. Il fervit fa Religion & fon Maître de fa plume & de fon épée. Ce fut lui que Henri IV. étant Roi de Navarre, envoya à Elizabeth Reine d'Angleterre : il n'eut jamais d'autres inftructions de fon Maître qu'un Blanc-figné; il réuffit dans prefque toutes fes négociations, parce qu'il étoit un vrai politique, & non un intriguant. Ses Lettres paffent pour être écrites avec beaucoup de force & de fageffe.

Lorfque Henri IV. eut changé de Religion, du Pleffis-Mornay lui fit de fanglans reproches, & fe retira de fa Cour. On l'appelloit le Pape des Huguenots. Tout ce qu'on dit de fon caractère dans le Poëme eft conforme à l'Hiftoire.

Fier ennemi de Rome, & de Rome eſtimé.

A travers deux Rochers, où la Mer mugiſſante,
Vient briſer en courroux ſon onde blanchiſſante,
Dieppe aux yeux du Héros offre ſon heureux Port:
160 Les Matelots ardens s'empreſſent ſur le bord:
Les Vaiſſeaux ſous leurs mains fiers Souverains des
ondes,
Etoient prêts à voler ſur les plaines profondes;
L'impétueux Borée, enchaîné dans les airs,
Au ſouffle du Zéphire abandonnoit les Mers.
165 On lève l'Ancre, on part, on fuit loin de la Terre:
On découvroit déja les bords de l'Angleterre:
L'Aſtre brillant du jour à l'inſtant s'obſcurcit:
L'air ſiffle, le Ciel gronde, & l'onde au loin mugit:
Les Vents ſont déchaînés ſur les vagues émûes:
170 La foudre étincelante éclatte dans les nûes;
Et le feu des éclairs, & l'abîme des flots,
Montroient par-tout la mort aux pâles Matelots.
Le Héros qu'aſſiégeoit une Mer en furie,
Ne ſonge en ce danger qu'aux maux de ſa Patrie,.
175 Tourne ſes yeux vers elle, & dans ſes grands deſ-
ſeins,
Semble accuſer les Vents d'arrêter ſes deſtins.
Tel, & moins généreux, aux rivages d'Epire,
Lorſ-

Lorfque de l'Univers il difputoit l'Empire,

Confiant fur les flots aux Aquilons mutins

180 Le deftin de la Terre, & celui des Romains,

Défiant à la fois, & Pompée & Neptune,

Céfar à la tempête oppofoit fa fortune.

Dans ce même moment le Dieu de l'Univers,

Qui vole fur les Vents, qui foulève les Mers,

185 Ce Dieu, dont la Sageffe ineffable & profonde

Forme, élève, & détruit les Empires du Monde,

De fon Trône enflâmé qui luit au haut des Cieux,

Sur le Héros Français daigna baiffer les yeux.

Il le guidoit lui-même. Il ordonne aux orages,

190 De porter le Vaiffeau vers ces prochains rivages,

Où Jerfey femble aux yeux fortir du fein des flots.

Là, conduit par le Ciel, aborda le Héros.

Non loin de ce rivage, un Bois fombre & tranquile

Sous

182 *Céfar à la tempête oppofoit fa fortune.*] Jules-Céfar
étant en Epire dans la Ville d'Apollonie, aujourd'hui Cé-
rès, s'en déroba fecretement, & s'embarqua fur la petite
Riviere de Polina, qui s'appelloit alors l'Anius. Il fe jetta
feul pendant la nuit dans une Barque à douze rames, pour
aller lui-même chercher fes Troupes qui étoient au Royaume de Naples. Il effuïa une furieufe tempête.

Voyez Plutarque.

Sous des ombrages frais, préfente un doux azile.

195 Un Rocher qui le cache à la fureur des flots,

Défend aux Aquilons d'en troubler le repos.

Une Grotte eft auprès, dont la fimple ftructure

Doit tous fes ornemens aux mains de la Nature.

Un Vieillard vénérable avoit loin de la Cour

200 Cherché la douce paix dans cet obfcur féjour.

Aux Humains inconnu, libre d'inquiétude,

C'eft-là que de lui-même il faifoit fon étude;

C'eft-là qu'il regrettoit fes inutiles jours,

Plongés dans les plaifirs, perdus dans les amours.

205 Sur l'émail de ces Prez, au bord de ces Fontaines,

Il fouloit à fes pieds les paffions humaines :

Tranquille, il attendoit qu'au gré de fes fouhaits,

La mort vînt à fon Dieu le rejoindre à jamais.

Ce Dieu, qu'il adoroit, prit foin de fa vieilleffe,

210 Il fit dans fon Defert defcendre la Sageffe:

Et prodigue envers lui de fes tréfors divins,

Il ouvrit à fes yeux le Livre des Deftins.

Ce Vieillard au Héros, que Dieu lui fit connaître,

Au bord d'une onde pure offre un feftin champêtre.

215 Le Prince à ces repas étoit accoutumé:

Sou-

Souvent fous l'humble toît du Laboureur charmé,
Fuïant le bruit des Cours, & fe cherchant lui-même,
Il avoit dépofé l'orgueil du Diadême.

Le trouble répandu dans l'Empire Chrétien,
220 Fut pour eux le fujet d'un utile entretien.
Mornay qui dans fa Secte étoit inébranlable,
Prêtoit au Calvinifme un appui redoutable :
Henri doutoit encore, & demandoit aux Cieux,
Qu'un raïon de clarté vînt deffiller fes yeux.
225 De tout tems, difoit-il, la Vérité facrée,
Chez les foibles Humains, fut d'erreurs entourée ;
Faut-il que de Dieu feul attendant mon appui,
J'ignore les fentiers qui menent jufqu'à lui !
Hélas ! un Dieu fi bon, qui de l'Homme eft le
    Maître,
230 En eût été fervi, s'il avoit voulu l'être !

De Dieu, dit le Vieillard, adorons les deffeins ;
Et ne l'accufons pas des fautes des Humains.
J'ai vu naître autrefois le Calvinifme en France ;
Foible, marchant dans l'ombre, humble dans fa
    naiffance ;
235 Je l'ai vu fans fupport, éxilé dans nos murs,
S'avancer à pas lents par cent détours obfcurs.
                                        Enfin

Enfin mes yeux ont vu du fein de la pouffiére,

Ce Fantôme effraïant lever fa tête altiéré;

Se placer fur le Trône, infulter aux Mortels ;

240 Et d'un pied dédaigneux renverfer nos Autels.

Loin de la Cour alors en cette Grotte obfcure,

De ma Religion je vins pleurer l'injure.

Là, quelque efpoir au moins confole mes vieux
jours.

Un culte fi nouveau ne peut durer toujours.

245 Des caprices de l'Homme il a tiré fon être :

On le verra périr ainfi qu'on l'a vu naître.

Les œuvres des Humains font fragiles comme eux,

Dieu diffipe à fon gré leurs deffeins orgueilleux.

Lui-feul eft toujours ftable. En vain notre malice.

250 De fa fainte Cité veut faper l'Edifice :

Lui-même en affermit les facrés fondemens,

Ces fondemens vainqueurs de l'Enfer & des tems.

C'eft à vous, grand Bourbon, qu'il fe fera connaître.

Vous ferez éclairé, puifque vous voulez l'être.

255 Ce Dieu vous a choifi. Sa main dans les combats,

Au Trône des Valois va conduire vos pas.

Déja fa voix terrible ordonne à la Victoire ;

B   De

De préparer pour vous les chemins de la gloire.

Mais fi fa Vérité n'éclaire vos efprits,

260 N'efpérez point entrer dans les murs de Paris.

Sur-tout des plus grands cœurs évitez la foibleffe.

Fuïez d'un doux poifon l'amorce enchantereffe,

Craignez vos paffions, & fachez quelque jour

Réfifter aux plaifirs, & combattre l'amour.

265 Enfin quand vous aurez par un effort fuprême,

Triomphé des Ligueurs, & fur-tout de vous-même;

Lorfqu'en un Siège horrible, & célèbre à jamais,

Tout un Peuple étonné vivra de vos bienfaits,

Ces tems de vos Etats finiront les miféres;

270 Vous leverez les yeux vers le Dieu de vos Péres,

Vous verrez qu'un cœur droit peut efpérer en lui:

Allez, qui lui reffemble eft fûr de fon appui.

Chaque mot qu'il difoit étoit un trait de flâme,

Qui pénétroit Henri jufqu'au fond de fon ame.

275 Il fe crut tranfporté dans ces tems bienheureux,

Où le Dieu des Humains converfoit avec eux:

Où la fimple Vertu prodiguant les miracles,

Commandoit à des Rois, & rendoit des oracles

Il quitte avec regret ce Vieillard vertueux:

280 Des

280 Des pleurs en l'embraſſant coulérent de ſes yeux:
Et dès ce moment même il entrevit l'Aurore
De ce jour qui pour lui ne brilloit pas encore.
Mornay parut ſurpris, & ne fut point touché:
Dieu, Maître de ſes dons, de lui s'étoit caché.
285 Vainement ſur la Terre il eut le nom de Sage:
Au milieu des vertus l'Erreur fut ſon partage.

Tandis que le Vieillard inſtruit par le Seigneur,
Entretenoit le Prince, & parloit à ſon cœur,
Les Vents impétueux à ſa voix s'apaiſérent,
290 Le Soleil reparut; les Ondes ſe calmérent.
Bien-tôt juſqu'au Rivage il conduiſit Bourbon:
Le Héros part, & vole aux Plaines d'Albion.

En voïant l'Angleterre, en ſecret il admire
Le changement heureux de ce puiſſant Empire,
295 Où l'éternel abus de tant de ſages Loix,
Fit long-tems le malheur & du Peuple & des Rois.
Sur ce ſanglant Théâtre où cent Héros périrent,
Sur ce Trône gliſſant dont cent Rois deſcendirent;
Une Femme à ſes pieds enchaînant les Deſtins,
300 De l'éclat de ſon Régne étonnoit les Humains.
C'étoit Elizabeth; elle dont la prudence

B 2   De

De l'Europe à fon choix fit pancher la Balance ;

Et fit aimer fon joug à l'Anglais indompté,

Qui ne peut ni fervir, ni vivre en liberté.

305 Ses Peuples fous fon Régne ont oublié leurs pertes :

De leurs Troupeaux féconds leurs Plaines font couvertes ;

Les Guérets de leurs Bleds, les Mers de leurs Vaiffeaux.

Ils font craints fur la Terre, ils font Rois fur les Eaux.

310 Leur Flôte impérieufe afferviffant Neptune ;

Des bouts de l'Univers appelle la Fortune.

Londres jadis barbare eft le Centre des Arts,

Le Magazin du Monde, & le Temple de Mars.

Aux murs de Weftminfter on voit paraître enfemble

Trois Pouvoirs étonnés du nœud qui les raffemble,

315 Les Députés du Peuple, & les Grands, & le Roi,

Divifés d'intérêt, réunis par la Loi ;

Tous trois Membres facrés de ce Corps invincible,

Dar-

313 *Aux murs de Weftminfter on voit paraître enfemble.*]
C'eft à Weftminfter que s'affemble le Parlement d'Angleterre ; il faut le concours de la Chambre des Communes, de celle des Pairs, & le confentement du Roi, pour faire des Loix.

Dangereux à lui même, à ſes voiſins terrible.

Heureux , lorſque le Peuple inſtruit dans ſon devoir,

320 Reſpecte autant qu'il doit, le ſouverain Pouvoir !

Plus heureux, lorſqu'un Roi, doux , juſte & politique ,

Reſpecte autant qu'il doit, la Liberté publique !

Ah!s'écria Bourbon, quand pourront les Français

Réunir comme vous la Gloire avec la Paix ?

325 Quel exemple pour vous, Monarques de la Terre !

Une Femme a fermé les Portes de la Guerre ;

Et renvoyant chez vous la Diſcorde & l'Horreur,

D'un Peuple qui l'adore, elle a fait le bonheur.

Cependant il arrive à cette Ville immenſe,

330 Où la liberté ſeule entretient l'abondance.

Du Vainqueur des Anglais il apperçoit la Tour.

Plus loln, d'Elizabeth eſt l'auguſte ſéjour.

Suivi de Mornay ſeul, il va trouver la Reine,

Sans appareil, ſans bruit, ſans cette pompe vaine,

335 Dont les Grands, quels qu'ils ſoient, en ſecret ſont
épris,

Mais

331 *Du Vainqueur des Anglais il apperçoit la Tour.*] La
Tour de Londres eſt un vieux Château bâti près de la Ta-
miſe par Guillaume le Conquérant, Duc de Normandie.

B 3

Mais que le vrai Héros regarde avec mépris,

Il parle; sa franchise est sa seule éloquence.

Il expose en secret les besoins de la France,

Et jusqu'à la priere humiliant son cœur,

340 Dans ses soumissions découvre sa grandeur.

Quoi! vous servez Valois? dit la Reine surprise;

C'est lui qui vous envoïe au bord de la Tamise?

Quoi! de ses Ennemis, devenu Protecteur,

Henri vient me prier pour son Persécuteur?

345 Des Rives du Couchant, aux Portes de l'Aurore,

De vos longs différends l'Univers parle encore:

Et je vous vois armer en faveur de Valois,

Ce bras, ce même bras qu'il a craint tant de fois?

Ses malheurs, lui dit-il, ont étouffé nos haines,

350 Valois étoit esclave, il brise enfin ses chaînes:

Plus heureux, si toujours assûré de ma foi,

Il n'eût cherché d'appui que son courage & moi.

Mais il emploïa trop l'artifice & la feinte;

Il fut mon ennemi par foiblesse & par crainte.

355 J'oublie enfin sa faute, en voïant son danger:

Je l'ai vaincu, Madame, & je vais le vanger.

Vous pouvez, grande Reine, en cette juste Guerre,

Signaler à jamais le nom de l'Angleterre,

                                                Cou-

Couronner vos vertus, en défendant nos droits,
360 Et venger avec moi la querelle des Rois.

Elizabeth alors avec impatience,
Demande le recit des troubles de la France,
Veut favoir quels refforts, & quel enchaînement,
Ont produit dans Paris un fi grand changement.
365 Déja, dit-elle au Roi, la prompte Renommée
De ces revers fanglans m'a fouvent informée;
Mais fa bouche indifcrete en fa legéreté,
Prodigue le menfonge avec la vérité.
J'ai rejetté toujours fes recits peu fidelles.
370 Vous donc, témoin fameux de ces longues que-
relles,
Vous, toujours de Valois le Vainqueur, ou l'Appui,
Expliquez-nous le nœud qui vous joint avec lui.
Daignez développer ce changement extrême.
Vous feul pouvez parler dignement de vous-même.
375 Peignez-moi vos malheurs, & vos heureux Ex-
ploits.
Songez que votre vie eft la leçon des Rois.

Hélas! reprit Bourbon, faut-il que ma mémoire
Rappelle de ces tems la malheureufe Hiftoire!
Plût au Ciel irrité, témoin de mes douleurs,

B 4   380 Qu'un

380 Qu'un éternel oubli nous cachât tant d'horreurs !

Pourquoi demandez-vous que ma bouche raconte

Des Princes de mon Sang les fureurs & la honte ?

Mon cœur frémit encore à ce feul fouvenir :

Mais vous me l'ordonnez, je vais vous obéïr.

385 Sur-tout en écoutant ces triftes avantures,

Pardonnez, grande Reine, à des vérités dures,

Qu'un autre auroit pu taire, ou fauroit mieux voiler ;

Mais que jamais Bourbon n'a pu diffimuler.

LA
HENRIADE.

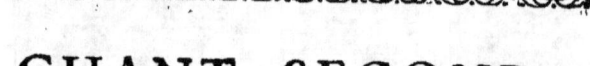

CHANT SECOND.

ARGUMENT.

HENRI LE GRAND *raconte à la Reine Elizabeth l'Histoire des malheurs de la France : il remonte à leur origine, & entre dans le détail des massacres de la Saint Barthelemy.*

REINE, l'excès des maux où la France est livrée,

Est d'autant plus affreux, que leur source est sacrée.

C'est la Religion dont le zèle inhumain

Met à tous les Français les armes à la main.

B 5   5 Je

5 Je ne décide point entre Genève & Rome.

De quelque nom divin que leur Parti les nomme,

J'ai vu des deux côtés la fourbe & la fureur;

Et si la Perfidie est Fille de l'Erreur,

Si dans les différends où l'Europe se plonge,

10 La trahison, le meurtre est le sceau du mensonge;

L'un & l'autre Parti cruel également,

Ainsi que dans le crime, est dans l'aveuglement.

Pour moi qui, de l'Etat embrassant la défense,

Laissai toujours aux Cieux le soin de leur vengeance:

15 On ne m'a jamais vu surpassant mon pouvoir,

D'une indiscrete main profaner l'encensoir:

Et périsse à jamais l'affreuse politique,

Qui prétend sur les cœurs un pouvoir despotique,

Qui veut le fer en main convertir les Mortels,

20 Qui du sang hérétique arrose les Autels,

Et suivant un faux zèle & l'intérêt pour guides,

Ne sert un Dieu de paix que par des homicides.

Plût

5 *Je ne décide point entre Genève & Rome.*] Plusieurs Historiens ont peint Henri IV. flottant entre les deux Religions. On le donne ici pour un Homme d'honneur, tel qu'il étoit, cherchant de bonne foi à s'éclairer, ami de la vérité; ennemi de la persécution, & détestant le crime par-tout où il se trouve.

Plût à ce Dieu puiſſant dont je cherche la Loi,

Que la Cour des Valois eût penſé comme moi !

25 Mais l'un & l'autre Guiſe ont eu moins de ſcrupule.

Ces Chefs ambitieux d'un Peuple trop crédule,

Couvrant leurs intérêts de l'intérêt des Cieux,

Ont conduit dans le piége un Peuple furieux,

Ont armé contre moi ſa pieté cruelle ;

30 J'ai vu nos Citoyens s'égorger avec zèle,

Et la flâme à la main courir dans les combats,

Pour

25 *Mais l'un & l'autre Guiſe ont eu moins de ſcrupule.*] François, Duc de Guiſe, appellé communément alors le grand
Duc de Guiſe, étoit Pere du Balafré ; ce fut lui, qui avec
le Cardinal ſon Frere, jetta les fondemens de la Ligue. Il
avoit de très-grandes qualités qu'il faut bien ſe donner de
garde de confondre avec de la vertu.

Le Préſident de Thou, ce grand Hiſtorien, rapporte
que François de Guiſe voulut faire aſſaſſiner Antoine de
Navarre, Pere d'Henri IV. dans la Chambre de François
II. Il avoit engagé ce jeune Roi à permettre ce meurtre.
Antoine de Navarre avoit le cœur hardi, quoique l'eſprit
foible. Il fut informé du complot, & ne laiſſa pas d'entrer dans la Chambre où on devoit l'aſſaſſiner. S'ils me
tuent, dit il à Reinſy, Gentilhomme à lui, prenez ma
chemiſe toute ſanglante, portez-la à mon fils & à ma femme, ils liront dans mon ſang ce qu'ils doivent faire pour
me venger. François II. n'oſa pas, dit M. de Thou, ſe
ſouiller de ce crime, & le Duc de Guiſe en ſortant de la
Chambre s'écria : [Le pauvre Roi que nous avons !]

Pour de vains Argumens qu'ils ne comprenoient pas.

Vous connaiſſez le Peuple, & ſavez ce qu'il oſe,

Quand du Ciel outragé penſant venger la cauſe,

35 Les yeux ceints du bandeau de la Religion,

Il a rompu le frein de la ſoumiſſion.

Vous le ſavez, Madame, & votre prévoyance

Etouffa dès long-tems çe mal en ſa naiſſançe.

L'orage en vos Etats à peine étoit formé,

40 Vos ſoins l'avoient prévu, vos vertus l'ont calmé:

Vous régnez, Londre eſt libre, & vos Loix floriſſantes.

Médicis a ſuivi des routes différentes.

Peut-être que ſenſible à ces triſtes recits,

Vous me demanderez quelle étoit Médicis.

45 Vous l'apprendrez du moins d'une bouche ingénue.

Beaucoup en ont parlé, mais peu l'ont bien connue;

Peu de ſon cœur profond ont ſondé les replis.

Pour moi nourri vingt ans à la Cour de ſes Fils,

Qui

41 *Vous régnez, Londre eſt libre, & vos Loix floriſſantes.*]
M. de Caſtelnau, Envoyé de France auprès de la Reine
Elizabeth parle ainſi d'elle:
„ Cette Princeſſe avoit toutes les grandes qualités qui
ſont requiſes pour régner heureuſement. On pourroit
„ dire de ſon Régne ce qui advint au tems d'Auguſte, lorſ-
„ que le Temple de Janus fut fermé, &c.

Qui vingt ans fous fes pas vis les orages naître,
50 J'ai trop à mes périls appris à la connaître.

Son Epoux expirant dans la fleur de fes jours,
A fon ambition laiſſoit un libre cours.
Chacun de fes Enfans nourri fous fa tutelle,
Devint fon ennemi dès qu'il régna fans elle.
55 Ses mains autour du Trône avec confuſion,
Semoient la jalouſie, & la diviſion:
Oppoſant fans relâche avec trop de prudence,
Les Guiſes aux Condés, & la France à la France:
Toujours prête à s'unir avec fes ennemis,
60 Et changeant d'intérêt, de rivaux, & d'amis:
Eſclave des plaiſirs, mais moins qu'ambitieuſe:

In-

53 *Chacun de fes Enfans nourri fous fa tutelle.*] Catherine de Médicis fe brouilla avec fon Fils Charles IX. fur la fin de la vie de ce Prince; & enſuite avec Henri III. Elle avoit été ſi ouvertement mécontente du Gouvernement de Fran-çois II. qu'on l'avoit foupçonnée, quoiqu'injuſtement, d'avoir hâté la mort de ce Roi.

58 *Les Guiſes aux Condés, & la France à la France.*] Dans les Mémoires de la Ligue on trouve une Lettre de Cathe-rine de Médicis, au Prince de Condé, par laquelle elle le remercie d'avoir pris les armes contre la Cour.

61 *Eſclave des plaiſirs, mais moins qu'ambitieuſe.*] Elle fut accuſée d'avoir eu des intrigues avec la Vidame de Char-tres mort à la Baſtille, & avec un Gentilhomme Breton nommé Moſcouet.

Infidelle à fa Secte, & fuperftitieufe;

Poffédant en un mot, pour n'en pas dire plus ;

Les défauts de fon Sexe, & peu de fes vertus.

65 Ce mot m'eft échapé, je parle avec franchife.

Dans ce Sexe, après tout, vous n'êtes point com-
prife :

L'augufte Elizabeth n'en a que les appas :

Le Ciel qui vous forma pour régir des Etats ,

Vous fait fervir d'exemple à tous tant que nous
fommes,

70 Et l'Europe vous compte au rang des plus grands
Hommes.

Déja François Second, par un fort imprévu,

Avoit rejoint fon Pere au tombeau defcendu;

Foible Enfant, qui de Guife adoroit les caprices;

Et dont on ignoroit les vertus & les vices.

75 Charles plus jeune encor avoit le nom de Roi.

Médicis régnoit feule, on trembloit fous fa loi.

D'abord fa politique affûrant fa puiffance,

Sembloit d'un Fils docile éternifer l'Enfance;

Sa

62 *Infidelle à fa Secte*] Quand elle crut la Bataille de
Dreux perdue & les Proteftans vainqueurs; (Eh bien, dit-
elle, nous prierons Dieu en Français.)

Ibid. *Et fuperftitieufe.*] Elle étoit affez foible pour croire à la Magie, témoin les Talifmans qu'on trouva après fa
mort.

Sa main de la Difcorde allumant le flambeau,

80 Marqua par cent combats fon Empire nouveau :

Elle arma le courroux de deux Sectes rivales :

Dreux qui vit déployer leurs Enfeignes fatales,

Fut le théâtre affreux de leurs premiers Exploits :

Le vieux Montmorenci près du Tombeau des
Rois,

85 D'un plomb mortèl atteint par une main guerriére,

De cent ans de travaux termina la carriére.

Guife auprès d'Orléans mourut affaffiné.

Mon

82 *Dreux qui vit déployer leurs Enfeignes fatales.*] La Bataille de Dreux fut la premiére Bataille rangée qui fe donna entre le Parti Catholique & le Parti Proteftant. Ce fut
en 1562.

84 *Le vieux Montmorenci près du Tombeau des Rois.*] Anne de Montmorenci, homme opiniâtre & infléxible, le
plus malheureux Général de fon tems, fait prifonnier à
Pavie & à Dreux, battu à S. Quentin par Philippe II. fut
enfin bleffé à mort à la Bataille de S. Denis, par un Anglais
nommé Stuart, le même qui l'avoit pris à la Bataille de
Dreux.

87 *Guife auprès d'Orléans mourut affaffiné.*] C'eft-ce même
François de Guife cité ci-deffus, fameux par la défenfe de
Metz contre Charles-Quint. Il affiégeoit les Proteftans
dans Orléans en 1563. lorfque Poltrot-de-Meré, Gentilhomme Angoumois, le tua par derriére d'un coup de pif-
tolet chargé de trois bales empoifonnées. Il mourut à
l'âge de quarante-quatre ans, comblé de gloire & regretté
des Catholiques.

Mon Pere malheureux, à la Cour enchaîné,

Trop foible, & malgré lui servant toujours la Reine,

90 Traîna dans les affronts sa fortune incertaine;

Et toujours de sa main, préparant ses malheurs,

Combattit & mourut pour ses persécuteurs.

Condé, qui vit en moi le seul Fils de son Frere,

M'adopta, me servit & de maître & de pere;

95 Son Camp fut mon berceau: là, parmi les Guerriers,

Nourri dans la fatigue à l'ombre des lauriers,

De

88 *Mon Pere malheureux, à la Cour enchaîné.*] Antoine de Bourbon, Roi de Navarre, Pere de Henri IV. étoit un esprit foible & indécis. Il quitta la Religion Protestante où il étoit né, dans le tems que sa Femme renonça à la Religion Catholique. Il ne fut jamais bien de quel Parti ni de quelle Religion il étoit. Il fut tué au Siège de Rouen où il servoit le Parti des Guises qui l'opprimoient contre les Protestans qu'il aimoit. Il mourut en 1562. au même âge que François de Guise.

93 *Condé, qui vit en moi le seul Fils de son Frere.*] Le Prince de Condé dont il est ici question, étoit Frere du Roi de Navarre, & Oncle de Henri IV. il fut long tems le Chef des Protestans, & le grand Ennemi des Guises. Il fut tué après la Bataille de Jarnac par Montesquiou, Capitaine des Gardes du Duc d'Anjou, (depuis Henri III.) Le Comte de Soissons, Fils du mort, chercha par-tout Montesquiou & ses Parens pour les sacrifier à sa vengeance.

Henri IV. étoit à la Journée de Jarnac, quoiqu'il n'eût pas quatorze ans, & il remarqua les fautes qui firent perdre la Bataille.

De la Cour avec lui dédaignant l'indolence;

Ses combats ont été les jeux de mon enfance.

O Plaines de Jarnac! ô coup trop inhumain!

100 Barbare Montefquiou, moins guerrier qu'affaffin;

Condé déja mourant, tomba fous ta furie!

J'ai vu porter le coup, j'ai vu trancher fa vie;

Hélas! trop jeune encor, mon bras, mon foible bras

Ne put ni prévenir, ni venger fon trépas.

105 Le Ciel qui de mes ans protégeoit la foibleffe;

Toujours à des Héros confia ma jeuneffe.

Coligny, de Condé le digne Succeffeur,

De moi, de mon Parti devint le défenfeur;

Je lui dois tout, Madame, il faut que je l'avoue;

110 Et d'un peu de vertu fi l'Europe me loue,

Si Rome a fouvent même eftimé mes exploits;

C'eft à vous, Ombre illuftre, à vous que je le dois:

Je croiffois fous fes yeux, & mon jeune courage

Fit

107 *Coligny, de Condé le digne Succeffeur.*] Gafpard de Coligny, Amiral de France, Fils de Gafpard de Coligny, Maréchal de France, & de Louïfe de Montmorenci, Sœur du Connétable, né à Châtillon le 16. Février 1516.
Voyez les Remarques fuivantes.

C

Fit long-tems de la Guerre un dur apprentiffage,
115 Il m'inftruifoit d'exemple au grand art des Héros:
Je voyois ce Guerrier, blanchi dans les travaux,
Soutenant tout le poids de la caufe commune,
Et contre Médicis, & contre la fortune;
Chéri dans fon Parti, dans l'autre refpecté;
120 Malheureux quelquefois, mais toujours redouté;
Savant dans les combats, favant dans les retraites,
Plus grand, plus glorieux, plus craint dans fes dé-
faites,
Que Dunois ni Gafton ne l'ont jamais été
Dans le cours triomphant de leur profpérité.

125 Après dix ans entiers de fuccès & de perte,
Médicis qui voyoit nos Campagnes couvertes
D'un Parti renaiffant qu'elle avoit cru détruit,
Laffe enfin de combattre & de vaincre fans fruit,
Voulut fans plus tenter des efforts inutiles,
130 Terminer d'un feul coup les difcordes civiles:
La Cour de fes faveurs nous offrit les attraits;
Et n'aïant pu nous vaincre, on nous donna la paix.
Quelle paix ! jufte Dieu ! Dieu vengeur que j'at-
tefte,
Que de fang arrofa fon Olive funefte!
135 Ciel

135 Ciel, faut-il voir ainſi les Maîtres des Humains,

Du crime à leurs Sujets applanir les chemins!

Coligny dans ſon cœur à ſon Prince fidelle,

Aimoit toujours la France en combattant contre
elle;

Il chérit, il prévint l'heureuſe occaſion,

140 Qui ſembloit de l'Etat aſſûrer l'union.

Rárement un Héros connoît la défiance:

Parmi ſes Ennemis il vint plein d'aſſûrance;

Juſqu'au milieu du Louvre il conduiſit mes pas.

Médicis en pleurant me reçut dans ſes bras,

145 Me prodigua long-tems des tendreſſes de mere,

Aſſûra Coligny d'une amitié ſincere;

Vouloit par ſes avis ſe régler deſormais,

L'ornoit de Dignités, le combloit de bienfaits;

Montroit à tous les miens, ſéduits par l'eſpérance,

150 Des faveurs de ſon Fils la flateuſe apparence.

Hélas! nous eſpérions en jouïr plus long-tems:

Quelques-uns ſoupçonnoient ces perfides pré-
ſens;

Les dons d'un ennemi leur ſembloient trop à craindre,

Plus ils ſe défioient, plus le Roi ſavoit feindre.

C 2   155 Dans

155 Dans l'ombre du fecret depuis peu Médicis
    A la fourbe, au parjure avoit formé fon Fils:
    Façonnoit aux forfaits ce cœur jeune & facile:
    Et le malheureux Prince à fes leçons docile,
    Par fon penchant féroce à les fuivre excité,
160 Dans fa coupable école avoit trop profité.

    Enfin pour mieux cacher cet horrible myftère,
    Il me donna fa Sœur, il m'appella fon Frére.
    O nom qui m'as trompé, vains fermens, nœud fa-
      tal!
    Hymen qui de nos maux fus le premier fignal!
165 Tes flambeaux que du Ciel alluma la colere,
    Eclairoient à mes yeux le trépas de ma Mere.
    Je ne fuis point injufte, & je ne prétends pas
    A Médicis encor imputer fon trépas:
                        J'écarte

    162. *Il me donna fa Sœur, il m'appella fon Frere.*] Margue-
rite de Valois, Sœur de Charles IX. fut mariée à Henri IV.
en 1572. peu de jours avant les maffacres.

    167 *Je ne fuis point injufte, & je ne prétends pas.*] Jeanne
d'A bret Mere de Henri IV. attirée à Paris avec le refte des
Huguenots, mourut prefque fubitement entre le mariage
de fon Fils & la Saint Barthelemi; mais Caillart fon Méde-
cin, & Defnœuds fon Chirurgien. Proteftans paffionnés,
qui ouvrirent fon corps, n'y trouvérent aucune marque de
poifon.

J'écarte des foupçons peut-être légitimes;
170 Et je n'ai pas befoin de lui chercher des crimes.

Ma Mere enfin mourut. Pardonnez à des pleurs,
Qu'un fouvenir fi tendre arrache à mes douleurs.
Cependant tout s'aprête, & l'heure eft arrivée
Qu'au fatal dénoûment la Reine a réfervée.

175 Le fignal eft donné fans tumulte & fans bruit,
C'étoit à la faveur des ombres de la nuit.
De ce mois malheureux l'inégale Courriére,
Sembloit cacher d'effroi fa tremblante lumiére:
Coligny languiffoit dans les bras du repos,
180 Et le Sommeil trompeur lui verfoit fes pavots.
Soudain de mille cris le bruit épouventable,
Vient arracher fes fens à ce calme agréable:
Il fe leve, il regarde, il voit de tous côtés
Courir des Affaffins à pas précipités.
185 Il voit briller par-tout les flambeaux & les armes,

Son

---

177 *De ce mois malheureux l'inégale Courriére.*] Ce fut la nuit du 23. au 24. Août Fête de Saint Barthelemi en 1572. que s'exécuta cette fanglante Tragédie.

L'Amiral étoit logé dans la ruë Betizy, dans une Maifon qui eft à préfent une Auberge appellée l'Hôtel S. Pierre, où l'on voit encore fa Chambre.

Son Palais embrafé, tout un Peuple en allarmes,

Ses Serviteurs fanglans dans la flâme étouffés,

Les Meurtriers en foule au carnage échauffés,

Criant à haute voix : ,, qu'on n'épargne perfonne,

190 ,, C'eft Dieu, c'eft Médicis, c'eft le Roi qui l'ordonne. ''

Il entend retentir le nom de Coligny,

Il apperçoit de loin le jeune Teligny,

Teligny dont l'amour a mérité fa Fille,

L'efpoir de fon Parti, l'honneur de fa Famille,

195 Qui fanglant, déchiré, traîné par des Soldats,

Lui demandoit vengeance, & lui tendoit les bras.

Le Héros malheureux, fans armes, fans défenfe,

Voyant qu'il faut périr, & périr fans vengeance,

Voulut mourir du moins comme il avoit vécu,

200 Avec toute fa gloire, & toute fa vertu.

Déja

192 *Il apperçoit de loin le jeune Teligny.*] Le Comte de
Teligny avoit époufé il y avoit dix mois la Fille de l'Amiral.
Il avoit un vifage fi agréable & fi doux, que les premiers
qui étoient venus pour le tuer, s'étoient laiffés attendrir
à fa vûe, mais d'autres plus barbares le maffacrérent.

Déja des Affaffins la nombreufe cohorte ,
Du Salon qui l'enferme alloit brifer la porte ;
Il leur ouvre lui-même, & fe montre à leurs yeux
Avec cet œil ferein, ce front majeftueux ;
205 Tel que dans les combats, maître de fon courage ,
Tranquille il arrêtoit, ou preffoit le carnage.

A cet air vénérable , à cet augufte afpect,
Les Meurtriers furpris font faifis de refpect ;
Une force inconnue a fufpendu leur rage.
210 Compagnons , leur dit-il , achevez votre ouvra-
ge ;
Et de mon fang glacé fouillez ces cheveux blancs,
Que le Sort des Combats refpecta quarante ans ;
Frappez, ne craignez rien , Coligny vous pardon-
ne ,
Ma vie eft peu de chofe & je vous l'abandonne...
215 J'euffe aimé mieux la perdre en combattant pour
vous...
Ces Tigres à ces mots tombent à fes genoux ;
L'un faifi d'épouvante abandonne fes armes,
L'autre embraffe fes pieds qu'il trempe de fes lar-
mes ;
Et de fes Affaffins , ce grand Homme entouré
220 Sembloit un Roi puiffant par fon Peuple adoré.

C 4   Befme

Befme qui dans la Cour attendoit fa Victime,
Monte, acourt indigné qu'on différe fon crime :
Des Affaffins trop lents il veut hâter les coups ;
Aux pieds de ce Héros, il les voit trembler tous.
225 A cet objet touchant lui feul eft infléxible,
Lui feul à la pitié toujours inacceffible,
Auroit cru faire un crime & trahir Médicis,
Si du moindre remords il fe fentoit furpris.
A travers les Soldats, il court d'un pas rapide :
230 Coligny l'attendoit d'un vifage intrépide :
Et bien-tôt dans le flanc ce Monftre furieux
Lui plonge fon épée, en détournant les yeux ;
De peur que d'un coup d'œil cet augufte vifage
Ne fît trembler fon bras, & glaçât fon courage.

235   Du plus grand des Français tel fut le trifte fort.
On l'infulte, on l'outrage encore après fa mort.
Son

221 *Befme qui dans la Cour attendoit fa Victime.*] Befme
étoit un Allemand, domeftique de la Maifon de Guife.
Ce miférable étant depuis pris par les Proteftans, les Ro-
chellois voulurent l'acheter pour le faire écarteler dans leur
Place publique ; mais il fut tué par un nommé Bretan-
vil e.

236 *On l'infulte, on l'outrage encore après fa mort.*] On
pendit l'Amiral de Coligny par les pieds avec une chaîne
de

Son corps percé de coups, privé de sépulture,

Des Oiseaux dévorans fut l'indigne pâture;

Et l'on porta sa tête aux pieds de Médicis,

240 Conquête digne d'elle, & digne de son Fils.

Médicis la reçut avec indifférence,

Sans paroître jouïr du fruit de sa vengeance,

Sans remords, sans plaisir, Maîtresse de ses sens,

Et comme accoutumée à de pareils présens.

245   Qui pourroit cependant exprimer les ravages,

Dont cette nuit cruelle étala les images?

La mort de Coligny, prémices des horreurs,

N'étoit qu'un foible essai de toutes leurs fureurs;

D'un Peuple d'assassins les troupes effrenées,

250 Par devoir & par zèle, au carnage acharnées,

Marchoient, le fer en main, les yeux étincelans,

Sur

de fer, au Gibet de Montfaucon. Charles IX alla avec sa Cour jouïr de ce spectacle horrible. Un des Courtisans disant que le corps de Coligny sentoit mauvais, le Roi répondit comme Vitellius : (Le corps d'un ennemi mort sent toujours bon.)

Les Protestans prétendent que Catherine de Médicis envoïa au Pape la tête de l'Amiral : ce fait n'est point assûré; mais il est sûr qu'on porta sa tête à la Reine, avec un Coffre plein de papiers, parmi lesquels étoit l'Histoire du tems écrite de la main de Coligny.

C 5

Sur les corps étendus de nos Freres fanglans.

Guife étoit à leur tête & bouillant de colére,

Vengeoit fur tous les miens les Mânes de fon Pére.

255 Nevers, Gondi, Tavanne, un poignard à la main,

Echauffoient les tranfports de leur zèle inhumain;

Et portant devant eux la lifte de leurs crimes,

Les conduifoient au meurtre, & marquoient les victimes.

Je ne vous peindrai point le tumulte & les cris,

260 Le

253 *Guife étoit à leur tête & bouillant de colére.*] C'étoit Henri Duc de Guife, furnommé le Balafré, fameux depuis par les Barricades, & qui fut tué à Blois : il étoit Fils du Duc François, affaffiné par Poltrot.

255 *Nevers*,] Fréderic de Gonzague, de la Maifon de Mantoue, Duc de Nevers, l'un des Auteurs de la Saint Barthelemi.

Ibid. *Gondi*,] Albert de Gondi, Maréchal de Retz, Favori de Catherine de Médicis.

Ibid. *Tavanne, un poignard à la main.*] Gafpard de Tavanne, élevé Page chez François Premier. Il couroit dans les rues de Paris la nuit de la Saint Barthelemi, criant : (Saignez, faignez, la faignée eft auffi bonne au mois d'Août qu'au mois de Mai.) Son Fils qui a écrit des Mémoires, rapporte que fon Pere étant au lit de la mort, fit une confeffion générale de fa Vie, & que le Confeffeur lui aïant dit d'un air étonné : (Quoi! vous ne me parlez point de la Saint Barthelemi ? Je la regarde, répondit le Maréchal, comme une action méritoire qui doit effacer mes autres péchés.)

260 Le fang de tous côtés ruiffelant dans Paris,

 Le Fils affaffiné fur le corps de fon Pére,

 Le Frere avec la Sœur, la Fille avec la Mére,

 Les Epoux expirans fous leurs toîts embrafés,

 Les Enfans au berceau fur la pierre écrafés :

265 Des fureurs des Humains c'eft ce qu'on doit attendre.

 Mais ce que l'avenir aura peine à comprendre,

 Ce que vous-même encore à peine vous croirez,

 Ces Monftres furieux de carnage altérés,

 Excités par la voix des Prêtres fanguinaires,

270 Invoquoient le Seigneur en égorgeant leurs Freres ;

 Et le bras tout fouillé du fang des innocens,

 Ofoient offrir à Dieu cet exécrable encens.

 O combien de Héros indignement périrent !

 Renel & Pardaillan chez les Morts defcendirent,

275 Et vous brave Guerchy, vous fage Lavardin,

           Di-

---

 174 *Renel & Pardaillan chez les Morts defcendirent.*] Antoine de Clermont-Renel, fe fauvant en chemife, fut maf-
facré par le Fils du Baron des Adrets, & par fon propre
Coufin, Buffy d'Amboife.

 Le Marquis de Pardaillan fut tué à côté de lui.

 375 *Et vous brave Guerchy, vous fage Lavardin.*] Guerchy
                 fe

Digne de plus de vie, & d'un autre deſtin.

Parmi les malheureux que cette nuit cruelle

Plongea dans les horreurs d'une nuit éternelle,

Marſillac & Soubiſe au trépas condamnés,

280 Défendent quelque-tems leurs jours infortunés:

Sanglans, percés de coups, & reſpirant à peine,

Juſqu'aux portes du Louvre, on les pouſſe, on les
traîne;

Ils teignent de leur ſang ce Palais odieux,

En implorant leur Roi, qui les trahit tous deux.

285 Du haut de ce Palais excitant la tempête,

Mé-

ſe défendit long-tems dans la rue, & tua quelques Meurtriers avant d'être accablé ſous le nombre; mais le Marquis de Lavardin n'eut pas le tems de tirer l'épée.

279 *Marſillac*,] Marſillac, Comte de la Rochefou-
cault, étoit Favori de Charles IX. & avoit paſſé une
partie de la nuit avec le Roi: ce Prince avoit eu quelque
envie de le ſauver, & lui avoit même dit de coucher dans
le Louvre; mais enfin il le laiſſa aller, en diſant: (Je vois
bien que Dieu veut qu'il périſſe.)

Ibid. & *Soubiſe au trépas condamnés.*]Soubiſe portoit ce nom,
parce qu'il avoit épouſé l'Héritiere de la Maiſon de Soubiſe. Il s'appelloit Dupont-Quellenec. Il ſe défendit très-
long-tems, & tomba percé de coups ſous les fenêtres de
la Reine: les Dames de la Cour allérent voir ſon corps nud
& tout ſanglant, par une curioſité barbare, digne de cette
Cour abominable.

Médicis à loifir contemploit cette fête;

Ses cruels Favoris d'un regard curieux,

Voïoient les flots de fang regorger fous leurs yeux;

Et de Paris en feu les ruïnes fatales

290 Etoient de ces Héros les pompes triomphales.

Que dis-je? ô crime! ô honte! ô comble de nos
maux!

Le Roi, le Roi lui-même au milieu des Bourreaux,

Pourfuivant des Profcrits les troupes égarées,

Du fang de fes Sujets fouilloit fes mains facrées:

295 Et ce même Valois que je fers aujourd'hui,

Ce Roi qui par ma bouche implore votre appui,

Partageant les forfaits de fon barbare Frére,

A ce honteux carnage excitoit fa colére.

Non qu'après tout, Valois ait un cœur inhumain:

300 Rarement dans le fang il a trempé fa main;

Mais l'exemple du crime affiégeoit fa jeuneffe,

Et

292 *Le Roi, le Roi lui-même au milieu des Bourreaux.*] J'ai
entendu dire au dernier Maréchal de Teffé qu'il avoit connu dans fa jeuneffe un Vieillard de quatre-vingt-dix ans,
lequel avoit été Page de Charles IX. & lui avoit dit plufieurs fois qu'il avoit chargé lui-même la Carabine avec laquelle le Roi avoit tiré fur fes Sujets Proteftans la nuit de
la Saint Barthelemi.

Et fa cruauté même étoit une foibleffe.

Quelques-uns, il eft vrai, dans la foule des morts,
Du fer des Affaffins trompérent les efforts.

305 De Caumont jeune enfant l'étonnante avanture,
Ira de bouche en bouche à la race future.
Son vieux Pere accablé fous le fardeau des ans,
Se livroit au fommeil entre fes deux enfans,
Un lit feul enfermoit & les Fils & le Pére:
310 Les Meurtriers ardens qu'aveugloit la colére,
Sur eux à coups preffés enfoncent le poignard;
Sur ce lit malheureux la mort vole au hazard.
L'Eternel en fes mains tient feul nos deftinées,
Il fait quand il lui plaît veiller fur nos années;
315 Tandis qu'en fes fureurs l'homicide eft trompé,
D'aucun coup, d'aucun trait Caumont ne fut frap-
pé;
Un

305 *De Caumont jeune enfant l'étonnante avanture.*] Le Caumont qui échappa à la Saint Barthelemi, eft le fameux
Maréchal de la Force qui vécut jufqu'à l'âge de quatre-
vingt-quatre ans. Il a laiffé des Mémoires qui n'ont point
été imprimés, & qui doivent être encore dans la Maifon
de la Force. Il dit dans ces Mémoires que fon Pere &
fon Frere furent maffacrés dans la Rue des Petits-Champs;
mais ces circonftances ne font point du tout effentielles.

Un invisible bras , armé pour sa défense ,
Aux mains des Meurtriers déroboit son enfance ;
Son Pere à son côté sous mille coups mourant,
320 Le couvroit tout entier de son corps expirant ,
Et du Peuple & du Roi, trompant la barbarie,
Une seconde fois il lui donna la vie.

Cependant , que faisois-je en ces affreux mo-
mens ?
Hélas ! trop assûré sur la foi des sermens,
325 Tranquille au fond du Louvre & loin du bruit des
armes,
Mes Sens d'un doux repos goûtoient encor les char-
mes ,
O nuit ! nuit effroïable ! ô funeste sommeil !
L'appareil de la mort éclaira mon réveil :
On avoit massacré mes plus chers Domestiques,
330 Le sang de tous côtés inondoit mes portiques ;
Et je n'ouvris les yeux que pour envisager
Les miens que sur le marbre on venoit d'égor-
ger.
Les Assassins sanglans vers mon lit s'avancérent,
Leurs parricides mains devant moi se levérent,
335 Je touchois au moment, qui terminoit mon sort,
Je présentai ma tête, & j'attendis la mort.

Mais

Mais foit qu'un vieux refpect pour le fang de
  leurs Maîtres,

Parlât encore pour moi dans le cœur de ces Traîtres;

Soit que de Médicis l'ingénieux courroux

340 Trouvât pour moi la mort un fupplice trop doux;

Soit qu'enfin s'affûrant d'un Port durant l'orage,

Sa prudente fureur me gardât pour ôtage;

On réferva ma vie à de nouveaux revers,

Et bien-tôt de fa part on m'apporta des fers.

345   Coligny plus heureux & plus digne d'envie;

Du moins en fuccombant ne perdit que la vie;

Sa liberté, fa gloire au tombeau le fuivit....

Vous frémiffez, Madame; à cet affreux récit;

Tant d'horreur vous furprend; mais de leur barbarie,

350 Je ne vous ai conté que la moindre partie.

On eût dit que du haut de fon Louvre fatal,

Médicis à la France eût donné fe fignal;

Tout imita Paris; la mort fans réfiftance

Couvrit en un moment la face de la France.

355 Quand un Roi veut le crime, il eft trop obéï:

Par cent mille Affaffins fon courroux fut fervi,

Et des Fleuves Français les eaux enfanglantées,

Ne portoient que des morts aux Mers épouvantées.

                                             L A

LA HENRIADE.

CHANT TROISIEME.

ARGUMENT.

Le Héros continue l'Histoire des Guerres Civiles de France. Mort funeste de Charles IX. Régne de Henri III. Son caractère: Celui du fameux Duc de Guise, connu sous le nom du Balafré: Bataille de Coutrats: Meurtre du Duc de Guise: Extrémités où Henri III. est réduit: Mayenne est le Chef de la Ligue: D'Aumale en est le Héros: Réconciliation de Henri III. & de Henri Roi de Navarre: Secours que promet la Reine Elizabeth: Sa réponse à Henri de Bourbon.

QUAND l'Arrêt des Destins eut durant quelques jours

A tant de cruautés permis un libre cours,

Et que des Assassins fatigués de leurs crimes,

D   Les

Les glaives émouflés manquérent de victimes,

5 Le Peuple dont la Reine avoit armé le bras,
Ouvrit enfin les yeux & vit fes attentats.

Aifément fa pitié fuccéde à fa furie.
Il entendit gémir la voix de fa Patrie.
Bien-tôt Charles lui-même en fut faifi d'horreur,

10 Le remords dévorant s'éleva dans fon cœur.

Des premiers ans du Roi la funefte culture,
N'avoit que trop en lui corrompu la nature;
Mais elle n'avoit point étouffé cette voix,
Qui jufques fur le Trône épouvante les Rois.

15 Par fa Mere élevé, nourri dans fes maximes,
Il n'étoit point comme elle endurci dans les crimes.

Le chagrin vint flétrir la fleur de fes beaux jours,
Une langueur mortelle en abrégea le cours:
Dieu déploïant fur lui fa vengeance févère,

20 Marqua ce Roi mourant du fceau de fa colére;
Et par fon châtiment voulut épouvanter,
Quiconque à l'avenir oferoit l'imiter.
Je le vis expirant. Cette image effraïante,

À mes

23 *Je le vis expirant. Cette image effraïante.*] Il fut toujours malade depuis la Saint Barthelemi , & mourut environ

A mes yeux attendris femble être encor préfente.
25 Son fang à gros bouillons de fon corps élancé,
Vangeoit le Sang Français par fes ordres verfé;
Il fe fentoit frappé d'une main invifible;
Et le Peuple étonné de cette fin terrible,
Plaignit un Roi fi jeune & fi-tôt moiffonné;
30 Un Roi par les méchans dans le crime entraîné;
Et dont le repentir promettoit à la France,
D'un Empire plus doux quelque foible efpérance.

Soudain du fond du Nord au bruit de fon trépas,
L'impatient Valois accourant à grands pas,
35 Vint faifir dans ces lieux tout fumans de carnage,
D'un Frere infortuné le fanglant héritage.

La Pologne en ce tems avoit d'un commun
choix,
Au rang des Jagellons placé l'heureux Valois;

Son

ron deux ans après; le 36. Mai 1574. tout baigné dans
fon fang qui lui fortoit par les pores.

37 *La Pologne en ce tems avoit d'un commun choix.*] La réputation qu'il avoit acquife à Jarnac & à Moncontour, fou-
tenue de l'argent de la France, l'avoit fait élire Roi de
Pologne en 1573. Il fuccéda à Sigifmond II. dernier Prince de la Race des Jagellons.

D 2

Son nom plus redouté que les plus puiſſans Princes,

40 Avoit gagné pour lui les voix de cent Provinces.

C'eſt un poids bien peſant qu'un nom trop-tôt fameux :

Valois ne ſoutint pas ce fardeau dangereux.

Reine, je parle ici ſans détour & ſans feinte,

Vous m'avez commandé de bannir la contrainte ;

45 Et mon cœur qui jamais n'a ſu ſe déguiſer,

Prêt à ſervir Valois ne ſauroit l'excuſer.

Sa gloire avoit paſſé comme une ombre legére,

Ce changement eſt grand, mais il eſt ordinaire,

On a vu plus d'un Roi, par un triſte retour,

50 Vainqueur dans les Combats, eſclave dans ſa Cour,

Reine, c'eſt dans l'eſprit qu'on voit le vrai courage.

Valois reçut des Cieux des vertus en partage.

Il eſt vaillant, mais foible ; & moins Rôi que Soldat,

Il n'a de fermeté qu'en un jour de combat.

55 Ses honteux Favoris flattant ſon indolence,

De ſon cœur à leur gré gouvernoient l'inconſtance ;

Au fond de ſon Palais avec lui renfermés,

Sourds aux cris douloureux des Peuples opprimés,

Ils dictoient par ſa voix leurs volontés funeſtes ;

60 Des

60 Des Tréfors de la France ils diſſipoient les reſtes,
Et le Peuple accablé pouſſant de vains ſoupirs,
Gémiſſoit de leur luxe & païoit leurs plaiſirs.

Tandis que ſous le joug de ſes Maîtres avides,
Valois preſſoit l'Etat du fardeau des Subſides,
65 On vit paroître Guiſe, & le Peuple inconſtant
Tourna bien-tôt ſes yeux vers cet Aſtre éclatant:
Sa valeur, ſes exploits, la gloire de ſon Pere,
Sa grace, ſa beauté, cet heureux don de plaire,
Qui mieux que la vertu fait régner ſur les cœurs,
70 Attiroient tous les Vœux par leurs charmes vain-
queurs.

Nul ne ſut mieux que lui le grand Art de ſéduire,
Nul ſur ſes paſſions n'eut jamais plus d'empire,
Et ne ſut mieux cacher ſous des dehors trompeurs,
Des plus vaſtes deſſeins les ſombres profondeurs.
75 Altier, impérieux, mais ſouple & populaire,

Des

65 *On vit paroître Guiſe, & le Peuple inconſtant.*] Henri
de Guiſe, le *Balafré*, né en 1550. de François de Guiſe,
& d'Anne d'Eſt. Il exécuta le grand projet de la Ligue
formé par le Cardinal de Lorraine ſon Oncle au Concile
de Trente, & entamé par François ſon Pere.

Des Peuples en public il plaignoit la miſére,

Déteſtoit des Impôts le fardeau rigoureux ;

Le pauvre alloit le voir , & revenoit heureux;

Il ſavoit prévenir la timide indigence,

80 Ses bienfaits dans Paris annonçoient ſa préſence.

Il ſe faiſoit aimer des Grands qu'il haïſſoit,

Terrible & ſans retour alors qu'il offenſoit:

Téméraire en ſes vœux , ſage en ſes artifices,

Brillant par ſes vertus , & même par ſes vices,

85 Connoiſſant les périls , & ne redoutant rien;

Heureux Guerrier, grand Prince , & mauvais Ci-
     toïen.

Quand il eut quelque tems eſſaïé ſa puiſſance,

Et du Peuple aveuglé cru fixer l'inconſtance,

Il ne ſe cacha plus , & vint ouvertement

90 Du Trône de ſon Roi briſer le fondement.

Il forma dans Paris cette Ligue funeſte ,

Qui bien-tôt de la France infeſta tout le reſte;

Monſtre affreux , qu'ont nourri les Peuples & les
     Grands,

Engraiſſé de carnage & fertile en Tyrans.

95 La France dans ſon ſein vit alors deux Monar-
     ques.

L'un

L'un n'en poffedoit plus que les frivoles marques;
L'autre portant par-tout l'efpérance & l'effroi,
A peine avoit befoin du vain tître de Roi.

Valois fe réveilla du fein de fon yvreffe.
100 Ce bruit, cet appareil, ce danger qui le preffe,
Ouvrirent un moment fes yeux appefantis;
Mais du jour importun fes regards éblouïs,
Ne diftinguérent point au fort de la tempête,
Les foudres menaçans qui grondoient fur fa tête;
105 Et bien-tôt fatigué d'un moment de réveil,
Las, & fe rejettant dans les bras du fommeil,
Entre fes Favoris, & parmi les délices,
Tranquille il s'endormit au bord des précipices.

Je lui reftois encore; & tout prêt de périr,
110 Il n'avoit plus que moi qui pût le fecourir;
Héritier après lui du Trône de la France,
Mon bras fans balancer s'armoit pour fa défenfe;
J'offrois à fa foibleffe un néceffaire appui;
Je courois le fauver, ou me perdre avec lui.

115 Mais Guife trop habile, & trop favant à nuire,
L'un par l'autre en fecret fongeoit à nous détruire:
Que dis-je, il obligea Valois à fe priver

D 4   De

De l'unique foutien qui le pouvoit fauver.

De la Religion le prétexte ordinaire

120 Fut un voile honorable à cet affreux miftère.

Par fa feinte vertu le Peuple échauffé

Ranima fon courroux encor mal étouffé.

Il leur repréfentoit le culte de leurs Péres;

Les derniers attentats des Sectes étrangéres;

125 Me peignoit ennemi de l'Eglife & de Dieu;

„ Il porte, difoit-il, fes erreurs en tout lieu;

„ Il fuit d'Elizabeth les dangereux exemples;

„ Sur vos Temples détruits il va fonder fes Temples;

„ Vous verrez dans Paris fes Prêches criminels.

130 Tout le Peuple à ces mots trembla pour fes Autels.

Jufqu'au Palais du Roi l'allarme en eft portée.

La Ligue, qui feignoit d'en être épouvantée,

Vient de la part de Rome annoncer à fon Roi,

Que Rome lui défend de s'unir avec moi.

135 Hélas! le Roi trop foible obéït fans murmure;

Et lorfque je volois pour vanger fon injure,

J'apprens que mon Beau-Frere, à la Ligue foumis,

S'uniffoit pour me perdre, avec fes ennemis;

De

De Soldats malgré lui couvroit déja la Terre,
140 Et par timidité me déclaroit la guerre.

Je plaignis ſa foibleſſe, & ſans rien ménager,
Je courus le combattre au lieu de le venger.
De la Ligue, en cent lieux, les Villes allarmées,
Contre moi dans la France enfantoient de Ar‑
    mées;
145 Joyeuſe, avec ardeur, venoit fondre ſur moi,
Miniſtre impétueux des foibleſſes du Roi.
Guiſe dont la prudence égaloit le courage,
Diſperſoit mes amis, leur fermoit le paſſage.
D'armes & d'ennemis preſſé de toutes parts,
150 Je les défiai tous, & tentai les hazards.

Je cherchai dans Coutras ce ſuperbe Joyeuſe,
Vous ſavez ſa défaite, & ſa fin malheureuſe.
Je dois vous épargner des récits ſuperflus.

Non, je ne reçois point vos modeſtes refus:
155 Non, ne me privez point, dit l'auguſte Princeſſe,
D'un récit qui m'éclaire autant qu'il m'intéreſſe;
N'oubliez point ce jour, ce grand jour de Coutras,
Vos travaux, vos vertus, Joyeuſe, & ſon trépas.
        D 5   L'Au‑

L'Auteur de tant d'exploits doit feul me les ap-
　　prendre,

160 Et peut-être je fuis digne de les entendre.

　Elle dit; le Héros à ce difcours flateur,

　Sentit couvrir fon front d'une noble rougeur;

　Et réduit à regret à parler de fa gloire,

　Il pourfuivit ainfi cette fatale Hiftoire.

　De tous les Favoris qu'idolâtroit Valois,

165 Qui flattoient fa mollefle, & lui donnoient des
　　Loix,

　Joyeufe né d'un fang chez les Français infigne,

　D'une faveur fi haute étoit le moins indigne:

　Il avoit des vertus; & fi de fes beaux jours

170 La Parque en ce combat n'eût abregé le cours,

　　　　　　　　　　　　　　　　　Sans

---

165 *De tous les Favoris qu'idolâtroit Valois.*] Anne, Duc
de Joyeufe, avoit époufé la Sœur de la Femme de Henri
III. Dans fon Ambaffade à Rome il fut traité comme Frere du Roi. Il avoit un cœur digne de fa grande fortune.
Un jour aïant fait attendre trop long-tems les deux Secré-
taires d'Etat dans l'Antichambre du Roi, il leur en fit fes
excufes en leur abandonnant un don de cent mille écus
que le Roi venoit de lui faire. Il donna la Bataille de
Coutras contre Henri IV. alors Roi de Navarre, le 20.
Octobre 1587. On comparoit fon Armée à celle de Da-
rius, & l'Armée de Henri IV. à celle d'Aléxandre. Joyeufe fut tué dans la Bataille par deux Capitaines d'Infanterie
nommés Bordaux & Defcentiers.

Sans doute aux grands exploits son ame accoutumée

Auroit de Guise un jour atteint la renommée.

Mais nourri jusqu'alors au milieu de la Cour,

Dans le sein des Plaisirs, dans les bras de l'Amour,

175 Il n'eut à m'opposer qu'un excès de courage,

Dans un jeune Héros dangereux avantage.

Les Courtisans en foule attachés à son sort,

Du sein des voluptés s'avançoient à la mort.

Des chiffres amoureux, gages de leurs tendresses,

180 Traçoient sur leurs habits les noms de leurs Maî-
tresses;

Leurs armes éclatoient du feu des Diamans,

De leurs bras énervés frivoles ornemens;

Ardens, tumultueux, privés d'expérience,

Ils portoient au combat leur superbe imprudence;

185 Orgueilleux de leur pompe, & fiers d'un Camp nombreux,

Sans ordre ils s'avançoient d'un pas impétueux.

D'un éclat différent mon Camp frappoit leur vûe.

Mon Armée en silence à leurs yeux étendue,

N'offroit de tous côtés que farouches Soldats,

190 Endurcis aux travaux, vieillis dans les combats,

Accoutumés au sang & couverts de blessures,

Leur

Leur fer & leurs moufquets compofoient leurs pa-
rures.

Comme eux vêtu fans pompe, armé de fer comme
eux,

Je conduifois aux coups leurs Efcadrons poudreux;
195 Comme eux, de mille morts affrontant la tempête,
Je n'étois diftingué qu'en marchant à leur tête.
Je vis nos Ennemis vaincus & renverfés,
Sous nos coups expirans, devant nous difperfés:
A regret dans leur fein j'enfonçois cette épée,
200 Qui du fang Efpagnol eût été mieux trempée.

Il le faut avouer; parmi les Courtifans,
Que moiffonna le fer en la fleur de leurs ans,
Aucun ne fut percé, que de coups honorables:
Tous fermes dans leur pofte & tous inébranlables,
205 Ils voïoient devant eux avancer le trépas,
Sans détourner les yeux, fans reculer d'un pas.
Des Courtifans Français tel eft le caractère;
La paix n'amollit point leur valeur ordinaire,
De l'ombre du repos ils volent aux hazards;
210 Vils flatteurs à la Cour, Héros aux Champs de Mars.

Pour moi dans les horreurs d'une mêlée affreufe,
J'ordonnois, mais en vain, qu'on épargnât Joyeufe;
Je

Je l'apperçus bien-tôt porté par des Soldats;

Pâle & déja couvert de ombres du trépas.

215 Telle une tendre fleur, qu'un matin voit éclore

Des baifers du Zéphire & des pleurs de l'Aurore,

Brille un moment aux yeux; & tombe avant le tems,

Sous le tranchant du fer, ou fous l'effort des Vents.

Mais pourquoi rappeller cette trifte Victoire?

220 Que ne puis-je plutôt ravir à la Mémoire

Les cruels Monumens de ces affreux fuccès!

Mon bras n'eft encor teint que du fang des Français;

Ma grandeur, à ce prix, n'a point pour moi de charmes;

Et mes lauriers fanglans font baignés de mes larmes.

225 Ce malheureux Combät ne fit qu'approfondir

L'abîme dont Valois vouloit en vain fortir.

Il fut plus méprifé quand on vit fa difgrace;

Paris fut moins foumis, la Ligue eut plus d'audace;

Et la gloire de Guife àigriffant fes douleurs

230 Ainfi que fes affronts, redoubla fes malheurs.

Guife dans Vimori, d'une main plus heureufe,

Ven-

231 *Guife dans Vimori, d'une main plus heureufe.*] Dans le
même-tems que l'Armée du Roi étoit battue à Coutras,
Ié

Vengea sur les Germains la perte de Joyeuse;
Accabla dans Auneau mes Alliés surpris,
Et couvert de lauriers se montra dans Paris.
235 Ce Vainqueur y parut comme un Dieu tutelaire;
Valois vit triompher son superbe Adversaire,
Qui toujours insultant à ce Prince abattu,
Sembloit l'avoir servi moins que l'avoir vaincu.

La honte irrite enfin le plus foible courage.
240 L'insensible Valois ressentit cet outrage;
Il voulut d'un Sujet réprimant la fierté,
Effacer dans Paris sa foible autorité.
Il n'en étoit plus tems; la tendresse & la crainte
Pour lui dans tous les cœurs étoit alors éteinte:
245 Son Peuple audacieux prompt à se mutiner,
Le prit pour un Tyran dès qu'il voulut régner.
On s'assemble, on conspire, on répand les allarmes;
Tout Bourgeois est Soldat, tout Paris est en armes;
Mille remparts naissans, qu'un instant a formés,
250 Menacent de Valois les Gardes enfermés.

Guise

le Duc de Guise faisoit des actions d'un très-habile Général,
contre une Armée nombreuse de Reitres venus au secours
de Henri IV. & après les avoir harcelés & fatigués long-
tems, il les défit au Village d'Auneau.

Guife tranquille & fier au milieu de l'orage,
Précipitoit du Peuple ou retenoit la rage,
De la fédition gouvernoit les reſſorts,
Et faiſoit à fon gré mouvoir ce vaſte Corps.

255 Tout le Peuple au Palais couroit avec furie,
Si Guife eût dit un mot, Valois étoit fans vie:
Mais lorſque d'un coup d'œil il pouvoit l'accabler,
Il parut fatisfait de l'avoir fait trembler:
Et des Mutins lui-même arrêtant la pourſuite,

260 Lui laiſſa par pitié le pouvoir de la fuite;
Enfin Guife attenta, quel que fut fon projet,
Trop peu pour un Tyran, mais trop pour un Sujet.
Quiconque a pu forcer fon Monarque à le craindre,
A tout à redouter, s'il ne veut tout enfraindre.

265 Guife en fes grands deſſeins dès ce jour affermi,
Vit qu'il n'étoit plus tems d'offenſer à demi;
Et qu'élevé ſi haut, mais fur un précipice,
S'il ne montoit au Trône, il marchoit au fupplice.
Enfin Maître abfolu d'un Peuple révolté,

270 Le

---

251 *Guife tranquille & fier au milieu de l'orage.*] Le Duc de Guife à cette journée des Barricades, fe contenta de renvoïer à Henri III. fes Gardes, après les avoir defar-més.

270 Le cœur plein d'efpérance & de témérité,

Appuïé des Romains, fecouru des Ibéres,

Adoré des Français, fecondé de fes Freres,

Ce Sujet orgueilleux crut ramener ces tems,

Où de nos premiers Rois les lâches Defcendans,

275 Déchus prefque en naiffant de leur pouvoir fuprême,

Sous

273 *Ce Sujet orgueilleux crut ramener ces tems.*] Le Cardinal de Guife, Frere du Duc, avoit dit fouvent qu'il
efpéroit tenir bien-tôt la tête de Henri III. entre fes jambes
pour lui faire une Couronne de Moine. Ce deffein étoit
fi public, qu'on afficha ces deux vers Latins aux portes du
Louvre :

QUI DEDIT ANTE DUAS, UNAM ABSTULIT, ALTERA NUTAT.
TERTIA TONSORIS EST FACIENDA MANU.

On a trouvé dans la Bibliothéque de feu M. le
Premier-Préfident de Mefme, cette traduction de
diftique :

Valois qui les Dames n'aime,
Deux Couronnes poffeda.
Bien-tôt fa prudence extrême
Des deux l'une lui ôta.
L'autre va tombant de même,
Graces à fes heureux travaux :
Une paire de cifeaux
Lui baillera la troifiéme.

Sous un froc odieux cachoient leur Diadême,

Et dans l'ombre d'un Cloître en fecret gémiffans,

Abandonnoient l'Empire aux mains de leurs Tyrans.

Valois, qui cependant différoit fa vengeance,

280 Tenoit alors dans Blois les Etats de la France.

Peut-être on vous a dit quels furent ces Etats:

On propofa des Loix qu'on n'exécuta pas ;

De mille Députés l'éloquence ftérile,

Y fit de nos abus un détail inutile ;

285 Car de tant de confeils l'effet le plus commun,

Eft de voir tous nos maux fans en foulager un.

Au milieu des Etats Guife avec arrogance,

De fon Prince offenfé vint braver la préfence,

S'affit auprès du Trône, & fûr de fes projets,

290 Crut dans ces Députés voir autant de Sujets.

Déja leur troupe indigne, à fon Tyran vendue,

Alloit mettre en fes mains la Puiffance abfolue ;

Lorfque las de le craindre & las de l'épargner,

Valois voulut enfin fe vanger & régner.

295 Son Rival chaque jour foigneux de lui déplaire,

Dédaigneux ennemi, méprifoit fa colére ;

Ne foupçonnant pas même, en ce Prince irrité,

E   Pour

Pour un aſſaſſinat aſſez de fermeté.

Son deſtin l'aveugloit, ſon heure étoit venue.

300 Le Roi le fit lui-même immoler à ſa vûe;

De cent coups de poignard indignement percé,

Son orgueil en mourant ne fut point abbaiſſé;

Et ce front, que Valois craignoit encor peut-être,

Tout pâle & tout ſanglant ſembloit braver ſon Maître.

305 C'eſt ainſi que mourut ce Sujet tout-puiſſant,

De vices, de vertus, aſſemblage éclatant;

Le Roi dont il ravit l'autorité ſuprême,

Le ſouffrit lâchement, & s'en vengea de même.

Bien-tôt ce bruit affreux ſe répand dans Paris,

310 Le Peuple épouvanté remplit l'air de ſes cris,

Les Vieillards déſolés, les Femmes éperdues,

Vont du malheureux Guiſe embraſſer les Statues.

Tout

---

301 *De cent coups de poignard indignement percé.*] Il fut
aſſaſſiné dans l'Antichambre du Roi au Château de Blois,
un Vendredi 23. Décembre 1588. par Laugnac, Gentilhomme Gaſcon, & par quelques-uns des Gardes de Henri
III. qu'on nommoit les Quarante-cinq. Le Roi leur avoit
diſtribué lui-même les poignards dont le Duc fut percé.
Les Aſſaſſins étoient la Baſtide, Montſivry, Saint-Malin,
Saint-Gaudin, Saint-Capautel, avec Lognac Capitaine des
Quarante-cinq.

Tout Paris croit avoir en ce preſſant danger,
L'Egliſe à ſoutenir, & ſon Pere à venger;
315 De Guiſe au milieu d'eux le redoutable Frere,
Mayenne à la vengeance anime leur colere,
Et plus par intérêt, que par reſſentiment;
Il allume en cent lieux ce grand embraſement.

Mayenne dès long-tems nourri dans les allarmes,
320 Sous le ſuperbe Guiſe avoit porté les armes;
Il ſuccede à ſa gloire ainſi qu'à ſes deſſeins,
Le Sceptre de la Ligue a paſſé dans ſes mains.
Cette grandeur ſans borne, à ſes deſirs ſi chere,
Le conſole aiſément de la perte d'un Frere;
325 Il ſervoit à regret; & Mayenne aujourd'hui
Aime mieux le vanger que de marcher ſous lui.
Mayenne a, je l'avoue, un courage héroïque;
Il ſait, par une heureuſe & ſage politique,
Réunir ſous ſes loix mille eſprits différens,
330 Ennemis de leur Maître, eſclaves des Tyrans.
Il connoît leurs talens, il ſait en faire uſage;

Soû=

319 *Mayenne dès long-tems nourri dans les allarmes.*] Le Duc
de Mayenne, Frere puîné du *Balafré*, tué à Blois, avoit
été long-tems jaloux de la réputation de ſon aîné. Il avoit
toutes les grandes qualités de ſon Frere, à l'activité près.

E 2

Souvent du malheur même il tire un avantage.

Guife avec plus d'éclat éblouïffoit les yeux,

Fut plus grand, plus Héros, mais non plus dangereux.

335 Voilà quel eft Mayenne, & quelle en fa puiffance.

Autant la Ligue altiére efpére en fa prudence,

Autant le jeune Aumale au cœur préfomptueux

Répand dans les efprits fon courage orgueilleux.

D'Aumale eft du Parti le Bouclier terrible,

340 Il a jufqu'aujourd'hui le titre d'Invincible.

Mayenne, qui le guide au milieu des Combats,

Eft l'ame de la Ligue, & l'autre en eft le bras.

Cependant des Flamans l'Oppreffeur politique,

Ce Voifin dangereux, ce TYRAN CATHOLIQUE;

345 Ce Roi dont l'artifice eft le plus grand foutien,

Ce Roi votre Ennemi, mais plus encor le mien,

Philippe, de Mayenne embraffant la querelle,

Sou-

---

337 *Autant le jeune Aumale au cœur préfomptueux.*] *Voyez*
la Remarque au quatrième Chant.

347 *Philippe, de Mayenne embraffant la querelle.*] Philippe
II Roi d'Efpagne, Fils de Charles Quint. On l'appelloit
le Démon du Midi, DÆMONIUM MERIDIANUM,
parce qu'il troubloit toute l'Europe, au Midi de laquelle
l'Efpagne eft fituée. Il envoïa de puiffans fecours à la Ligue

Soutient de nos Rivaux la caufe criminelle;

Et Rome, qui devoit étouffer tant de maux,

350 Rome de la Difcorde allume les flambeaux;

Celui qui des Chrétiens fe dit encor le Pere,

Met aux mains de fes Fils un glaive fanguinaire.

Des deux bouts de l'Europe, à mes regards furpris,

Tous les malheurs enfemble accourent dans Paris

355 Enfin Roi fans Sujets, pourfuivi fans défenfe,

Valois s'eft vu forcé d'implorer ma puiffance.

Il m'a cru généreux, & ne s'eft point trompé.

Des malheurs de l'Etat mon cœur s'eft occupé;

Un danger fi preffant a fléchi ma colére;

360 Je n'ai plus dans Valois regardé qu'un Beau-Frere;

Mon devoir l'ordonnoit, j'en ai fubi la loi,

Et Roi, j'ai défendu l'autorité d'un Roi.

Je

gue dans le deffein de faire tomber la Couronne de France à l'Infante Claire Eugénie, ou à quelque Prince de fa Famille.

349 *Et Rome, qui devoit étouffer tant de maux.*] La Cour de Rome gagnée par les Guifes, & foumife alors à l'Efpagne, fit ce qu'elle put pour ruïner la France : Grégoire XIII. fecourut la Ligue d'hommes & d'argent ; & Sixte-Quint commença fon Pontificat par les excès les plus grands, & heureufement les plus inutiles contre la Maifon Roïale, comme on peut voir aux Remarques fur le premier Chant.

E 3

Je fuis venu vers lui fans Traité, fans ôtage :

Votre fort, ai-je dit, eft dans votre courage;

365 Venez mourir ou vaincre aux remparts de Paris.

Alors un noble orgueil a rempli fes efprits :

Je ne me flatte point d'avoir pu dans fon ame,

Verfer par mon exemple une fi belle flâme:

Sa difgrace a fans doute éveillé fa vertu,

370 Il gémit du repos qui l'avoit abattu ;

Valois avoit befoin d'un deftin fi contraire,

Et fouvent l'infortune aux Rois eft néceffaire.

Tels étoient de Henri les fincéres difcours.

Des Anglais cependant il preffe le fecours :

375 Déja du haut des murs de la Ville rebelle,

La voix de la Victoire en fon Camp le rappelle.

Mille jeunes Anglais vont bien-tôt fur fes pas

Fendre le fein des Mers, & chercher les Combats.

Effex eft à leur tête, Effex dont la vaillance

380 A

———

363 *Je fuis venu vers lui fans Traité, fans ôtage.*] Henri
IV. alors Roi de Navarre, eut la générofité d'aller à Tours
voir Henri III. fuivi d'un Page feulement, malgré les dé-
fiances & les prieres de fes vieux Officiers qui craignoient
pour lui une feconde Saint Barthelemi.

379 *Effex eft à leur tête, Effex dont la vaillance.*] Robert
de

380 A des fiers Caſtillans confondu la prudence,

Et qui ne croïoit pas qu'un indigne deſtin

Dût flétrir les lauriers qu'avoit cueillis ſa main.

Henri ne l'attend point: ce Chef que rien n'arrête,

Impatient de vaincre à ſon départ s'apprête.

385 Allez, lui dit la Reine, allez digne Héros,

Mes Guerriers ſur vos pas traverſeront les flots;

Non, ce n'eſt point Valois, c'eſt vous qu'ils veulent
ſuivre.

A vos ſoins généreux mon amitié les livre.

Au milieu des Combats vous les verrez courir,

390 Plus pour vous imiter que pour vous ſecourir:

Formés par votre exemple au grand Art de la guerre,

Ils apprendront ſous vous à ſervir l'Angleterre.

Puiſſe bien-tôt la Ligue expirer ſous vos coups!

L'Eſpagne ſert Mayenne, & Rome eſt contre vous;

395 Allez vaincre l'Eſpagne, & ſongez qu'un grand
homme

Ne

de Dreux, Comte d'Eſſex, fameux par la priſe de Cadix
ſur les Eſpagnols, par la tendreſſe d'Elizabeth pour lui, &
par ſa mort tragique arrivée en 1601. Il avoit pris Cadix
ſur les Eſpagnols, & les avoit battus plus d'une fois ſur
Mer. La Reine Elizabeth l'envoïa effectivement en France
en 1590. au ſecours de Henri IV. à la tête de cinq mille
hommes.

E 4

Ne doit point redouter les vains foudres de Rome.

Allez des Nations venger la Liberté;
De Sixte & de Philippe abaissez la fierté.

Philippe de son Pere hériter tyrannique,
400 Moins grand, moins courageux, & non moins politique,

Divisant ses Voisins pour leur donner des fers,
Du fond de son Palais croit dompter l'Univers.

Sixte au Trône élevé du sein de la poussiére,
Avec moins de puissance a l'ame encor plus fiére;
405 Le Pastre de Montalte est le Rival des Rois,

Dans Paris, comme à Rome, il veut donner des
 Loix;

Sous le pompeux éclat d'un triple Diadême,

Il

403 *Sixte au Trône élevé du sein de la poussiére.*] Sixte-
Quint, (né aux Grottes dans la Marche d'Ancône, d'un
pauvre Vigneron nommé Peretty,) homme dont la turbu-
lence égala la dissimulation. Etant Cordelier il assomma
de coups le Neveu de son Provincial, & se brouilla avec
tout l'Ordre. Inquisiteur à Venise il y mit le trouble, &
fut obligé de s'enfuir. Etant Cardinal il composa en Latin la Bulle d'excommunication lancée par le Pape Pie V.
contre la Reine Elizabeth; cependant il estimoit cette
Reine, & l'appelloit UN GRAN CERVELLO DI PRIN-
CIPESSA.

Il pense asservir tout , jusqu'à Philippe même.

Violent , mais adroit , dissimulé , trompeur,

410 Ennemi des Puissans, des Foibles oppresseur,

Dans Londres, dans ma Cour, il a formé des brigues ,

Et l'Univers, qu'il trompe, est plein de ses intrigues.

Voilà les Ennemis que vous devez braver·

Contre moi l'un & l'autre oférent s'élever :

415 L'un combattant en vain l'Anglais & les orages,

Fit voir à l'Ocean sa fuite & ses naufrages,

Du sang de ses Guerriers ce bord est encor teint;

L'autre se tait dans Rome, & m'estime, & me craint.

Suivez

416 *Fit voir à l'Océan sa fuite & ses naufrages.*] Cet événement étoit tout récent , car Henri IV. est supposé voir
secrétement Elizabeth en 1589. & c'étoit l'année précé-
dente que la grande Flote de Philippe II. destinée pour la
Conquête de l'Angleterre, fut battue par l'Amiral Drake,
& dispersée par la tempête.

On a fait dans un Journal de Trevoux une Critique spé-
cieuse de cet endroit. Ce n'est pas , dit-on , à la Reine
Elizabeth de croire que Rome est complaisante pour les
Puissances, puisque Rome avoit osé excommunier son Pere.

Mais le Critique ne songeoit pas que le Pape n'avoit excommunié le Roi Henri IV. que parce qu'il craignoit davantage l'Empereur Charles-Quint,

Suivez donc, à leurs yeux , votre noble entreprife.

420 Si Mayenne eft vaincu , Rome fera foumife ;

Vous feul pouvez régler fa haine ou fes faveurs ;

Infléxible aux Vaincus , complaifante aux Vainqueurs ,

Prête à vous condamner, facile à vous abfoudre,

C'eft à vous d'allumer, ou d'éteindre fa foudre.

L A

N. Vleughels pinx.   Cl. Duflos fecit.

LA HENRIADE.

CHANT QUATRIÈME.

ARGUMENT.

D'Aumale *étoit prêt de se rendre maître du Camp de Henri III. lorsque le Héros revenant d'Angleterre combat les Ligueurs , & fait changer la fortune.*

La Discorde console Mayenne & vole à Rome pour y chercher du secours. Description de Rome où régnoit alors Sixte-Quint. La Discorde y trouve la Politique : Elle revient avec elle à Paris : Souleve la Sorbonne : Anime les Seize contre le Parlement, & arme les Moines : on livre à la main du Bourreau des Magistrats qui tenoient pour le Parti des Rois: Troubles & confusion horrible dans Paris.

TANDIS que poursuivant leurs entretiens secrets,

Et pesant à loisir de si grands intérêts,

Ils épuisoient tous deux la science profonde,

De

De combattre, de vaincre, & de régir le Monde,

5 La Seine avec effroi voit fur fes bords fanglans,

Les Drapeanx de la Ligue abandonnés aux Vents.

Valois, loin de Henri, rempli d'inquiétude,

Du deftin des Combats craignoit l'incertitude.

A fes deffeins flottans il falloit un appui :

10 Il attendoit Bourbon, fûr de vaincre avec lui.

Par ces retardemens les Ligueurs s'enhardirent;

Des Portes de Paris leurs Légions fortirent.

Le fuperbe d'Aumale, & Nemours, & Briffac,

Le farouche Saint-Paul, la Châtre, Canillac,

15 D'un coupable Parti défenfeurs intrépides,

Epouvantoient Valois de leurs fuccès rapides;

Et ce Roi trop fouvent fujet au repentir

Regrettoit le Héros qu'il avoit fait partir.

Parmi ces Combattans, ennemis de leur Maître,

20 Un Frere de Joyeufe ofa long-tems paroître.

Ce

20 *Un Frere de Joyeufe ofa long-tems paroître.*] Henri,
Comte de Bouchage, Frere-puîné du Duc de Joyeufe, tué
à Coutras.

Un jour qu'il paffoit à Paris à quatre heures du matin,
près du Convent des Capucins, après avoir paffé la nuit
en débauche, il s'imagina que les Anges chantoient les
Ma-

Ce fut lui que Paris vit paſſer tour à tour

Du Siècle au fond d'un Cloître, & du Cloître à la
    Cour;

Vicieux, Pénitent, Courtiſan, Solitaire,

Il prit, quitta, reprit la Cuiraſſe & la Haire.

25 Du pied des ſaints Autels arroſés de ſes pleurs,

Il courut de la Ligue animer les fureurs;

Et plongea dans le ſang de la France éplorée,

La main qu'à l'Eternel il avoit conſacrée.

Mais de tant de Guerriers, celui dont la valeur

30 Inſpira plus d'effroi, répandit plus d'horreur,

Dont le cœur fut plus fier & la main plus fatale,

Ce fut vous, jeune Prince, impétueux d'Aumale;

                                             Vous

Matines dans le Convent : frappé de cette idée, il ſe fit
Capucin ſous le nom de Frere Ange. Depuis il quitta ſon
froc, & prit les armes contre Henri IV. Le Duc de
Mayenne le fit Gouverneur du Languedoc, Duc & Pair,
& Maréchal de France. Enfin il fit ſon accommodement
avec le Roi, mais un jour ce Prince étant avec lui ſur un
Balcon, au-deſſous duquel beaucoup de Peuple étoit aſ-
ſemblé: (Mon Couſin, lui dit Henri IV., ces gens-ci me
paroiſſent fort aiſes de voir enſemble un Apoſtat & un
Renégat.) Cette parole du Roi fit rentrer Joyeuſe dans
ſon Convent où il mourut.

    32 *Ce fut vous, jeune Prince impétueux d'Aumale.*] Le
Chevalier d'Aumale, Frere du Duc d'Aumale, de la Maiſon de Lorraine, jeune homme impétueux, qui avoit des
                                             qua-

Vous né du Sang Lorrain, fi fécond en Héros;
Vous ennemi des Rois, des Loix & du repos.

35 La fleur de la Jeuneffe en tout tems l'accompagne,
    Avec eux, fans relâche, il fond dans la Campagne:
    Tantôt dans le filence, & tantôt à grand bruit,
    A la clarté des Cieux, dans l'ombre de la nuit,
    Chez l'ennemi furpris portant par-tout la guerre,
40 Du fang des Affiégeans fon bras couvroit la terre.
    Tels du front du Caucafe, ou du fommet d'Athos,
    D'où l'œil découvre au loin l'Air, la Terre, & les
        Flots;
    Les Aigles, les Vautours aux aîles étendues
    D'un vol précipité fendant les vaftes nues,
45 Vont dans les Champs de l'air enlever les Oifeaux,
    Dans les Bois, fur les Prez déchirent les Troupeaux;
    Et dans les flancs affreux de leurs roches fanglantes,
    Remportent à grands cris les dépoüilles vivantes.

    Dans un de ces Combats de fa gloire enivré
50 Aux Tentes de Valois il avoit pénétré.
    La nuit & la furprife augmentoient les allarmes,

                                    Tout

qualités brillantes, qui étoit toujours à la tête des forties
pendant le Siège de Paris, & infpiroit aux Habitans fa
valeur & fa confiance.

Tout plioit, tout trembloit, tout cédoit à ſes armes.

Cet orageux torrent prompt à ſe déborder,

Dans ſon choc ténébreux alloit tout inonder.

55 L'Etoile du matin commençoit à paroître,

Mornay qui précédoit le retour de ſon Maître,

Voïoit déja les Tours du ſuperbe Paris.

D'un bruit mêlé d'horreur il eſt ſoudain ſurpris.

Il court, il apperçoit dans un deſordre extrême,

60 Les Soldats de Valois, & ceux de Bourbon même:

,, Juſte Ciel! eſt-ce ainſi que vous nous attendiez!

,, Henri va vous défendre, il vient, & vous fuïez.

,, Vous fuïez Compagnons! Au ſon de ſa parole,

Comme on vit autrefois au pied du Capitole,

65 Le Fondateur de Rome opprimé des Sabins,

Au nom de Jupiter arrêter ſes Romains,

Au ſeul nom de Henri les Français ſe rallient.

La honte les enflâme, ils marchent, ils s'écrient;

Qu'il vienne ce Héros, nous vaincrons ſous ſes
yeux.

70 Henri dans le moment paroît au milieu d'eux,

Brillant comme l'éclair au fort de la tempête,

Il vole aux premiers rangs, il s'avance à leur tête,

Il combat, on le ſuit, il change les deſtins,

La

La foudre eft dans fes yeux , la mort eft dans fes
    mains.

75 Tous les Chefs ranimés autour de lui s'empreffent,

La Victoire revient , les Ligueurs difparoiffent,

Comme aux raïons du Jour qui s'avance & qui luit,

S'eft diffipé l'éclat des Aftres de la nuit.

C'eft en vain que d'Aumale arrête fur ces rives,

80 Des fiens épouvantés les Troupes fugitives ;

Sa voix pour un moment les rappelle aux combats :

La voix du grand Henri précipite leurs pas :

De fon front menaçant la terreur les renverfe,

Leur Chef les réunit , la crainte les difperfe.

85 D'Aumale eft avec eux dans leur fuite entraîné ;

Tel que du haut d'un Mont de frimats couronné,

Au milieu des glaçons & des neiges fondues ,

Tombe & roule un Rocher qui menaçoit les nues.

Mais que dis-je? il s'arrête, il montre aux Affié-
    geans ,

90 Il montre encor ce front redouté fi long-tems,

Des fiens qui l'entraînoient fougueux il fe dégage,

Honteux de vivre encor il revole au carnage.

Il arrête un moment fon Vainqueur étonné,

Mais d'ennemis bien-tôt il eft environné.

95 La mort alloit punir fon audace fatale:

                                         La

La Discorde le vit, & trembla pour d'Aumale:

La barbare qu'elle est a besoin de ses jours:

Elle s'éleve en l'air, & vole à son secours.

Elle approche, elle oppose, au nombre qui l'accable,

100 Son Bouclier de fer, immense, impénétrable,

Qui commande au trépas, qu'accompagne l'horreur,

Et dont la vûe inspire ou la rage ou la peur.

O Fille de l'Enfer, Discorde inéxorable,

Pour la premiere fois tu parus secourable.

105 Tu sauvas un Héros, tu prolongeas son sort,

De cette même main Ministre de la mort,

De cette main barbare, accoutumée aux crimes,

Qui jamais jusques là n'épargna ses Victimes.

Elle entraîne d'Aumale aux Portes de Paris,

110 Sanglant, couvert de coups qu'il n'avoit point sentis.

Elle applique à ses maux une main salutaire:

Elle étanche ce sang répandu pour lui plaire.

Mais tandis qu'à son corps elle rend la vigueur,

De ses mortels poisons elle infecte son cœur.

115 Tel souvent un Tyran, dans sa pitié cruelle,

Suspend d'un malheureux la sentence mortelle;

F   A

A ſes crimes ſecrets il fait ſervir ſon bras,
Et quand ils ſont commis, il le rend au trépas.

Henri fait profiter de ce grand avantage,
120 Dont le ſort des combats honora ſon courage,
Des momens dans la Guerre il connoît tout le prix,
Il preſſe au même inſtant ſes Ennemis ſurpris :
Il veut que les Aſſauts ſuccédent aux Batailles,
Il fait tracer leur perte autour de leurs murailles.
125 Valois plein d'eſpérance, & fort d'un tel appui,
Donne aux Soldats l'exemple, & le reçoit de lui;
Il ſoutient les travaux, il brave les allarmes;
La peine a ſes plaiſirs, le péril a ſes charmes.
Tous les Chefs ſont unis, tout ſuccede à leurs vœux,
130 Et bien-tôt la terreur qui marche devant eux,
Des Aſſiégés tremblans diſſipant les Cohortes,
A leurs yeux éperdus alloit briſer leurs Portes.
Que peut faire Mayenne en ce péril preſſant?
Mayenne a pour Soldats un Peuple gémiſſant:
135 Ici la Fille en pleurs lui redemande un Pere,
Là le Frere effraïé pleure au tombeau d'un Frere,
Chacun plaint le preſent, & craint pour l'avenir,
Ce grand Corps allarmé ne peut ſe réunir :

On

On s'affemble, on confulte, on veut fuir, ou fe rendre,

140 Tous font irréfolus, nul ne veut fe défendre.

Tant le foible Vulgaire avec légéreté,

Fait fuccéder la peur à la témérité!

Mayenne en frémiffant voir leur troupe éper-
due :

Cent deffeins partageoient fon ame irréfolue :

145 Quand foudain la Difcorde aborde ce Héros,

Fait fifler fes Serpens, & lui parle en ces mots:

Digne Héritier d'un Nom redoutable à la France,

Toi qu'unit avec moi le foin de ta vengeance,

Toi nourri fous mes yeux, & formé fous mes
Loix,

150 Entens ta Protectrice, & reconnois ma voix.

Ne crains rien de ce Peuple imbécille & volage,

Dont un foible malheur a glacé le courage;

Leurs efprits font à moi, leurs cœurs font dans mes
mains,

Tu les verras bien-tôt fecondant nos deffeins,

155 De mon fiel abreuvés, à mes fureurs en proïe,

Combattre avec audace, & mourir avec joïe.

La Difcorde auffi-tôt plus prompte qu'un éclair,

F 2 Fend

Fend d'un vol affûré les Campagnes de l'air.

Par-tout chez les Français le trouble & les allarmes,

160 Préfentent à fes yeux des objets pleins de charmes.

Son haleine en cent lieux répand l'aridité,

Le fruit meurt en naiffant dans fon germe infecté,

Les épics renverfés fur la terre languiffent,

Le Ciel s'en obfcurcit, les Aftres en pâliffent,

165 Et la foudre en éclats, qui gronde fous fes pieds,

Semble annoncer la mort aux Peuples effraïés.

Un tourbillon la porte à ces rives fécondes,

Que l'Eridan rapide arrofe de fes ondes.

Rome enfin fe découvre à fes regards cruels,

170 Rome jadis fon Temple & l'effroi des Mortels,

Rome dont le deftin dans la Paix, dans la Guerre,

Eft d'être en tous les tems Maîtreffe de la Terre.

Par le fort des combats on la vit autrefois,

Sur leurs Trônes fanglans enchaîner tous les Rois.

175 L'Univers fléchiffoit fous fon Aigle terrible.

Elle exerce en nos jours un pouvoir plus paifible :

Elle a fu fous fon joug affervir fes Vainqueurs,

Gouverner les efprits, & commander aux cœurs ;

Ses avis font fes Loix, fes Decrets font fes armes.

180 Près

180   Près de ce Capitole où régnoient tant d'allarmes ;

Sur les pompeux débris de Bellone & de Mars,

Un Pontife eft affis au Trône des Céfars ;

Des Prêtres fortunés foulent d'un pied tranquile

Les Tombeaux des Catons & la cendre d'Emile.

185 Le Trône eft fur l'Autel, & l'abfolu Pouvoir

Met dans les mêmes mains le Sceptre & l'Encenfoir.

Là, Dieu même a fondé fon Eglife naiffante,

Tantôt perfécutée, & tantôt triomphante :

Là, fon premier Apôtre avec la Vérité

190 Conduifit la Candeur & la Simplicité.

Ses fucceffeurs heureux quelque-tems l'imitérent,

D'autant plus refpectés que plus ils s'abaifférent.

Leur front d'un vain éclat n'étoit point revêtu,

La pauvreté foutint leur auftère vertu ;

195 Et jaloux des feuls biens qu'un vrai Chrétien defire,

Du fond de leur Chaumiére ils voloient au Martire.

Le tems, qui corrompt tout, changea bien-tôt leurs
     mœurs :

Le Ciel pour nous punir leur donna des Grandeurs.

Rome depuis ce tems-puiffante & profanée,

200 Aux confeils des Méchans fe vit abandonnée,

La trahifon, le meurtre, & l'empoifonnement

F 3   De

De fon pouvoir nouveau fut l'affreux fondement.

Les Succeffeurs du Chrift au fond du Sanctuaire,

Placérent fans rougir l'Incefte & l'Adultére,

205 Et Rome qu'opprimoit leur Empire odieux,

Sous ces Tyrans facrez regretta fes faux Dieux.

On écouta depuis de plus fages maximes,

On fut ou s'épargner, ou mieux voiler les crimes,

De l'Eglife & du Peuple on régla mieux les droits,

210 Rome devint l'Arbitre, & non l'effroi des Rois;

Sous l'orgueil impofant du triple Diadême

La modefte Vertu reparut elle-même.

Mais l'art de ménager le refte des Humains,

Eft fur-tout aujourd'hui la vertu des Romains.

215 Sixte alors étoit Roi de l'Eglife & de Rome.

Si pour être honoré du titre de grand Homme,

Il fuffit d'être faux, auftère, & redouté,

Au rang des plus grands Rois Sixte fera compté.

II

209 *De l'Eglife & du Peuple on régla mieux les droits.*]
Voyez l'Hiftoire des Papes.

215 *Sixte alors étoit Roi de l'Eglife & de Rome.*] Sixte-
Quint étant Cardinal de Montalte contrefit fi bien l'imbécille durant près de quinze années, qu'on l'appelloit communément l'Afne d'Ancône. On fait avec quel artifice il
obtint la Papauté, & avec quelle hauteur il régna.

Il devoit sa grandeur à quinze ans d'artifices,
220 Il sut cacher quinze ans ses vertus & ses vices.
Il sembla fuir le rang qu'il brûloit d'obtenir,
Et s'en fit croire indigne afin d'y parvenir.

Sous le puissant abri de son bras despotique
Au fond du Vatican régnoit la Politique;
225 Fille de l'Intérêt & de l'Ambition,
Dont nâquirent la Fraude & la Séduction.
Ce Monstre ingénieux en détours si fertile,
Accablé de soucis paroît simple & tranquile;
Ses yeux creux & perçans, ennemis du repos,
230 Jamais du doux sommeil n'ont senti les pavots;
Par ses déguisemens à toute heure elle abuse
Les regards éblouïs de l'Europe confuse;
Toujours l'autorité lui prête un prompt secours,
Le Mensonge subtil régne en tous ses discours,
235 Et pour mieux déguiser son artifice extrême,
Elle emprunte la voix de la Vérité même.

A peine la Discorde avoit frappé ses yeux,
Elle court dans ses bras d'un air mistérieux;
Avec un ris malin la flatte, la caresse,
240 Puis prenant tout-à-coup un ton plein de tristesse,

Je

Je ne fuis plus, dit-elle, en ces tems bienheureux,

Où les Peuples féduits me préfentoient leurs vœux,

Où la crédule Europe à mon pouvoir foumife,

Confondoit dans mes Loix, les Loix de fon Eglife.

245 Je parlois, & foudain les Rois humiliés,

Du Trône en frémiffant defcendoient à mes pieds;

Sur la Terre à mon gré ma voix fouffloit les Guerres,

Du haut du Vatican je lançois les tonnerres,

Je tenois dans mes mains la vie & le trépas;

250 Je donnois, j'enlevois, je rendois les Etats.

Cet heureux tems n'eft plus. Le Sénat de la France

Eteint

---

251 *Cet heureux tems n'eft plus. Le Sénat de la France.*]
On fait que pendant les Guerres du treizième Siècle en-
tre les Empereurs & les Pontifes de Rome, Grégoire IX.
eut la hardieffe non-feulement d'excommunier l'Empereur
Fréderic II. mais encore d'offrir la Couronne Impériale à
Robert, Frere de Saint Louïs : le Parlement de France
affemblé répondit au nom du Roi, que ce n'étoit pas au
Pape à dépoffeder un Souverain, ni au Frere d'un Roi de
France de recevoir de la main d'un Pape, une Couronne,
fur laquelle ni lui ni le Saint Pere n'avoient aucun droit.
En 1570. le Parlement fédentaire donna un fameux Arrêt
contre la Bulle IN COENA DOMINI.

On connoît fes Remontrances célèbres fous Louïs XI.
au fujet de la Pragmatique Sanction : Celles qu'il fit à Henri III. contre la Bulle fcandaleufe de Sixte-Quint qui appelloit la Maifon Régnante, génération bâtarde, &c.; & fa
fer-

Eteint prefque en mes mains, les foudres que je lance;

Plein d'amour pour l'Eglife & pour moi plein d'horreur,

Il ôte aux Nations le bandeau de l'Erreur;

255 C'eft lui qui le premier démafquant mon vifage,
Vengea la Vérité dont j'empruntois l'image;

Que ne puis-je, ô Difcorde, ardente à te fervir,
Le féduire lui-même, ou du moins le punir!

Allons, que tes flambeaux rallument mon tonnerre;

260 Commençons pas la France à ravager la Terre;
Que fes fuperbes Rois retombent dans nos fers.

Elle dit, & foudain s'élance dans les airs.

Loin du fafte de Rome, & des pompes mondaines,
Des Temples confacrés aux vanités humaines,

265 Dont l'appareil fuperbe impofe à l'Univers,
L'humble Religion fe cache en des Deferts.

Elle y vit avec Dieu dans une paix profonde;
Cependant que fon nom, profané dans le Monde,
Eft le prétexte faint des fureurs des Tyrans,

270 Le bandeau du Vulgaire, & le mépris des Grands.

Souffrir

fermeté conftante à foutenir nos Libertés, contre les pré-
tentions de la Cour de Rome.

F 5

Souffrir eft fon deftin, benir eft fon partage.

Elle prie en fecret pour l'ingrat qui l'outrage;

Sans ornement, fans art, belle de fes attraits,

Sa modefte beauté fe dérobe à jamais

275 Aux hypocrites yeux de la foule importune,

Qui court à fes Autels adorer la Fortune.

Son ame pour Henri brûloit d'un faint amour:

Cette Fille des Cieux fait qu'elle doit un jour,

Vengeant de fes Autels le culte légitime,

280 Adopter pour fon Fils ce Héros magnanime:

Elle l'en croïoit digne, & fes ardens foupirs

Hâtoient cet heureux tems, trop lent pour fes defirs.

Soudain la Politique & la Difcorde impie

Surprennent en fecret leur augufte Ennemie.

285 Elle léve à fon Dieu fes yeux mouillés de pleurs;

Son Dieu pour l'éprouver la livre à leurs fureurs.

Ces Monftres dont toujours elle a fouffert l'injure,

De fes voiles facrés couvrent leur tête impure,

Prennent fes vêtemens refpectés des Humains,

290 Et courent dans Paris accomplir leurs deffeins.

D'un air infinuant l'adroite Politique

Se gliffe au vafte fein de la Sorbonne antique;

C'eft-là

C'eft-là que s'affembloient ces Sages révérés,

Des Vérités du Ciel Interprêtes facrés,

295 Qui des Peuples Chrétiens, Arbitres & Modelles,

A leur culte attachés, à leur Prince fidelles,

Confervoient jufqu'alors une mâle vigueur,

Toujours impénétrable aux fléches de l'Erreur.

Qu'il eft peu de vertu qui réfifte fans cefle!

300 Du Monftre déguifé la voix enchanterefle,

Ebranle leurs efprits par fes difcours flateurs.

Aux plus Ambitieux elle offre des grandeurs,

Par l'éclat d'une Mitre elle éblouït leur vûe,

De l'Avare en fecret la voix lui fut vendue,

305 Par un éloge adroit le Savant enchanté,

Pour prix d'un vain encens trahit la Vérité:

Menacé par fa voix le foible s'intimide,

On s'affemble en tumulte, en tumulte on décide.

Parmi les cris confus, la difpute & le bruit,

310 De ces lieux en pleurant la Verité s'enfuit.

Alors au nom de tous, un des Vieillards s'écrie:

,, L'Eglife fait les Rois, les abfout, les châtie,

,, En nous eft cette Eglife, en nous feuls eft fa
   Loi.

,, Nous réprouvons Valois, il n'eft plus notre
   Roi.

315 ,, Ser-

315 „ Sermens jadis facrés, nous brifons votre chaîne.

A peine a-t-il parlé, la Difcorde inhumaine
Trace en lettres de fang ce Decret odieux.
Chacun jure par elle, & figne fous fes yeux.

Soudain elle s'envole, & d'Eglife en Eglife
320 Annonce aux Factieux cette grande entreprife ;
Sous l'habit d'Augustin, fous le froc de François,
Dans les Cloîtres facrés fait entendre fa voix;
Elle appelle à grands cris tous ces Spectres auftères,
De leur joug rigoureux efclaves volontaires.
325 De la Religion reconnoiffez les traits,
Dit-elle; & du Très-Haut vangez les intérêts.
C'eft moi qui viens à vous, c'eft moi qui vous ap-
pelle,

Ce

315 „ *Sermens jadis facrés, nous brifons votre chaîne.*] Le
17. Janvier de l'an 1589. la Faculté de Théologie de Paris donna ce fameux Decret, par lequel il fut déclaré que
les Sujets étoient déliés de leur Serment-de-Fidélité, &
pouvoient légitimement faire la Guerre au Roi: le Fevre
Doyen, & quelques-uns des plus fages refuferent de figner.
Depuis, dès que la Sorbonne fut libre, elle révoqua ce
Decret que la tyrannie de la Ligue avoit arraché de quelques-uns de fon Corps. Tous les Ordres Religieux, qui
comme la Sorbonne s'étoient déclarés contre la Maifon
Roïale, fe rétractèrent depuis comme elle; mais fi la Maifon de Lorraine avoit eu le deffus, fe feroit-on rétracté?

Ce Fer qui dans mes mains à vos yeux étincelle,

Ce Glaive redoutable à nos fiers Ennemis,

330 Par la main de Dieu même en la mienne eſt remis.

Il eſt tems de ſortir de l'ombre de vos Temples,

Allez d'un zèle ſaint répandre les exemples,

Apprenez aux Français, incertains de leur Foi,

Que c'eſt ſervir leur Dieu, que d'immoler leur Roi

335 Songez que de Levi la Famille ſacrée,

Du Miniſtère ſaint par Dieu même honoréc,

Mérita cet honneur, en portant à l'Autel

Des mains teintes du ſang des Enfans d'Iſraël.

Que dis-je ? où ſont ces tems, où ſont ces jours
proſperes ;

340 Où j'ai vu les Français maſſacrés par leurs Freres?

C'étoit vous, Prêtres ſaints, qui conduiſiez leurs
bras.

Coligny par vous ſeuls a reçu le trépas.

J'ai nagé dans le ſang ; que le ſang coule encore.

Montrez-vous, inſpirez ce Peuple qui m'adore.

345 Le Monſtre au même inſtant donne à tous le ſignal ;

Tous ſont empoiſonnés de ſon venin fatal ;

Il conduit dans Paris leur marche ſolemnelle ;

L'Etendart de la Croix flottoit au milieu d'elle ;

Ils

348 *L'Etendart de la Croix flottoit au milieu d'elle.*] Dès
que

Ils chantent, & leurs cris dévots & furieux

350 Semblent à leur révolte affocier les Cieux.

On les entend mêler dans leurs vœux fanatiques,

Les imprécations aux Priéres publiques.

Prêtres audacieux, imbécilles Soldats,

Du fabre & de l'épée ils ont chargé leurs bras ;

355 Une lourde Cuiraffe a couvert leur Cilice.

Dans les murs de Paris cette infâme Milice,

Suit au milieu des flots d'un Peuple impétueux,

Le Dieu, ce Dieu de paix qu'on porte devant eux.

Mayenne, qui de loin voit leur folle entreprife,

360 La méprife en fecret, & tout haut l'autorife;

Il fait combien le Peuple avec foumiffion,

Confond le Fanatifme & la Religion;

Il connoît ce grand Art, aux Princes néceffaire,

De nourrir la foibleffe & l'erreur du Vulgaire.

365 A ce

que Henri III. & le Roi de Navarre parurent en armes devant Paris, la plûpart des Moines endofferent la Cuiraffe,
& firent la garde avec les Bourgeois. Cependant cet endroit du Poëme défigne la Proceffion de la Ligue, où douze cens Moines armés firent la revue dans Paris , aïant
Guillaume Rofe , Evêque de Senlis , à leur tête. On a
placé ici ce fait, quoiqu'il ne foit arrivé qu'après la mort
de Henri III.

365 A ce pieux fcandale, enfin, il applaudit:

Le Sage s'en indigne, & le Soldat en rit:

Mais le Peuple excité, jufques aux Cieux envoie

Des cris d'emportement, d'efpérance & de joie:

Et comme à fon audace a fuccédé la peur,

370 La crainte en un moment fait place à la fureur;

Ainfi l'Ange des Mers fur le fein d'Amphitrite,

Calme à fon gré les flots, à fon gré les irrite.

La Difcorde a choifi Seize Séditieux,

Signalés par le crime entre les Factieux.

375 Miniftres infolens de leur Reine nouvelle,

Sur fon Char tout fanglant ils montent avec elle;

L'Orgueil, la Trahifon, la Fureur, le Trépas,

Dans des ruiffeaux de fang marchent devant leurs
pas.

Nés

---

373 *La Difcorde a choifi Seize Séditieux.*] Ainfi nommés
à caufe des feize Quartiers de Paris qu'ils gouvernoient
par leurs intelligences, & à la tête defquels ils avoient mis
d'abord Seize des plus factieux de leur Corps : les principaux étoient Buffy-le-Clerc, Gouverneur de la Baftille, ci-
devant Maître en fait d'Armes; la Bruiere, Lieutenant Particulier; le Commiffaire Louchard ; Emmonot & Morin,
Procureurs; Oudinet, Paffart, & Senaut, Commis au
Greffe du Parlement, homme de beaucoup d'efprit, qui
développa le premier cette Queftion obfcure & dangereufe du pouvoir qu'une Nation peut avoir fur fon Roi.

Nés dans l'obfcurité, nourris dans la baffeffe ;

380 Leur haine pour les Rois leur tient lieu de nobleffe ;

Et jufques fous le Dais par le Peuple portés,

Mayenne en frémiffant les voit à fes côtés ;

Des jeux de la Difcorde ordinaires caprices ;

Qui fouvent rend égaux ceux qu'elle rend complices.

385 · Ainfi lorfque les Vents fougueux Tyrans des Eaux,

De la Seine ou du Rhône, ont foulevé les Flots,

Le limon croupiffant dans leurs grottes profondes,

S'éleve en bouillonnant fur la face des Ondes ;

Ainfi dans les fureurs de ces embrafemens

390 Qui changent les Cités en de funeftes Champs,

Le fer, l'airain, le plomb, que les feux amoliffent,

Se mêlent dans la flâme à l'or qu'ils obfcurciffent.

Dans ces jours de tumulte & de fédition,

Thémis réfiftoit feule à la contagion ;

395 La foif de s'agrandir, la crainte, l'efpérance ;

Rien n'avoit dans fes mains fait pancher fa balance ;

Son

384 *Qui fouvent rend égaux ceux qu'elle rend complices*] Les
Seize furent long-tems indépendans du Duc de Mayenne.
L'un nommé Normand, dit un jour dans la Chambre du
Duc : (Ceux qui l'ont fait pourroient bien le défaire.)

Son Temple étoit fans tache, & la fimple Equité
Auprès d'elle en fuïant, cherchoit fa fûreté.

Il eft dans ce Saint Temple un Sénat vénérable
400 Propice à l'Innocence, au Crime redoutable,
Qui des Loix de fon Prince & l'organe & l'appui
Marche d'un pas égal entre fon Peuple & lui;
Dans l'équité des Rois fa jufte confiance
Souvent porte à leurs pieds les plaintes de la Fran-
ce.
405 Le feul bien de l'Etat fait fon ambition,
Il hait la Tyrannie & la Rebellion;
Toujours plein de refpect, toujours plein de cou-
rage,
De la foumiffion diftingue l'efclavage;
Et pour nos Libertés toujours prompt à s'armer,
410 Connoît Rome, l'honore, & la fait réprimer.

Des Tyrans de la Ligue une infâme Cohorte
Du Temple de Thémis environne la porte:
Buffy les conduifoit; ce vil Gladiateur,

Monté

413 *Buffy les conduifoit; ce vil Gladiateur.*] Le 16. Janvier 1589. Buffy-le-Clerc, l'un des Seize, qui de Tireur
d'Armes étoit devenu Gouverneur de la Baftille, & le Chef
G   de

Monté par son audace à ce Comble d'honneur

Entre et parle en ces mots à l'auguste assemblée
par qui des Citoyens la fortune est réglée
mercenaires appuis d'un Dédale des Loix
Plébiens qui pensez Etre tuteurs des Roys
Laches qui dans le trouble et parmy les cabales
mettez l'honneur honteux de Vos grandeurs Vénales
timides dans la Guerre et tyran dans la paix
obéissez au peuple Ecoutez ses decrets
il fut des Citoyens avant qu'il fut des maîtres
nous rentrons dans des droits qu'ont perdu nos ancêtres
ce peuple fut Longtems par Vous même abusé
il s'est Lassé du Sceptre et le Sceptre est brisé
Effacez Ces grands noms qui vous gênoient sans doute
Ces mots de plein pouvoir qu'on hait et qu'on redoute
Jugez au nom du peuple et tenez au senat,
non la place du Roy mais celle de l'Etat
imitez la Sorbonne ou craignez ma vengeance
Le senat répondit par un noble silence
tels dans les murs de Rome abatus et brulans
Ces senateurs Courbez sous le fardeau des ans
attendoient fièrement sur leurs sièges immobiles

de cette Faction, entra dans la Grand' Chambre du Parlement, suivi de cinquante Satellites : il présenta au Parlement une Requête, ou plutôt un Ordre, pour forcer cette Compagnie à ne plus reconnoître la Maison Roïale.

Sur le refus de la Compagnie, il mena lui-même à la Bastille tous ceux qui étoient opposés à son Parti ; il les y fit jeûner au pain & à l'eau pour les obliger à se racheter plutôt de ses mains. Voilà pourquoi on l'appelloit le grand Pénitencier du Parlement.

Les Gaulois & la mort avec des yeux tranquilles.
Buſſy plein de fureur, & non pas ſans effroi;
430 Obéïſſez, dit-il; Tyrans; ou ſuivez-moi...
Alors Harlay ſe leve, Harlay ce noble Guide;
Ce Chef du Parlement, juſte autant qu'intrépide;
Il ſe préſente aux Seize, & demande des fers,
Du front dont il auroit condamné ces Pervers.
435 On voit auprès de lui les Chefs de la Juſtice;
Brûlans de partager l'honneur de ſon ſupplice;
Victimes de la Foi qu'on doit aux Souverains,
Tendre aux fers des Tyrans leurs généreuſes mains;

Muſe, redites-moi ces noms chers à la France;
440 Conſacrez ces Héros qu'opprima la licence;
Le vertueux de Thou, Molé, Scaron; Bayeul,
Potier, cet homme juſte, & vous jeune Longueil;
Vous en qui pour hâter vos belles deſtinées;
L'eſprit & la vertu devançoient les années.

445 Tout

441 *Le vertueux de Thou, Molé, Scaron, Bayeul.*] De Thou eſt, Auguſtin de Thou, Préſident, Oncle de ce célèbre Hiſtorien. Scaron étoit le Biſayeul de Scaron connu par ſes Poëſies, & par l'enjouement de ſon eſprit.

Nicolas Potier-de-Novion, ſurnommé de Blanc-Mény, parce qu'il poſſedoit la Terre de ce nom. Il ne fut pas mené à la Baſtille avec les autres, mais empriſonné au Louvre & prêt d'être condamné à être pendu par les Seize.

445   Tout le Sénat, enfin, par les Seize enchaîné,

A travers un vil Peuple en triomphe eſt mené,

Dans cet affreux * Château, Palais de la vengeance,

Qui renferme ſouvent le crime & l'innocence.

Ainſi ces Factieux ont changé tout l'Etat:

450   La Sorbonne eſt tombée, il n'eſt plus de Sénat;

Mais pourquoi ce concours & ces cris lamentables?

Pourquoi ces Inſtrumens de la mort des coupables?

Qui ſont ces Magiſtrats, que la main d'un Bourreau

Par l'ordre des Tyrans précipite au tombeau?

455   Les vertus dans Paris ont le deſtin des crimes.

Briſſon, Larchet, Tardif, honorables victimes,

Vous n'êtes point flétris par ce honteux trépas:

Mânes trop généreux vous n'en rougiſſez pas;

Vos

---

* La Baſtille.

---

456 *Briſſon, Larchet, Tardif, honorables victimes.*] En
1591. un Vendredi 15. Novembre, Barnabé Briſſon homme très-ſavant, & qui faiſoit les fonctions de Premier-Pré-
ſident en l'abſence d'Achilles de Harlay, Claude Larchet,
Conſeiller aux Enquêtes, & Jean Tardif, Conſeiller au
Châtelet, furent pendus à une poutre dans le Petit Châtelet par l'ordre des Seize. Il eſt à remarquer que Hamil-
ton, Curé de Saint Côme, furieux Ligueur, étoit venu
lui-même prendre Tardif dans ſa Maiſon, aïant avec lui
des Prêtres qui ſervoient d'Archers.

Vos noms toujours fameux, vivront dans la Mémoire;

460 Et qui meurt pour fon Roi, meurt toujours avec
gloire.

Cependant la Difcorde au milieu des Mutins,

S'applaudit du fuccès de fes affreux deffeins;

D'un air fier & content fa cruauté tranquille,

Contemple les effets de la Guerre Civile,

465 Dans ces murs tout fanglans des Peuples malheureux,

Unis contre leur Prince, & divifés entr'eux,

Jouets infortunés des fureurs inteftines;

De leur trifte Patrie avançant les ruïnes,

Le tumulte au-dedans, le péril au-dehors,

470 Et par-tout le débris, le carnage, & les morts.

LA

LA
HENRIADE.

CHANT CINQUIEME.

ARGUMENT.

*Les Afsiégés font vivement preffés. La Difcorde exci-
te Jacques Clément à fortir de Paris pour afsafsiner
le Roi. Elle appelle du fond des Enfers le Démon
du Fanatifme qui conduit ce Parricide. Sacrifice
des Ligueurs aux Efprits infernaux. Henri III. eft
Afsafsiné. Sentimens de Henri IV. Il eft reconnu
Roi par l'Armée.*

CEPENDANT s'avançoient ces machines
mortelles,

Qui portoient dans leur fein la perte des
Rebelles:

Et le fer & le feu volant de toutes parts,

De cent bouches d'airain foudroïoient leurs remparts.

5   Les Seize & leur courroux, Mayenne & fa pru-
     dence,

D'un Peuple mutiné la farouche infolence,

Des Docteurs de la Loi les fcandaleux difcours,

Contre le grand Henri n'étoient qu'un vain fecours ;

La Victoire à grand pas s'approchoit fur fes traces.

10 Sixte, Philippe, Rome, éclatoient en menaces ;

Mais Rome n'étoit plus terrible à l'Univers ;

Ses foudres impuiffans fe perdoient dans les airs ;

Et du vieux Caftillan la lenteur ordinaire

Privoit les Affiégés d'un fecours néceffaire.

15 Ses Soldats dans la France errans de tous côtés,

Sans fecourir Paris, défoloient nos Cités.

Le perfide attendoit que la Ligue épuifée,

Pût offrir à fon bras une conquête aifée :

Et l'appui dangereux de fa fauffe amitié,

20 Leur préparoit un Maître au lieu d'un Allié ;

Lorfque d'un furieux la main déterminée,

Sembla pour quelque tems changer la deftinée.

Vous, des murs de Paris tranquilles Habitans,

Que le Ciel a fait naître en de plus heureux tems,

25 Pardonnez, fi ma main retrace à la Mémoire

                  De

De vos Ayeux féduits la criminelle Hiftoire.
L'horreur de leurs forfaits ne s'étend point fur vous,
Votre amour pour vos Rois les a réparés tous.

L'Eglife a de tout tems produit des Solitaires,
30 Qui raffemblés entr'eux fous des Règles auftères,
Et diftingués en tout du refte des Mortels,
Se confacroient à Dieu par des Vœux folemnels.
Les uns font demeurés dans une paix profonde,
Toujours inacceffible aux vains attraits du Monde.
35 Jaloux de ce repos qu'on ne peut leur ravir,
Ils ont fui les Humains qu'ils auroient pu fervir.
Les autres à l'Etat rendus plus néceffaires,
Ont éclairé l'Eglife, ont monté dans les Chaires;
Mais fouvent enivrés de ces talens flateurs,
40 Répandus dans le Siècle, ils en ont pris les mœurs.
Leur fourde ambition n'ignore point les brigues;
Souvent plus d'un Païs s'eft plaint de leurs intrigues.
Ainfi chez les Humains par un abus fatal,
Le bien le plus parfait eft la fource du mal.

45 Ceux qui de Dominique ont embraffé la Vie,
Ont vu long-tems leur gloire en Efpagne établie;
Et de l'obfcurité des plus humbles Emplois,

Ont

Ont paffé tout à coup dans les Palais des Rois.

Avec non moins de zèle & bien moins de puiffance,

50 Cet Ordre refpecté fleuriffoit dans la France,

Protégé par les Rois, paifible, heureux enfin,

Si le traître Clément n'eût été dans fon fein.

Clément dans la retraite avoit, dès fon jeune âge,

Porté les noirs accès d'une vertu fauvage.

55 Efprit foible, & crédule en fa dévotion,

Il fuivoit le torrent de la rebellion.

Sur ce jeune Infenfé la Difcorde fatale

Répandit le venin de fa bouche infernale.

Profterné chaque jour aux pieds des faints Autels,

60 Il fatiguoit les Cieux de fes Vœux criminels.

On dit que tout fouillé de cendre & de pouffiére,

Un jour il prononça cette horrible Priére :

Dieu qui venges l'Eglife & punis les Tyrans,

Te verra-t-on fans ceffe accabler tes Enfans ?

65 Et

---

53 *Clément dans la retraite avoit, dès fon jeune âge.*] JACQUES
CLE'MENT, de l'Ordre des Dominicains, natif de Sorbonne, Village près de Sens, étoit âgé de vingt-quatre ans
& demi, & venoit de recevoir l'Ordre de Prêtrife lorfqu'il commit ce Parricide.

G 5

65 Et d'un Roi qui t'outrage armant les mains impures,

Favoriſer le meurtre, & benir les parjures?

Grand Dieu! par tes fleaux c'eſt trop nous éprouver;

Contre tes Ennemis daigne enfin t'élever.

Détourne loin de nous la mort & la miſére;

70 Délivre-nous d'un Roi donné dans ta colére.

Viens, des Cieux enflâmés abbaiſſe la hauteur,

Fais marcher devant toi l'Ange exterminateur,

Viens, arme-toi, deſcends, que la foudre enflam-
mée,

Frappe, écraſe à nos yeux leur ſacrilege Armée,

75 Que les Chefs, les Soldats, les deux Rois expirans,

Tombent comme la feuille, éparſe au gré des Vents;

Et que ſauvés par toi, nos Ligueurs Catholiques

Sur leurs corps tout ſanglans t'adreſſent leurs Cantiques.

La Diſcorde attentive en traverſant les airs,

80 Entend ces cris affreux & les porte aux Enfers.

Elle amene à l'inſtant de ces Roïaumes ſombres,

Le plus cruel Tyran de l'Empire des Ombres.

Il vient, le FANATISME eſt ſon horrible nom:

Enfant dénaturé de la Religion,

85 Armé

85 Armé pour la défendre, il cherche à la détruire,

Et reçu dans fon fein, l'embraffe & le déchire.

C'eft lui qui dans Raba, fur les bords de l'Arnon

Guidoit les Defcendans du malheureux Ammon,

Quand à Moloc leur Dieu, des Meres gémiffantes

90 Offroient de leurs Enfans les entrailles fumantes.

Il dicta de Jephté le Serment inhumain :

Dans le cœur de fa Fille il conduifit fa main.

C'eft lui qui de Calcas ouvrant la bouche impie,

Demanda par fa voix la mort d'Iphigénie.

95 France, dans tes Forêts il habita long-tems.

A l'affreux Teutâtes il offrit ton encens.

Tu n'as pas oublié ces facrés homicides,

Qu'à tes indignes Dieux préfentoient tes Druïdes.

Du haut du Capitole il crioit aux Païens.

100 Frappez, exterminez, déchirez les Chrétiens.

Mais

---

87 *C'eft lui qui dans Raba, fur les bords de l'Arnon.*] Païs des Ammonites qui jettoient leurs Enfans dans les flâmes, au fon des tambours & des trompettes, en l'honneur de la Divinité qu'ils adoroient fous le nom de Moloc.

96 *A l'affreux Teutâtes il offrit ton encens.*] Teutâtes étoit un des Dieux des Gaulois : il n'eft pas fûr que ce fût le même que Mercure, mais il eft conftant qu'on lui facrifioit des Hommes.

Mais lors qu'au Fils de Dieu Rome enfin fut soumise,
Du Capitole en cendre il passa dans l'Eglise;
Et dans les cœurs Chrétiens inspirant ses fureurs,
De Martyrs qu'ils étoient, les fit Persécuteurs.
105 Dans Londre il a formé la Secte turbulente,
Qui sur un Roi trop foible a mis sa main sanglante.
Dans Madrid, dans Lisbonne, il allume ces feux,
Ces Buchers solemnels, où des Juifs malheureux
Sont tous les ans en pompe envoïés par des Prêtres,
110 Pour n'avoir point quitté la Foi de leurs Ancêtres.

Toujours il revêtoit dans ses déguisemens
Des Ministres des Cieux les sacrés ornemens;
Mais il prit cette fois dans la nuit éternelle,
Pour des crimes nouveaux une forme nouvelle,
115 L'Audace & l'Artifice en firent les apprêts.
Il emprunte de Guise & la taille & les traits,
De ce superbe Guise, en qui l'on vit paroître
Le Tyran de l'Etat, & le Roi de son Maître,
Et qui toujours puissant, même après son trépas,

120 Traî-

105 *Dans Londre il a formé la Secte turbulente.*] Les Entousiastes qui étoient appellés INDÉPENDANS, furent ceux qui eurent le plus de part à la mort de Charles Premier, Roi d'Angleterre.

120 Traînoit encor la France à l'horreur des Combats.

D'un Casque redoutable il a chargé sa tête:

Un Glaive est dans sa main au meurtre toujours
 prête;

Son flanc même est percé des coups dont autrefois

Ce Héros factieux fut massacré dans Blois;

125 Et la voix de son sang qui coule en abondance,

Semble accuser Valois, & demander vengeance.

Ce fut dans ce terrible & lugubre appareil,

Qu'au milieu des pavots que verse le Sommeil,

Il vint trouver Clément au fond de sa Retraite.

130 La Superstition, la Cabale inquiéte,

Le faux Zèle enflâmé d'un courroux éclatant,

Veilloient tous à sa porte, & l'ouvrent à l'instant.

Il entre, & d'une voix majestueuse & fiére,

Dieu reçoit, lui dit-il, tes Vœux & ta Priére;

135 Mais n'aura-t-il de toi pour culte & pour encens,

Qu'une

133 *Il entre, & d'une voix majestueuse & fiére.*] On imprima à Paris, & on debita publiquement en 1589. une Relation du Martyre de Frere Jacques Clément, dans laquelle on assûroit qu'un Ange lui avoit apparu, lui avoit montré une épée nue, & lui avoit ordonné de tuer le Tyran.

Cet Ecrit se trouve dans la Satire MÉNIPPÉE.

Qu'une plainte éternelle, & des Vœux impuiffans ?
Au Dieu que fert la Ligue, il faut d'autres Offrandes,
Il exige de toi les dons que tu demandes.
Si Judith autrefois pour fauver fon Païs,
140 N'eût offert à fon Dieu que des pleurs & des cris;
Si craignant pour les fiens, elle eût craint pour fa vie,
Judith eût vu tomber les murs de Béthulie.
Voilà les faints Exploits que tu dois imiter,
Voilà l'Offrande, enfin, que tu dois préfenter.
145 Mais tu rougis déja de l'avoir différée . . .
Cours, vole, & que ta main dans le fang confa-
crée,
Délivrant les Français de leur indigne Roi,
Venge Paris & Rome, & l'Univers, & moi.
Par un Affaffinat Valois trancha ma vie,
150 Il faut d'un même coup punir fa perfidie;
Mais du nom d'Affaffin ne prens aucun effroi:
Ce qui fut crime en lui, fera vertu dans toi.
Tout devient légitime à qui venge l'Eglife;

Le

---

139 *Si Judith autrefois pour fauver fon Païs.*] Frere Jacques Clément étant déja à Saint-Clou, quelques perfonnes qui fe défioient de lui, l'épiérent pendant la nuit: ils
le trouverent dormant d'un profond fommeil, fon Breviai-
re auprès de lui, ouvert à l'Article de Judith.

Le meurtre est juste alors, & le Ciel l'autorise.

155 Que dis-je ? il le commande ; il t'instruit par ma voix,
Qu'il a choisi ton bras pour la mort de Valois.
Heureux si tu pouvois, consommant sa vengeance,
Joindre le Navarrois au Tyran de la France,
Et si de ces deux Rois tes Citoïens sauvés,

160 Te pouvoient... mais les tems ne sont pas arrivés.
Henri doit vivre encor, & Dieu qu'il persécute,
Reserve à d'autres mains la gloire de sa chûte.
Toi, de ce Dieu jaloux remplis les grands desseins,
Et reçois ce Present qu'il te fait par mes mains.

165 Le Fantôme, à ces mots, fait briller une Epée,
Qu'aux infernales Eaux la Haine avoit trempée ;
Dans la main de Clément il met ce don fatal ;
Il fuit, & se replonge au séjour infernal.

Trop aisément trompé le jeune Solitaire
170 Des intérêts des Cieux se crut Dépositaire.
Il baise avec respect ce funeste Present,
Il implore à genoux le bras du Tout-Puissant ;
Et plein du Monstre affreux dont la fureur le guide,
D'un air sanctifié s'apprête au parricide.

175 Com-

175   Combien le cœur de l'homme eft foumis à l'er-
       reur!

Clément goûtoit alors un paifible bonheur.

Il étoit animé de cette confiance

Que dans le cœur des Saints affermit l'innocence:

Sa tranquille fureur marche les yeux baiffés;

180 Ses facrileges Vœux au Ciel font adreffés;

Son front de la Vertu porte l'empreinte auftère;

Et fon fer parricide eft caché fous fa Haire.

Il marche; fes amis inftruits de fon deffein,

Et de fleurs fous fes pas parfumant fon chemin;

185 Remplis d'un faint refpect aux portes le conduifent,

Beniffent fon deffein, l'encouragent, l'inftruifent,

Placent déja fon nom parmi les Noms facrés;

Dans les Faftes de Rome à jamais révérés;

Le nomment à grands cris le Vengeur de la France;

190 Et l'encens à la main l'invoquent par avance.

C'eft avec moins d'ardeur, avec moins de tranf-
       port,

Que les premiers Chrétiens, avides de la mort,

Intrépides foutiens de la Foi de leurs Peres,

                                        Au

180 *Ses facrileges Vœux au Ciel font adreffés.*] Il jeûna, fe
confeffa, & communia avant de partir pour aller affaffiner le Roi.

Au Martyre autrefois accompagnoient leurs Freres;
195 Envioient les douceurs de leur heureux trépas;
Et baisóient en pleurant les traces de leurs pas.
Le Fanatique aveugle, & le Chrétien sincère;
Ont porté trop souvent le même caractère;
Ils ont même courage, ils ont mêmes desirs,
200 Le Crime a ses Héros, l'Erreur a ses Martyrs;
Du vrai zèle & du faux, vains Juges que nous som-
    mes,
Souvent des Scélérats ressemblent aux grands Hom-
    mes.

Mayénne dont les yeux savent tout éclairer,
Voit le coup qu'on prépare & feint de l'ignorer;
205 De ce crime odieux son prudent artifice
Songe à cueillir le fruit sans en être complice;
Il laisse avec adresse aux plus séditieux
Le soin d'encourager ce jeune furieux.

Tandis que des Ligueurs une troupe homicide
210 Aux Portes de Paris conduisoit le perfide;
Des Seize en même-tems le sacrilege effort;
Sur cet événement interrogeoit le sort.
Jadis de Médicis l'audace curieuse.

Chercha

213 *Jadis de Médicis l'audace curieuse.*] Catherine de Mé-
H   dicis

Chercha de ces Secrets la fcience odieufe,
215 Approfondit long-tems cet Art furnaturel,
Si fouvent chimérique, & toujours criminel.
Tout fuivit fon exemple, & le Peuple imbécile,
Des vices de la Cour imitateur fervile,
Epris du merveilleux, Amant des nouveautés,
220 S'abandonnoit en foule à ces impietés.

Dans l'ombre de la nuit fous une voute obfcure,
Le filence a conduit leur Affemblée impure.
A la pâle lueur d'un magique flambeau,
S'éleve un vil Autel dreffé fur un tombeau;
225 C'eft-là que des deux Rois on plaça les Images,
Objets de leur terreur, objets de leurs outrages.
Leurs facrileges mains ont mêlé fur l'Autel,
A des noms infernaux, le nom de l'Eternel.
Sur ces murs ténébreux cent Lances font rangées,

230 Dans

dicis avoit mis la Magie fi fort à la mode en France, qu'un Prêtre nommé Sechelles qui fut brûlé en Gréve fous Henri III. pour *Sorcellerie*, accufa douze cens perfonnes de ce prétendu crime. L'ignorance & la ftupidité étoient pouffées fi loin dans ces tems-là, qu'on n'entendoit parler que d'Exorcifmes & de condamnations au feu. On trouvoit par-tout des hommes affez fots pour fe croire Magiciens, & des Juges fuperftitieux qui les puniffoient de bonne-foi comme tels.

230 Dans des Vafes de fang leurs pointes font plongées;

Appareil menaçant de leur Miftère affreux.

Le Prêtre de ce Temple, eft un de ces Hébreux,

Qui profcrits fur la Terre, & Citoïens du Monde,

Portent de Mers en Mers leur miſére profonde,

235 Et d'un antique amas de fuperftitions

Ont rempli dès long-tems toutes les Nations.

D'abord autour de lui les Ligueurs en furie

Commencent à grands cris ce Sacrifice impie.

Leurs parricides bras fe lavent dans le fang;

240 De Valois fur l'Autel ils vont percer le flanc.

Avec plus de terreur, & plus encor de rage,

De Henri fous leurs pieds ils renverfent l'Image;

Et penfent que la mort, fidelle à leur courroux,

Va tranfmettre à ces Rois l'atteinte de leurs coups.

245 L'Hébreu joint cependant la Priére au Blaſphême:

Il

---

243 *Et penfent que la mort, fidelle à leur courroux.*] Plufieurs Prêtres Ligueurs avoient fait faire de petites Images
de cire qui repréſentoient Henri III. & le Roi de Navarre:
ils les mettoient fur l'Autel, les perçoient pendant la Meſſe
quarante jours confécutifs, & le quarantième jour les perçoient au cœur.

245 *L'Hébreu joint cependant la Priére au Blaſphême.*] C'é-
toit

Il invoque l'Abîme, & les Cieux, & Dieu même;
Tous ces impurs Efprits qui troublent l'Univers,
Et le feu de la Foudre, & celui des Enfers.

Tel fut dans Gelboa le fecret Sacrifice
250 Qu'à fes Dieux infernaux offrit la Pythoniffe,
Alors qu'elle évoqua devant un Roi cruel,
Le Simulacre affreux du Prêtre Samuel.
Ainfi contre Juda, du haut de Samarie,
Des Prophêtes menteurs tonnoit la bouche impie;
255 Ou tel chez les Romains l'infléxible Atéïus,
Maudit au nom des Dieux les armes de Craffus.

Aux Magiques accens que fa bouche prononce,
Les Seize ofent du Ciel attendre la réponfe,
A dé-

toit pour l'ordinaire des Juifs que l'on fe fervoit pour faire
des Opérations magiques. Cette ancienne fuperftition vient
des Secrets de la Cabale dont les Juifs fe difoient feuls Dé-
pofitaires. Catherine de Médicis, la Maréchale d'Ancre,
& beaucoup d'autres emploïerent des Juifs à ces prétendus
Sortilèges.

255 *Ou tel chez les Romains l'infléxible Atéïus.*] Atéïus,
Tribun du Peuple, ne pouvant empêcher Craffus de partir
pour aller contre les Parthes, porta un brazier ardent à la
Porte de la Ville par où Craffus fortoit, y jetta certaines
herbes, & maudit l'expédition de Craffus en invoquant
des Divinités infernales.

A dévoiler leur fort, ils penfent le forcer:

260 Ce Ciel pour les punir voulut les éxaucer.

Il interrompt pour eux les Loix de la Nature.

De ces Antres muets fort un trifte murmure.

Les éclairs redoublés dans la profonde nuit,

Pouffent un jour affreux qui renaît & qui fuit.

265 Au milieu de ces feux, Henri brillant de gloire,

Apparoît à leurs yeux fur un Char de victoire;

Des lauriers couronnoient fon front noble & ferain,

Et le Sceptre des Rois éclatoit dans fa main.

L'air s'embrafe à l'inftant par les traits du tonnerre,

270 L'Autel couvert de feux tombe & fuit fous la Terre,

Et les Seize éperdus, l'Hébreu faifi d'horreur,

Vont cacher dans la nuit leur crime & leur terreur.

Ces Tonnerres, ces feux, ce bruit épouvantable,

Annonçoient à Valois fa perte inévitable.

275 Dieu du haut de fon Trône avoit compté fes jours,

Il avoit loin de lui retiré fon feçours;

La Mort impatiente attendoit fa Victime,

Et pour perdre Valois, Dieu permettoit un crime.

Clément au Camp Roïal a marché fans effroi.

280 Il arrive, il demande à parler à fon Roi;

Il dit que dans ces lieux amené par Dieu même,

Il y vient rétablir les droits du Diadême,

Et révéler au Roi des secrets importans.

On l'interroge, on doute, on l'observe long-tems;

285 On craint sous cet Habit un funeste mistère.

Il subit sans allarme un éxamen sevère;

Il satisfait à tout avec simplicité;

Chacun dans ses discours croit voir la vérité.

La Garde aux yeux du Roi le fait enfin paroître.

290   L'aspect du Souverain n'étonna point ce Traître.

D'un air humble & tranquille il fléchit les genoux:

Il observe à loisir la place de ses coups;

Et le Mensonge adroit qui conduisoit sa langue,

Lui dicta cependant sa perfide harangue.

295   Souffrez, dit-il, grand Roi, que ma timide
        voix,

S'adresse au Dieu puissant qui fait régner les Rois;

Permettez avant tout, que mon cœur le benisse

Des biens que va sur vous répandre sa Justice.

Le vertueux Potier, le prudent Villeroi,

                                        300 Par-

299 *Le vertueux Potier, le prudent Villeroi.*] Potier, Président du Parlement, dont il est parlé ci-devant.

                                               VII-

300 Parmi vos Ennemis vous ont garde leur Foi;

Harlay, le grand Harlay, dont l'intrépide zèle

Fut toujours formidable à ce Peuple infidèle,

Du fond de fa Prifon réunit tous les cœurs,

Raffemble vos Sujets, & confond les Ligueurs.

305 Dieu qui bravant toujours les Puiffans & les Sages,

Par la main la plus foible accomplit fes Ouvrages,

Devant le grand Harlay lui-même m'a conduit.

Rempli de fa lumiere, & par fa bouche inftruit,

J'ai volé vers mon Prince & vous rends cette Lettre,

310 Qu'à mes fidelles mains Harlay vient de remettre.

Valois reçoit la Lettre avec empreffement.

Il beniffoit les Cieux d'un fi prompt changement:

Quand pourrai-je, dit-il, au gré de ma Juftice,

Récompenfer ton zèle & payer ton fervice?

315 En

Villeroi qui avoit été Secrétaire d'Etat fous Henri III. & qui avoit pris le parti de la Ligue pour avoir été infulté en préfence du Roi par le Duc d'Epernon.

301 *Harlay, le grand Harlay, dont l'intrépide zèle.*] Achilles de Harlay, qui étoit alors gardé à la Baftille par Buffy-le-Clerc.

Jacques Clément préfenta au Roi une Lettre de la part de ce Magiftrat. On n'a point fu fi la Lettre étoit contrefaite ou non.

H 4

315 En lui difant ces mots, il lui tendoit les bras.

Le Monftre au même inftant tire fon coutelas,

L'en frappe, & dans le flanc l'enfonce avec furie.

Le fang coule, on s'étonne, on s'avance, on s'é-
crie,

Mille bras font levés pour punir l'Affaffin :

320 Lui fans baiffer les yeux les voit avec dédain :

Fier de fon Parricide, & quitte envers la France,

Il attend à genoux la mort pour récompenfe;

De la France & de Rome il croit être l'appui,

Il penfe voir les Cieux qui s'entrouvrent pour lui

325 Et demandant à Dieu la Palme du Martire,

Il benit, en tombant, les coups dont il expire.

Aveuglement terrible, affreufe illufion !

Digne à la fois d'horreur & de compaffion;

Et de la mort du Roi moins coupable peut-être,

330 Que ces lâches Docteurs ennemis de leur Maître,

Dont la voix répandant un funefte poifon,

D'un foible Solitaire égara la Raifon.

Déja Valois touchoit à fon heure derniére.

Ses yeux ne voïoient plus qu'un refte de lumiére;

335 Ses Courtifans en pleurs autour de lui rangés,

Par leurs deffeins divers en fecret partagés,

D'une

D'une commune voix formant les mêmes plaintes,
Exprimoient des douleurs, ou sincères, ou feintes.
Quelques-uns, que flattoit l'espoir du changement,
340 Du danger de leur Roi s'affligeoient foiblement;
Les autres, qu'occupoit leur crainte interessée,
Pleuroient au lieu du Roi leur fortune passée.

Parmi ce bruit confus de plaintes, de clameurs,
Henri vous répandiez de véritables pleurs.
345 Il fut votre Ennemi; mais les cœurs nés sensibles
Sont aisément émus, dans ces momens horribles
Henri ne se souvint que de son amitié.
En vain son intérêt combattoit sa pitié :
Ce Héros vertueux se cachoit à lui-même,
350 Que la mort de son Roi lui donne un Diadême.

Valois tourna sur lui, par un dernier effort,
Ses yeux appesantis qu'alloit fermer la mort;
Et touchant de sa main ses mains victorieuses,
Retenez, lui dit-il, vos larmes généreuses;
355 L'Univers indigné doit plaindre votre Roi;
Vous Bourbon, combattez, régnez, & vengez-
moi.
Je meurs, & je vous laisse au milieu des orages,

H 5   Assia

Affis fur un écueil couvert de mes naufrages;

Mon Trône vous attend, mon Trône vous eft du,

360 Jouïffez de ce bien par vos mains défendu;

Mais fongez que la foudre en tout tems l'environne,

Craignez en y montant ce Dieu qui vous le donne.

Puffiez-vous, détrompé d'un Dogme criminel,

Rétablir de vos mains fon Culte & fon Autel.

365 Adieu, régnez heureux. Qu'un plus puiffant Génie,

Du fer des Affaffins défende votre vie.

Vous connoiffez la Ligue, & vous voïez fes coups;

Ils ont paffé par moi pour aller jufqu'à vous;

Peut-être un jour viendra qu'une main plus barbare....

370 Jufte Ciel! Epargnez une vertu fi rare!

Permettez!... à ces mots, l'impitoïable Mort

Vient fondre fur fa tête & termine fon fort.

Au bruit de fon trépas Paris fe livre en proie,

Aux

372 *Vient fondre fur fa tête & termine fon fort.*] Henri III.
mourut de fa bleffure le troifième d'Août à deux heures
du matin, à Saint-Cloud; mais non point dans la même
Maifon où il avoit pris avec fon Frere la réfolution de la
Journée de la Saint-Barthelemi, comme l'ont écrit plufieurs
Hiftoriens, car cette Maifon n'étoit point encore bâtie du
tems de la Saint-Barthelemi.

Aux tranſports odieux de ſa coupable joie.

375 De cent cris de victoire ils rempliſſent les airs ;

Les travaux ſont ceſſés, les Temples ſont ouverts,

De Couronnes de fleurs ils ont paré leurs têtes,

Ils conſacrent ce jour à d'éternelles Fêtes.

Inſenſés qu'ils étoient ! Ils ne découvroient pas

380 Les abîmes profonds qu'ils creuſoient ſous leurs
pas ;

Ils devoient bien plutôt, prévoïant leurs miſéres,

Changer ce vain triomphe en des larmes améres ;

Ce Vainqueur, ce Héros qu'ils oſoient défier,

Henri du haut du Trône alloit les foudroïer.

385 Le Sceptre dans ſa main rendu plus redoutable,

Annonce à ces Mutins leur perte inévitable ;

Devant lui tous les Chefs ont fléchi les genoux,

Pour leur Roi légitime ils l'ont reconnu tous ;

Et certains deſormais du deſtin de la guerre,

Ils jurent de le ſuivre aux deux bouts de la Terre.

L A

LA HENRIADE.

CHANT SIXIEME.

ARGUMENT.

APRES *la mort de Henri III. les Etats de la Ligue s'assemblent dans Paris pour choisir un Roi. Tandis qu'ils sont occupés de leurs délibérations, Henri IV. livre un assaut à la Ville; l'Assemblée des Etats se sépare: Ceux qui la composoient vont combattre sur les remparts: Description de ce combat. Apparition de Saint Louïs à Henri IV.*

C'EST un usage antique, & sacré parmi nous,

Quand la Mort sur le Trône étend ses rudes coups,

Et que du sang des Rois si chers à la Patrie,

Dans

Dans fes derniers canaux la fource s'eft tarie ;

5 Le Peuple au même inftant rentre en fes premiers droits ;

Il peut choifir un Maître, il peut changer fes Loix ;

Les Etats affemblés, organes de la France,

Nomment un Souverain, limitent fa Puiffance ;

Ainfi de nos Aïeux les auguftes Decrets,

10 Au rang de Charlemagne ont placé les Capets.

La Ligue audacieufe, inquiéte, aveuglée,

Ofe de ces Etats ordonner l'Affemblée ;

Et croit avoir acquis par un affaffinat,

Le droit d'élire un Maître, & de changer l'Etat.

15 Ils penfoient à l'abri d'un Trône imaginaire,

Mieux repouffer Bourbon, mieux tromper le Vulgaire.

Ils croïoient qu'un Monarque uniroit leurs deffeins :

Que fous ce nom facré leurs droits feroient plus faints ;

Qu'injüftement élu, c'étoit beaucoup de l'être ;

20 Et

12 *Ofe de ces Etats ordonner l'Affemblée.*] Comme on a plus d'égard dans un Poëme Epique à l'Ordonnance du deffein, qu'à la Chronologie, on a placé immédiatement après la mort de Henri III. les Etats de Paris qui ne fe tinrent effectivement que quatre ans après.

20 Et qu'enfin, tel qu'il foit, le Français veut un Maître.

Bien-tôt à ce Conseil accourent à grand bruit
Tous ces Chefs obstinés qu'un fol orgueil conduit:
Les Lorrains, les Nemours; des Prêtres en furie,
L'Ambassadeur de Rome, & celui d'Ibérie.
25 Ils marchent vers le Louvre , où par un nouveau
choix
Ils alloient insulter aux Mânes de nos Rois.
Le luxe toujours né des miséres publiques
Prépare avec éclat ces Etats tyranniques.
Là ne parurent point ces Princes, ces Seigneurs,
30 De nos antiques Pairs augustes Successeurs;
Qui près des Rois assis, nés Juges de la France,
Du pouvoir qu'ils n'ont plus , ont encore l'appa-
rence.
Là de nos Parlemens les sages Députés
Ne défendirent point nos foibles Libertés.
35 On n'y vit point des Lis l'appareil ordinaire.
Le Louvre est étonné de sa pompe étrangére.
Là le Légat de Rome est d'un siège honoré:
Près de lui pour Mayenne un Dais est préparé.
Sous ce Dais on lisoit ces mots épouvantables:
40 „ Rois qui jugez la Terre, & dont les mains coupa-
bles
„ Osent

„ Oſent tout entreprendre & ne rien épargner,

„ Que la mort de Valois vous apprenne à régner.

On s'aſſemble ; & déja les Partis, les Cabales

Font retentir ces Lieux de leurs voix infernales.

45 Le bandeau de l'Erreur aveugle tous les yeux.

L'un, des faveurs de Rome eſclave ambitieux,

S'adreſſe au Légat ſeul, & devant lui déclare,

Qu'il eſt tems que les Lis rampent ſous la Thiare ;

Qu'on érige à Paris ce ſanglant Tribunal,

50 Ce monument affreux du pouvoir Monacal,

Que l'Eſpagne a reçu, mais qu'elle-même abhorre,

Qui venge les Autels, & qui les deshonore,

Qui tout couvert de ſang, de flâmes entouré,

Egorge les Mortels avec un fer ſacré ;

55 Comme ſi nous vivions dans ces tems déplorables,

Où la Terre adoroit des Dieux impitoïables,

Que des Prêtres menteurs, encor plus inhumains,

Se vantoient d'appaiſer par le ſang des Humains.

Celui-ci corrompu par l'or de l'Ibérie,

60 A

---

50 *Ce monument affreux du pouvoir Monacal.*] L'INQUI-
SITION que les Ducs de Guiſe voulurent établir en
France.

60 A l'Espagnol, qu'il hait, veut vendre sa Patrie.

Mais un Parti puissant d'une commune voix,
Plaçoit déja Mayenne au Trône de nos Rois.
Ce Rang manquoit encore à sa vaste Puissance;
Et de ses Vœux hardis l'orgueilleuse espérance
65 Dévoroit en secret dans le fond de son cœur,
De ce grand nom de Roi le dangereux honneur.

Soudain Potier se leve, & demande Audience;

Sa rigide vertu faisoit son éloquence
dans ce tems malheureux par les crimes infectés
Potier fut toujour juste et pourtant respecté
Souvent on l'avoit vû par sa mâle constance
De leurs Emportemens reprimer la licence
et conservant sur eux sa vieille autorité
leur montrer la Justice avec jmpunité
Il Eleve sa voix on murmure on s'empresse
on l'Entoure on l'écoute et le tumulte cesse
ainsi dans un vaisseau qu'ont agité les flots
quand les vents Enchainés ne troublent plus les Eaux
on n'entend que le bruit de la proüe écumante
qui fend d'un cours heureux la mer obeissante
tel paraissoit potier dictant ses justes Loix
et la Confusion se taisoit à sa voix
vous destinez dit il Mayenne au rang suprème

„ Je conçois votre erreur, je l'excufe moi-même.

„ Mayenne a des vertus qu'on ne peut trop chérir :

„ Et je le choifirois, fi je pouvois choifir.

„ Mais nous avons nos Loix : & ce Héros infigne,

80 „ S'il prétend à l'Empire, en eft dès-lors indigne.

„ Comme il difoit ces mots, Mayenne entre foudain

Avec tout l'appareil qui fuit un Souverain.

Potier le voit entrer, fans changer de vifage :

„ Oui, Prince, pourfuit-il d'un ton plein de courage,

85 „ Je vous eftime affez pour ofer contre vous,

„ Vous adreffer ma voix pour la France, & pour
nous.

„ En vain nous prétendons le droit d'élire un Maître :

„ La France a des Bourbons ; & Dieu vous a fait
naître,

„ Près de l'augufte Rang qu'ils doivent occuper,

90 „ Pour foutenir leur Trône, & non pour l'ufurper.

„ Guife du fein des Morts n'a plus rien à prétendre.

„ Le fang d'un Souverain doit fuffire à fa cendre.

„ S'il mourut par un crime, un crime l'a vengé.

„ Changez avec l'Etat que le Ciel a changé.

95 „ Périffe avec Valois votre jufte colere ;

I   „ Bour-

,, Bourbon n'a point verſé le ſang de votre Frere.

,, Le Ciel, ce juſte Ciel, qui vous chérit tous deux,

,, Pour vous rendre ennemis, vous fit trop vertueux.

,, Mais j'entends le murmure, & la clameur publique.

100 ,, J'entends ces noms affreux de relaps, d'hérétique:

,, Je vois d'un zèle faux nos Prêtres emportés,

,, Qui le fer à la main... Malheureux, arrêtez:

,, Quelle Loi, quel Exemple, ou plutôt quelle rage

,, Peut à l'Oint du Seigneur arracher votre hom-
mage?

105 ,, Le Fils de Saint Louïs parjure à ſes Sermens

,, Vient-il de nos Autels briſer les fondemens?

,, Aux pieds de ces Autels il demande à s'inſtruire,

,, Il aime, il ſuit les Loix dont vous bravez l'empire.

,, Il ſait dans toute Secte honorer les vertus,

110 ,, Reſpecter votre culte, & même vos abus.

,, Il laiſſe au Dieu vivant, qui voit ce que nous
ſommes,

,, Le ſoin que vous prenez de condamner les Hommes.

,, Comme un Roi, comme un Pere, il vient vous
gouverner:

,, Et plus Chrétien que vous, il vient vous pardonner.

,, 115 Tout

115 ,, Tout eft libre avec lui. Lui feul ne peut-il l'être ?

,, Quel droit vous a rendus Juges de votre Maître ?

,, Infidelles Pafteurs; indignes Citoïens !

,, Que vous reffemblez mal à ces premiers Chrétiens,

,, Qui bravant tous ces Dieux de métal ou de plâtre;

120 ,, Marchoient fans murmurer fous un Maître ido-
lâtre,

,, Expiroient fans fe plaindre, & fur les échafauts

,, Sanglans, percés de coups, beniffoient leurs
Bourreaux !

,, Eux feuls étoient Chrétiens ; je n'en connois
point d'autres.

,, Ils mouroient pour leurs Rois ; vous maffacrez
les vôtres.

125 ,, Et Dieu, que vous peignez implacable & jaloux,

,, S'il aime à fe venger, Barbares; c'eft de vous.

A ce hardi difcours aucun n'ofoit répondre.

Par des traits trop puiffans ils fe fentoient confondre.

Ils repouffoient en vain de leur cœur irrité,

130 Cet effroi, qu'aux méchans donne la vérité.

Le dépit & la crainte agitoient leurs penfées;

Quand foudain mille voix jufqu'au Ciel élancées,

Font par-tout retentir avec un bruit confus,

Aux armes, Citoïens, ou nous fommes perdus.

135   Des nuages épais que formoit la pouffiére,
       Du Soleil dans les Champs déroboit la lumiére.
       Des Tambours, des Clairons le fon rempli d'horreur,
       De la Mort qui les fuit, étoit l'avant-coureur.
       Tels des Antres du Nord échappés fur la Terre,
140   Précédés par les Vents, & fuivis du Tonnerre,
       D'un tourbillon de poudre obfcurciffant les airs,
       Les Orages fougueux parcourent l'Univers.

       C'étoit du grand Henri la redoutable Armée,
       Qui laffe du repos, & de fang affamée,
145   Faifoit entendre au loin fes formidables cris,
       Rempliffoit la Campagne, & marchoit vers Paris.

       Bourbon n'emploïoit point ces momens falutai-
          res,
       A rendre au dernier Roi les honneurs ordinaires,
       A parer fon Tombeau de ces titres brillans,
150   Que reçoivent les Morts de l'orgueil des Vivans.
       Ses mains ne chargeoient point ces Rives défolées,
       De l'appareil pompeux de ces vains Maufolées,
       Par qui malgré l'injure & des tems & du fort,
       La vanité des Grands triomphe de la Mort.
155   Il vouloit à Valois dans la demeure fombre,

                                             En-

Envoïer des Tributs plus dignes de son ombre,

Punir ses Assassins, vaincre ses Ennemis,

Et rendre heureux son Peuple, après l'avoir soumis.

Au bruit inopiné des assauts qu'il prépare,

160 Des Etats consternés le Conseil se sépare.

Mayenne au même instant court au haut des remparts,

Le Soldat rassemblé vole à ses Etendarts.

Il insulte à grand cris le Héros qui s'avance.

Tout est prêt pour l'attaque, & tout pour la défense.

165   Paris n'étoit point tel en ces tems orageux,

Qu'il paroît en nos jours aux Français trop heureux.

Cent Forts qu'avoient bâtis la Fureur & la Crainte

Dans un moins vaste espace enfermoient son en-
ceinte.

Ces Fauxbourgs aujourd'hui si pompeux & si grands,

170 Que la main de la Paix tient ouverts en tout tems,

D'une immense Cité superbes avenues,

Où ces Palais dorés se perdent dans les nues,

Etoient de longs Hameaux d'un rempart entourés,

Par un fossé profond de Paris séparés.

175 Du côté du Levant bien-tôt Bourbon s'avance.

I 3   Le

Le voilà qui s'approche, & la Mort le devance.

Le fer avec le feu vole de toutes parts,

Des mains des Affiégeans, & du haut des remparts.

Ces remparts menaçans, leurs Tours, & leurs Ouvrages,

180 S'écroulent sous les traits de ces brûlans orages.

On voit les Bataillons rompus & renverfés,

Et loin d'eux dans les Champs leurs membres difperfés.

Ce que le fer atteint tombe réduit en poudre,

Et chacun des Partis combat avec la foudre.

185   Jadis avec moins d'art, au milieu des Combats,

Les malheureux Mortels avançoient leur trépas;

Avec moins d'appareil, ils voloient au carnage,

Et le fer dans leurs mains fuffifoit à leur rage.

De leurs cruels Enfans l'effort induftrieux

190 A dérobé le feu qui brûle dans les Cieux.

On entendoit gronder ces Bombes effroïables

Des troubles de la Flandre Enfans abominables.

Le falpêtre enfoncé dans ces Globes d'airain,

Part,

191 *On entendoit gronder ces Bombes effroïables.*] C'eft dans les Guerres de Flandres, fous Philippe Second, qu'un Ingénieur Italien fit ufage des Bombes pour la premiere fois. Prefque tous nos Arts font dus aux Italiens.

Part, s'échauffe, s'embrafe, & s'écarte foudain:
195 La mort en mille éclats en fort avec furie.

Avec plus d'art encor, & plus de barbarie,
Dans des Antres profonds on a fu renfermer
Des foudres fouterrains tout prêts à s'allumer.
Sous un chemin trompeur, où volant au carnage,
200 Le Soldat valeureux fe fie à fon courage,
On voit en un inftant des abîmes ouverts,
Des noirs torrens de fouffre épandus dans les airs;
Des Bataillons entiers, par ce nouveau tonnerre
Dans les airs emportés, engloutis fous la Terre.
205 Ce font-là les dangers où Bourbon va s'offrir;
C'eft par-là qu'à fon Trône il brûle de courir.
Ses Guerriers avec lui dédaignent ces tempêtes:
L'Enfer eft fous leurs pas, la Foudre eft fur leurs
     têtes :
Mais la Gloire à leurs yeux vole à côté du Roi;
210 Ils ne regardent qu'elle, & marchent fans effroi.

Mornay parmi les flots de ce torrent rapide,
S'avance d'un pas grave, & non moins intrépide.
Incapable à la fois de crainte & de fureur,
Sourd au bruit des canons, calme au fein de l'hor-
     reur,

I 4   215 D'un

215 D'un œil ferme & ſtoïque il ne voit dans la Guerre
    Qu'un châtiment affreux des crimes de la Terre.
    Il marche en Philoſophe où l'honneur le conduit,
    Condamne les Combats, plaint ſon Maître, & le
      ſuit.

220   Ils deſcendent enfin dans ce chemin terrible,
    Qu'un glacis teint de ſang rendoit inacceſſible.
    C'eſt-là que le danger ranime leurs efforts;
    Ils comblent les foſſez de faſcines, de morts.
    Sur ces morts entaſſés ils marchent, ils s'avancent,
    D'un cours précipité ſur la brêche ils s'élancent:
225 Armé d'un fer ſanglant, couvert d'un bouclier,
    Henri vole à leur tête, & monte le premier.
    Il monte: il a déja de ſes mains triomphantes,
    Arboré de ſes Lis les Enſeignes flottantes.
    Les Ligueurs devant lui demeurent pleins d'effroi:
230 Ils ſembloient reſpecter leur Vainqueur, & leur Roi.
    Ils cédoient, mais Mayenne à l'inſtant les ranime:
    Il leur montre l'exemple, il les rappelle au crime;
    Leurs Bataillons ſerrés preſſent de toutes parts
    Ce Roi, dont ils n'oſoient ſoutenir les regards,
235 Sur le mur avec eux la Diſcorde cruelle,

                      Se

Se baigne dans le fang que l'on verfe pour elle.

Le Soldat à fon gré fur ce funefte mur,

Combattant de plus près, porte un trépas plus fûr.

Alors on n'entend plus ces foudres de la Guerre,

240 Dont les bouches de bronze épouvantoient la
Terre.

Un farouche filence, enfant de la Fureur,

A ces bruïans éclats fuccède avec horreur.

D'un bras déterminé, d'un œil brûlant de rage,

Parmi fes ennemis chacun s'ouvre un paffage.

245 On faifit, on reprend par un contraire effort,

Ce rempart teint de fang, théâtre de la mort.

Dans fes fatales mains la Victoire incertaine

Tient encor près des Lis l'Etendart de Lorraine.

Les Affiégeans furpris font par-tout renverfés,

250 Cent fois victorieux, & cent fois terraffés :

Pareils à l'Océan pouffé par les orages,

Qui couvre à chaque inftant, & qui fuit fes rivages.

Jamais le Roi, jamais fon illuftre Rival,

N'avoient été fi grands, qu'en cet affaut fatal.

255 Chacun d'eux, au milieu du fang & du carnage,

Maître de fon efprit, maître de fon courage,

Difpofe, ordonne, agit, voit tout en même-tems,

Et

Et conduit d'un coup d'œil ces affreux mouvemens.

Cependant des Anglais la formidable élite,
260 Par le vaillant Effex à cet affaut conduite,
Marchoit fous nos Drapeaux pour la premiere fois;
Et fembloit s'étonner de fervir fous nos Rois.
Ils viennent foutenir l'honneur de leur Patrie,
Orgueilleux de combattre, & de donner leur vie,
265 Sur ces mêmes remparts, & dans ces mêmes lieux,
Où la Seine autrefois vit régner leurs Aïeux.
Effex monte à la brêche où combattoit d'Aumale:
Tous deux jeunes, brillans, pleins d'une ardeur
égale;
Tels qu'aux remparts de Troye on peint les Demi-
Dieux.
270 Leurs amis tout fanglans font en foule autour
d'eux,
Français, Anglais, Lorrains, que la fureur affemble,
Avançoient, combattoient, frappoient, mouroient
enfemble.

Ange, qui conduifiez leur fureur & leur bras,
Ange exterminateur, ame de ces Combats,
275 De quel Héros enfin prîtes vous la querelle?
Pour qui pancha des Cieux la balance éternelle?
Long-tems Bourbon, Mayenne, Effex, & fon Rival,
Affié-

Affiégeans, Affiégés, font un carnage égal.

Le Parti le plus jufte eut enfin l'avantage.

280 Enfin Bourbon l'emporte, il se fait un paſſage.

Les Ligueurs fatigués ne lui réſiſtent plus:

Ils quittent les remparts, ils tombent éperdus.

Comme on voit un Torrent du haut des Pyrénées,

Menacer des Vallons les Nymphes conſternées;

285 Les Digues qu'on oppoſe à ſes flots orageux,

Soutiennent quelque-tems ſon choc impétueux;

Mais bien-tôt renverſant ſa barriére impuiſſante,

Il porte au loin le bruit, la mort, & l'épouvante;

Déracine en paſſant ces Chênes orgueilleux,

290 Qui bravoient les Hyvers, & qui touchoient les Cieux;

Détache les Rochers du penchant des Montagnes,

Et pourſuit les Troupeaux fuïant dans les Campagnes.

Tel Bourbon deſcendoit à pas précipités

Du haut des murs fumans, qu'il avoit emportés:

295 Tel d'un bras foudroïant fondant ſur les Rebelles,

Il moiſſonne en courant leurs Troupes criminelles.

Les Seize avec effroi fuïoient ce bras vengeur,

Egarés, confondus, diſperſés par la peur.

Mayenne ordonne enfin, que l'on ouvre les Portes:

300 Il

300 Il rentre dans Paris fuivi de fes Cohortes.

Les Vainqueurs furieux, les flambeaux à la main,

Dans les Fauxbourgs fanglans fe répandent foudain.

Du Soldat effrené la valeur tourne en rage:

Il livre tout au fer, aux flâmes, au pillage.

305 Henri ne les voit point; fon vol impétueux

Pourfuivoit l'Ennemi fuïant devant fes yeux.

Sa victoire l'enflâme, & fa valeur l'emporte,

Il franchit les Fauxbourgs, il s'avance à la Porte.

Compagnons apportez & le fer & les feux,

310 Venez, volez, montez fur ces murs orgueilleux.

Comme il parloit ainfi, du profond d'une nue

Un Fantôme éclatant fe préfente à fa vûe.

Son corps majeftueux Maître des Elémens,

Defcendoit vers Bourbon fur les aîles des Vents.

315 De la Divinité les vives étincelles

Etaloient fur fon front des beautés immortelles:

Ses yeux fembloient remplis de tendreffe & d'horreur.

Arrête, cria-t-il, trop malheureux Vainqueur:

Tu vas abandonner aux flâmes, au pillage,

320 De cent Rois tes Ayeux l'immortel héritage;

Ravager ton Païs, mes Temples, tes Tréfors,

Egorger

Egorger tes Sujets, & régner fur des Morts.

Arrête.... A ces accens plus forts que le Tonnerre,

Le Soldat s'épouvante, il embraſſe la terre,

325. Il quitte le pillage: Henri plein de l'ardeur,

Que le combat encor enflâmoit dans fon cœur,

Semblable à l'Océan qui s'appaiſe, & qui gronde;

O fatal Habitant de l'inviſible Monde!

Que viens-tu m'annoncer dans ce féjour d'horreur?

330 Alors il entendit ces mots pleins de douceur;

Je fuis cet heureux Roi que la France révére,

Le Pere des Bourbons, ton Protecteur, ton Pere:

Ce Louïs qui jadis combattit comme toi:

Ce Louïs dont ton cœur a négligé la Foi;

335 Ce Louïs qui te plaint, qui t'admire, & qui t'aime.

Dieu fur ton Trône un jour te conduira lui-même.

Dans Paris, ô mon Fils, tu rentreras Vainqueur,

Pour prix de ta clémence, & non de ta valeur.

C'eſt Dieu qui t'en inſtruit, & c'eſt Dieu qui m'envoie.

340 Le Héros à ces mots verſe des pleurs de joie.

La Paix a dans fon cœur étouffé fon courroux:

Il s'écrie, il foupire, il adore à genoux.

D'une divine horreur fon ame eſt pénétrée.

Trois

Trois fois il tend les bras à cette Ombre sacrée;
345 Trois fois son Pere échappe à ses embraffemens;
Tel qu'un leger nuage écarté par les Vents.

Du faîte cependant de ce mur formidable,

Tous les Ligueurs armés , tout un Peuple innom-
brable;

Etrangers & Français , Chefs; Citoïens , Soldats;
350 Font pleuvoir fur le Roi le fer & le trépas.

La vertu du Très-Haut brille autour de fa tête;

Et des traits qu'on lui lance écarte la tempête.

Il vit alors, il vit de quel affreux danger,

Le Pere des Bourbons venoit le dégager.

355 Il contemploit Paris d'un œil trifte & tranquille;

Français, s'écria t-il; & toi fatale Ville,

Citoïens malheureux, Peuple foible & fans foi,

Jufqu'à quand voulez-vous combattre votre Roi?

Alors, ainfi que l'Aftre, auteur de la lumiére,

360 Après avoir rempli fa brûlante carriére,

Au bord de l'Horizon brille d'un feu plus doux,

Et plus grand à nos yeux paroît fuir loin de nous;

Loin des murs de Paris le Héros fe retire,

Le cœur plein du Saint Roi, plein du Dieu qui l'infpire.

365 Il

365 Il marche vers Vincenne, où Louis autrefois
Au pied d'un Chêne affis dicta fes juftes Loix.
Que vous êtes changé! Séjour jadis aimable,
Vincennes tu n'ès plus qu'un Donjon déteftable,
Qu'une Prifon d'Etat, qu'un Lieu de defefpoir,
370 Où tombent fi fouvent du faîte du pouvoir
Ces Miniftres, ces Grands, qui tonnent fur nos têtes,
Qui vivent à la Cour au milieu des tempêtes,
Oppreffeurs, opprimez, fiers, humbles tour à tour,
Tantôt l'horreur du Peuple, & tantôt leur amour.
375 Bien-tôt de l'Occident où fe forment les ombres,
La Nuit vint fur Paris porter fes voiles fombres;
Et cacher aux Mortels en ce fanglant féjour,
Ces Morts & ces Combats qu'avoit vu l'œil du Jour.

L A

L A
HENRIADE.

CHANT SEPTIE'ME.

ARGUMENT.

Saint Louïs *transporte Henri IV. en esprit au Ciel & aux Enfers, & lui fait voir dans le Palais des Destins, sa Postérité, & les grands Hommes que la France doit produire.*

DU Dieu qui nous créa la Clémence in-
finie,

Pour adoucir les maux de cette courte
vie,

A placé parmi nous deux Etres bienfaisans,

De la Terre à jamais aimables Habitans.

5 Sou-

S. de Troy fils inv. et pinx.

F.M: Lacave Sculp.

5 Soutiens dans les travaux, tréfors dans l'indigence;

L'un eft le doux Sommeil, & l'autre eft l'Efpérance.

L'un, quand l'homme accablé fent de fon foible
corps

Les organes vaincus, fans force & fans refforts;

Vient par un calme heureux fecourir la Nature;

10 Et lui porter l'oubli des peines qu'elle endure;

L'autre anime nos cœurs, enflâme nos defirs,

Et même en nous trompant donne de vrais plaifirs:

Mais aux Mortels chéris à qui le Ciel l'envoie,

Elle n'infpire point une infidelle joie;

15 Elle apporte de Dieu la promeffe & l'appui;

Elle eft inébranlable; & pure comme lui.

Louïs près de Henri tous les deux les appelle:

Approchez vers mon Fils, venez, couple fidelle:

Le Sommeil l'entendit de fes Antres fecrets:

20 Il marche mollement vers ces ombrages frais:

Les Vents à fon afpect s'arrêtent en filence;

Les Songes fortunés, Enfans de l'Efpérance;

Voltigent vers le Prince, & couvrent ce Héros

D'olive & de lauriers mêlés à leurs pavots.

25 Louïs en ce moment prenant fon Diadême;

K

Sur

Sur le front du Vainqueur il le pofa lui-même.

Régne, dit-il, triomphe, & fois en tout mon Fils :

Tout l'efpoir de ma Race en toi feul eft remis.

Mais le Trône, ô Bourbon, ne doit point te fuffire :

30 Des prefens de Louïs le moindre eft fon Empire.

C'eft peu d'être un Héros, un Conquérant, un Roi;

Si le Ciel ne t'éclaire, il n'a rien fait pour toi.

Tous ces honneurs mondains ne font qu'un bien ftérile;

Des humaines Vertus récompenfe fragile,

35 Un dangereux éclat qui paffe & qui s'enfuit;

Que le trouble accompagne , & que la Mort détruit.

Je vais te découvrir un plus durable Empire,

Pour te récompenfer , bien moins que pour t'inftruire :

Viens, obéï, fui-moi par de nouveaux chemins;

40 Vole au fein de Dieu même, & rempli tes deftins.

L'un & l'autre à ces mots dans un Char de lumiére

Dès Cieux en un moment traverfent la carriére.

Tels on voit dans la nuit la foudre & les éclairs,

Courir d'un Pole à l'autre, & divifer les airs :

45 Et telle s'éléva cette nue embrafée,

Qui

Qui dérobant aux yeux le Maître d'Elisée
Dans un céleste Char de flâme environné
L'emporta loin des bords de ce Globe étonné.

Dans le centre éclatant de ces Orbes immenses,
50 Qui n'ont pu nous cacher leur marche & leurs dis-
   tances,
Luit cet Astre du jour par Dieu même allumé,
Qui tourne autour de soi sur son axe enflâmé.
De lui partent sans fin des torrens de lumière,
Il donne en se montrant la vie à la Matière,
55 Et dispense les Jours, les Saisons & les Ans
A des Mondes divers autour de lui flottans.
Ces Astres asservis à la Loi qui les presse,
S'attirent dans leur course, & s'évitent sans cesse,
Et servant l'un à l'autre & de règle & d'appui
60 Se prêtent les clartés qu'ils reçoivent de lui.
Au-delà de leurs cours, & loin dans cet espace,
Où la Matière nage, & que Dieu seul embrasse,

                                        Sont

    58 *S'attirent dans leur course, & s'évitent sans cesse.*] Que
l'on admette, ou non, l'attraction de Monsieur Newton,
toujours demeure-t-il certain que les Globes célestes s'ap-
prochant & s'éloignant tour-à-tour, paroissent s'attirer, &
s'éviter.

Sont des Soleils fans nombre, & des Mondes fans
 fin ;

Dans cet abîme immenfe il leur ouvre un chemin.

65 Par de-là tous ces Cieux le Dieu des Cieux réfide.

C'eft-là que le Héros fuit fon célefte Guide,

C'eft-là que font formés tous ces Efprits divers,

Qui rempliffent les Corps, & peuplent l'Univers.

Là font après la mort nos ames replongées;

70 De leur prifon groffiére a jamais dégagées.

Un Juge incorruptible y raffemble à fes pieds

Ces immortels Efprits que fon foufle a créés.

C'eft cet Eftre infini qu'on fert & qu'on ignore.

Sous des noms différens le Monde entier l'adore.

75 Du haut de l'Empirée il entend nos clameurs:

Il regarde en pitié ce long amas d'erreurs;

Ces Portraits infenfés, que l'humaine ignorance

Fait avec piété de fa Sageffe immenfe.

La Mort auprès de lui, Fille affreufe du Tems,

80 De ce trifte Univers conduit les Habitans.

Elle amene à la fois les Bonzes, les Brachmanes,

Du grand Confucius les Difciples profanes,

Des antiques Perfans les fecrets Succeffeurs,

De

De Zoroaſtre encor aveugles Sectateurs;

85 Les pâles Habitans de ces froides Contrées

Qu'affiégent de glaçons les Mers Hyperborées,

Ceux qui de l'Amérique habitent les Forêts,

De l'Erreur invincible innombrables Sujets.

Le Dervis étonné d'une vûe inquiéte,

90 A la droite de Dieu cherche en vain ſon Prophête.

Le Bonze avec des yeux ſombres & pénitens

Y vient vanter en vain ſes Vœux, & ſes tourmens.

Eclairez à l'inſtant, ces morts dans le ſilence

Attendent en tremblant l'éternelle Sentence.

95 Dieu qui voit à la fois, entend, & connoît tout,

D'un coup d'œil les punit, d'un coup d'œil les ab-
ſout.

Henri n'approcha point vers le Trône inviſible,

D'où part à chaque inſtant ce Jugement terrible,

Où Dieu prononce à tous ſes Arrêts éternels,

100 Qu'oſent prévoir en vain tant d'orgueilleux Mortels.

,, Quelle

84 *De Zoroaſtre encor aveugles Sectateurs.*] En Perſe les
Guébres ont une Religion à part qu'ils prétendent être la
Religion fondée par Zoroaſtre , & qui paroît moins folle
que les autres Superſtitions humaines , puiſqu'ils rendent
un culte ſecret au Soleil, comme à une Image du Créateur.

„ Quelle eſt, diſoit Henri, s'interrogeant lui-mê-
„ me,

„ Quelle eſt de Dieu ſur eux la Juſtice ſuprême ?

„ Ce Dieu les punit-il d'avoir fermé leurs yeux

„ Aux clartés que lui-même il plaça ſi loin d'eux ?

105 „ Pourroit-il les juger tel qu'un injuſte Maître,

„ Sur la Loi des Chrétiens qu'ils n'avoient pu con-
„ naitre ?

„ Non, Dieu nous a créés, Dieu nous veut ſauver
„ tous ;

„ Par-tout il nous inſtruit, par-tout il parle à nous.

„ Il grave en tous les cœurs la Loi de la Nature,

110 „ Seule à jamais la même, & ſeule toujours pure.

„ Sur cette Loi, ſans doute, il juge les Païens,

„ Et ſi leur cœur fut juſte, ils ont été Chrétiens.

Tandis que du Héros la Raiſon confondue

Portoit ſur ce Miſtère une indiſcrette vûe,

115 Aux pieds du Trône même une voix s'entendit,

Le Ciel s'en ébranla, l'Univers en frémit ;

Ses accens reſſembloient à ceux de ce Tonnerre,

Quand du Mont Sinaï Dieu parloit à la Terre.

Le Chœur des Immortels ſe tut pour l'écouter ;

120 Et chaque Aſtre en ſon cours alla le répéter,

A ta

A ta foible Raison garde-toi de te rendre.
Dieu t'a fait pour l'aimer, & non pour le comprendre,
Invisible à tes yeux, qu'il régne dans ton cœur,
Il confond l'injustice, il pardonne à l'erreur:
125 *Mais il punit aussi toute erreur volontaire;*
Mortel, ouvre les yeux quand son Soleil t'éclaire.

Henri dans ce moment d'un vol précipité
Est par un Tourbillon dans l'Espace emporté,
Vers un séjour informe, aride, affreux, sauvage,
130 De l'antique Chaos abominable Image.
Impénétrable aux traits de ces Soleils brillans,
Chefs-d'œuvre du Très-Haut, comme lui bienfai-
    sans.
Sur cette Terre horrible & des Anges haïe,
Dieu n'a point répandu la germe de la Vie.
135 La Mort, l'affreuse Mort, & la Confusion,
Y semblent établir leur domination.
Quelles clameurs, ô Dieu! quels cris épouvanta-
    bles!
Quels torrens de fumée, & quels feux effroïables!
Quels Monstres, dit Bourbon, volent dans ces Cli-
    mats?
140 Quels Gouffres enflâmés s'entrouvrent sous mes
    pas?

K 4   O mon

O mon Fils, vous voïez les portes de l'Abîme,
Creufé par la Juftice, habité par le Crime.
Suivez-moi, les chemins en font toujours ouverts.
Ils marchent auffi-tôt aux portes des Enfers.

145 Là gît la fombre Envie, à l'œil timide & louche,
Verfant fur des lauriers les poifons de fa bouche.
Le jour bleffe fes yeux dans l'ombre étincelans,
Trifte Amante des Morts, elle hait les Vivans.
Elle apperçoit Henri, fe détourne, & foupire.
150 Auprès d'elle eft l'Orgueil qui fe plaît, & s'admire.
La Foibleffe au teint pâle, aux regards abattus,
Tyran qui céde au Crime, & détruit les Vertus.
L'Ambition fanglante, inquiéte, égarée,
De Trônes, de Tombeaux, d'Efclaves entourée;
155 La tendre Hypocrifie aux yeux pleins de douceur,
(Le Ciel eft dans fes yeux, l'Enfer eft dans fon
  cœur.)
Le faux Zèle étalant fes barbares Maximes,

           Et

---

144 *Ils marchent auffi-tôt aux portes des Enfers.*] Les Théologiens n'ont pas décidé comme un Article de Foi que
l'Enfer fût au centre de la Terre, ainfi qu'il étoit dans la
Théologie Païenne ; quelques-uns l'ont placé dans le Soleil ; on l'a mis ici dans un Globe deftiné uniquement à
cet ufage.

Et l'Intérêt enfin Pere de tous les Crimes,

Des Mortels corrompus ces Tyrans effrenés,
160 A l'afpect de Henri paroiffent confternés.
Ils ne l'ont jamais vu ; jamais leur Troupe impie
N'approcha de fon ame à la vertu nourrie.
Quel Mortel, difoient-ils, par ce Jufte conduit,
Vient nous perfécuter dans l'éternelle nuit ?

165 Le Héros au milicu de ces Efprits immondes
S'avançoit à pas lents fous ces voutes profondes.
Louïs guidoit fes pas : Ciel ! qu'eft-ce que je voi ?
L'Affaffin de Valois ! Ce monftre devant moi ;
Mon Pere ! il tient encor ce couteau parricide,
170 Dont le Confeil des Seize arma fa main perfide.
Tandis que dans Paris tous ces Prêtres cruels
Ofent de fon Portrait fouiller les faints Autels,
Que la Ligue l'invoque, & que Rome le loue ;

Ici

173 *Que la Ligue l'invoque, & que Rome le loue.*] Le Parricide Jacques Clément fut loué à Rome dans la Chaire où
l'on auroit dû prononcer l'Oraifon funèbre de Henri III. On
mit fon Portrait à Paris fur les Autels avec l'Euchariftie.
Le Cardinal de Retz rapporte que le jour des Barricades,
fous la Minorité de Louïs XIV. il vit un Bourgeois por-
K 5   tant

Ici dans les tourmens l'Enfer les defavoue.

175   Mon Fils, reprit Louïs, de plus fevères Loix
       Pourfuivent en ces lieux les Princes & les Rois,
       Regardez ces Tyrans, adorés dans leur vie:
       Plus ils étoient puiffans, plus Dieu les humilie,
       Il punit les forfaits que leurs mains ont commis,
180   Ceux qu'ils n'ont point vengés, & ceux qu'ils ont
          permis.

       La Mort leur a ravi leurs Grandeurs paffagéres,
       Ce Fafte, ces Plaifirs, ces Flateurs mercenaires,
       De qui la complaifance avec dextérité,
       A leurs yeux éblouïs cachoit la Vérité.
185   La Vérité terrible ici fait leurs fupplices :
       Elle eft devant leurs yeux, elle éclaire leurs vices.
       Voïez, comme à fa voix tremblent ces Conqué-
          rans,
       Héros aux yeux du Peuple, aux yeux de Dieu
          Tyrans.
       Fleaux du Monde entier, que leur fureur embrafe,
190   La foudre qu'ils portoient, à leur tour les écrafe ;
       Auprès d'eux font couchés tous ces Rois fainéans,
                                                 Sur

tant un Hauffe-Col fur lequel étoit gravé ce Moine, avec
ces mots : SAINT JACQUES CLÉMENT.

Sur un Trône avili Fantômes impuiſſans.
Henri voit près des Rois leurs inſolens Miniſtres:
Il remarque ſur-tout ces Conſeillers ſiniſtres,
195 Qui des Mœurs & des Loix avares corrupteurs,
De Thémis & de Mars ont vendu les honneurs,
Qui mirent les premiers à d'indignes encheres,
L'ineſtimable prix des vertus de nos Peres.

Etes vous en ces Lieux faibles et tendres et Cœurs
qui Livrez aux plaisirs et Couchez sur des fleurs
sans fiel et sans fierté coulez dans la paresse
vos inutiles jours filez par la molesse
avec les scelerats seriez vous Confondus
vous mortel Bienfaisant vous ami des vertus
qui par un seul moment de doute ou de faiblesse
avez sechez le fruit de trente ans de sagesse
le genereux henry ne peut cacher ses pleurs
ah s'il est vrai dit il qu'en ce sejour d'horreur
La Race des humains soit en foule Engloutie
Si les jours passagers d'une si triste vie,
D'un Eternel tourment sont suivis sans retour
ne vaudroit il pas mieux ne voir jamais le jour
heureux fils Expiroient dans le sein de leur mere
aussi ce Dieu du moins, ce grand dieu si severe
a L'homme helas trop Libre avoit daigné ravir
Le pouvoir malheureux de lui desobeir!
Ne Crois point dit Louis, que Ces tristes victimes
souffrent

Souffrent des châtimens qui furpaffent leurs crimes;
215 Ni que ce jufte Dieu, Créateur des Humains,
Se plaife à déchirer l'Ouvrage de fes mains.
Non, s'il eft infini, c'eft dans fes récompenfes:
Prodigue de fes dons, il borne fes vengeances.
Sur la Terre on le peint l'exemple des Tyrans:
220 Mais ici c'eft un Pere; il punit fes Enfans.
Il adoucit les traits de fa main vengereffe;
Il ne fait point punir des momens de foibleffe,
Des plaifirs paffagers, pleins de trouble & d'ennui,
Par des tourmens affreux, éternels comme lui.

225   Il dit, & dans l'inftant l'un & l'autre s'avance
Vers les Lieux fortunés qu'habite l'Innocence.
Ce n'eft plus des Enfers l'affreufe obfcurité;
C'eft du jour le plus pur l'immortelle clarté.
Henri voit ces beaux Lieux, & foudain à leur vûe,
230 Sent couler dans fon ame une joie inconnue;
Les Soins, les Paffions n'y troublent point les cœurs,
La Volupté tranquille y répand fes douceurs.
Amour, en ces Climats tout reffent ton Empire:
Ce n'eft point cet Amour que la molleffe infpire;
235 C'eft ce Flambeau Divin, ce feu faint & facré,

Ce

Ce pur Enfant des Cieux fur la Terre ignoré.

De lui feul à jamais tous les cœurs fe rempliffent,

Ils defirent fans ceffe; & fans ceffe ils jouïffent,

Et goûtent dans les feux d'une éternelle ardeur,

240 Des plaifirs fans regrets, du repos fans langueur.

Là régnent les bons Rois qu'ont produit tous les âges,

Là font les vrais Héros, là vivent les vrais Sages,

Là fur un Trône d'or, Charlemagne & Clovis

Veillent du haut des Cieux fur l'Empire des Lis.

245 Les plus grands Ennemis, les plus fiers Adverfaires,

Réunis dans ces Lieux, n'y font plus que des Freres.

Le fage Louïs douze, au milieu de ces Rois,

S'éleve comme un Cédre, & leur donne des Loix.

Ce Roi qu'à nos Aïeux donna le Ciel propice,

250 Sur fon Trône avec lui fit affeoir la Juftice;

Il pardonna fouvent, il régna fur les cœurs,

Et des yeux de fon Peuple il effuïa les pleurs.

D'Amboife eft à fes pieds; ce Miniftre fidelle,

Qui

247 *Le fage Louïs douze, au milieu de ces Rois.*] LOUÏS XII. eft le feul Roi qui ait eu le furnom de Pere du Peuple.

253 *D'Amboife eft à fes pieds; ce Miniftre fidelle.*] Sur ces entrefaites mourut GEORGES D'AMBOISE, qui fut jufte-

Qui feul aima la France, & fut feul aimé d'elle,
255 Tendre ami de fon Maître, & qui dans ce haut Rang,
Ne fouilla point fes mains de rapine & de fang.
O jours ! ô mœurs ! ô tems d'éternelle mémoire !
Le Peuple étoit heureux, le Roi couvert de gloire :
De fes aimables Loix chacun goûtoit les fruits ;
260 Revenez heureux tems fous un autre Louïs.

Plus loin font ces Guerriers prodigues de leur vie,
Qu'enflâma leur devoir, & non pas leur furie,
La Trimouille, Cliffon, Montmorency, de Foix,
Guefclin, le Deftructeur & le Vengeur des Rois ;
265 Le

tement aimé de la France & de fon Maître, parce qu'il
les aimoit tous deux également. (MEZERAY, grande
Hiftoire.)

263 *La Trimoüille, Cliffon, Montmorency, de Foix.*] Parmi plufieurs grands Hommes de ce nom, on a eu ici en
vûe GUY DE LA TRIMOÜILLE, furnommé le VAIL-
LANT, qui portoit l'Oriflâme, & qui refufa l'Epée de
Connétable fous Charles VI.

Ibid. *Cliffon,*] CLISSON, (le Connétable de) fous Charles VI.

Ibid. *Montmorency,*] MONTMORENCY, il faudroit un
Volume pour fpécifier les fervices rendus à l'Etat par cette
Maifon.

Ibid. *de Foix.*] GASTON DE FOIX, Duc de Nemours,
Neveu de Louïs XII. fut tué de quatorze coups à la célèbre Bataille de Ravenne, qu'il avoit gagnée.

264 *Guefclin, le Deftructeur & le Vengeur des Rois.*] GUES-
CLIN,

265 Le vertueux Bayard, & vous brave Amazone,

La honte des Anglais, & le foutien du Trône.

Ces Héros, dit Louïs, que tu vois dans les Cieux,

Comme toi de la Terre ont éblouï les yeux.

La Vertu, comme à toi, mon Fils, leur étoit chere,

270 Mais Enfans de l'Eglife ils ont chéri leur Mere:

Leur cœur fimple & docile aimoit la Vérité:

Leur culte étoit le mien; pourquoi l'as-tu quitté?

Comme il difoit ces mots d'une voix gémiffante,

Le

CLIN, (le Connétable du). Il fauva la France fous Charles V. conquit la Caftille, mit Henri de Tranftamare fur
le Trône de Pierre-le-Cruel, & fut Connétable de France
& de Caftille.

265 *Le vertueux Bayard.*] BAYARD, (Pierre du Terrail,
furnommé le Chevalier fans peur & fans reproche.) Il arma *François Premier*, Chevalier, à la Bataille de Marignan;
il fut tué en 1523. à la Retraite de Rebec en Italie.

Ibid. *Et vous brave Amazone.*] JEANNE D'ARC, (connue fous le nom de la Pucelle d'Orléans) Servante d'Hô-
tellerie, née au Village de Dontremy fur Meufe, qui fe
trouvant une force de corps, & une hardieffe au-deffus de
fon Sexe, fut employée par le Comte de Dunois pour rétablir les Affaires de Charles VII. Elle fut prife dans une
fortie à Compiègne en 1430. conduite à Rouen, jugée
comme Sorciére par un Tribunal Eccléfiaftique, également
ignorant & barbare, & brûlée par les Anglais, qui auroient du honorer fon courage.

Le Palais des Deſtins devant lui ſe préſente:
275 Il fait marcher ſon Fils vers ces ſacrés remparts;
Et cent portes d'airain s'ouvrent à ſes regards.

Le Tems, d'un aîle prompte, & d'un vol inſen-
ſible,

Fuit, & revient ſans ceſſe à ce Palais terrible:
Et de-là ſur la Terre il verſe à pleines mains
280 Et les biens & les maux, deſtinés aux Humains.
Sur un Autel de fer un Livre inexplicable
Contient de l'avenir l'Hiſtoire irrévocable.
La main de l'Eternel y marqua nos deſirs,
Et nos chagrins cruels, & nos foibles plaiſirs.
285 On voit la Liberté, cette eſclave ſi fiére,
Par d'inviſibles nœuds en ces lieux priſonniére.
Sous un joug inconnu, que rien ne peut briſer;
Dieu fait l'aſſujettir ſans la tyranniſer;
A ſes ſuprêmes Loix d'autant mieux attachée
290 Que ſa chaîne à ſes yeux pour jamais eſt cachée;
Qu'en obéïſſant même elle agit par ſon choix,
Et ſouvent aux Deſtins penſe donner des Loix.

Mon cher Fils, dit Louïs, c'eſt de-là que la
Grace
Fait ſentir aux Humains ſa faveur efficace:
295 C'eſt

295 C'eft de ces Lieux facrés, qu'un jour fon trait vain-
    queur

Doit partir, doit brûler, doit embrafer ton cœur.

Tu ne peux différer, ni hâter, ni connoître

Ces momens précieux dont Dieu feul eft le Maître.

Mais qu'ils font encor loin ces tems, ces heureux
    tems,

300 Où Dieu doit te compter au rang de fes Enfans!

Que tu dois éprouver de foibleffes honteufes!

Et que tu marcheras dans des routes trompeufes!

Retranches, ô mon Dieu, des jours de ce grand
    Roi,

Ces jours infortunés qui l'éloignent de toi.

305   Mais dans ces vaftes Lieux quelle foule s'em-
    preffe?

Elle entre à tout moment & s'écoule fans ceffe.

Vous voïez, dit Louïs, dans ce facré Séjour,

Les Portraits des Humains qui doivent naître un
    jour.

Des Siècles à venir ces vivantes Images,

310 Raffemblent tous les lieux, devancent tous les âges.

Tous les jours des Humains comptés avant les tems,

Aux yeux de l'Eternel à jamais font préfens.

Le Deftin marque ici l'inftant de leur naiffance,

L'abaiffement des uns, des autres la puiffance,

315 Les divers changemens attachés à leur fort,

Leurs vices , leurs vertus , leur fortune, & leur mort.

Approchons-nous ; le Ciel te permet de connoître

Les Rois & les Héros qui de toi doivent naître.

Le premier qui paroît c'eſt ton auguſte Fils,

320 Il ſoutiendra long-tems la gloire de nos Lis,

Triomphateur heureux du Belge & de l'Ibére,

Mais il n'égalera ni ſon Fils ni ſon Pere.

Henri dans ce moment voit ſur des Fleurs-de-Lis,

Deux Mortels orgueilleux auprès du Trône aſſis.

325 Ils tiennent ſous leurs pieds tout un Peuple à la chaîne,

Tous deux ſont revêtus de la Pourpre Romaine,

Tous deux ſont entourés de Gardes, de Soldats ;

Il les prend pour des Rois.... Vous ne vous trompez pas,

Ils le ſont, dit Louïs, ſans en avoir le titre ;

330 Du Prince & de l'Etat l'un & l'autre eſt l'Arbitre,

Richelieu , Mazarin, Miniſtres immortels,

Juſqu'au Trône élevés de l'ombre des Autels,

Enfans de la Fortune & de la Politique,

Marcheront à grands pas au Pouvoir deſpotique ;

335 Ri-

335 Richelieu, grand, fublime, implacable ennemi ;

    Mazarin, fouple, adroit, & dangereux ami ;

    L'un fuïant avec art, & cédant à l'orage,

    L'autre aux flots irrités oppofant fon courage ;

    Des Princes de mon Sang ennemis déclarés ;

340 Tous deux haïs du Peuple, & tous deux admirés ;

    Enfin par leurs efforts, ou par leur induftrie ,

    Utiles à leurs Rois, cruels à la Patrie.

    O toi, moins puiffant qu'eux, moins vafte en tes
        deffeins ;

    Toi dans le fecond rang le premier des Humains ;

345 Colbert , c'eft fur tes pas que l'heureufe Abon-
        dance ,

    Fille de tes travaux, vient enrichir la France :

    Bienfaicteur de ce Peuple, ardent à t'outrager ,

    En le rendant heureux tu fauras t'en venger ;

    Semblable à ce Héros confident de Dieu mêmes ;

350 Qui nourrit les Hébreux pour prix de leurs blaf-
        phêmes.

    Ciel! quel pompeux amas d'Efclaves à genoux ,
                             Eft

---

   337 *L'un fuïant avec art, & cédant à l'orage.*] Le Cardinal Mazarin fut obligé de fortir du Roïaume en 1651.
malgré la Reine Régente qu'il gouvernoit ; mais le Cardinal de Richelieu fe maintint toujours malgré fes ennemis , & même malgré le Roi qui étoit dégoûté de lui.

Eſt aux pieds de ce Roi * qui les fait trembler tous?

Quels honneurs! quels reſpeᵉts! jamais Roi dans la
France,

N'accoutuma ſon Peuple à tant d'obéïſſance!

355 Je le vois comme vous par la gloire animé;

Mieux obéï, plus craint, peut-être moins aimé;

Je le vois éprouvant des fortunes diverſes,

Trop fier dans ſes ſuccès, mais ferme en ſes tra-
verſes;

De vingt Peuples ligués bravant ſeul tout l'effort,

360 Admirable en ſa vie, & plus grand dans ſa mort.

Siècle heureux de Louïs, Siècle que la Nature

De ſes plus beaux preſens doit combler ſans meſure,

C'eſt toi qui dans la France amenes les beaux Arts;

Sur toi tout l'avenir va porter ſes regards;

365 Les Muſes à jamais y fixent leur Empire,

La Toile eſt animée, & le Marbre reſpire.

Quels Sages raſſemblés dans ces auguſtes Lieux,

Meſurent l'Univers, & liſent dans les Cieux?

Et dans la nuit obſcure apportant la lumiére,

370 Son-

* Louïs XIV.

367 *Quels Sages raſſemblés dans ces auguſtes Lieux?*] L'A-
CADE'MIE DES SCIENCES, dont les Mémoires ſont eſ-
timés dans toute l'Europe.

370 Sondent les profondeurs de la Nature entiére?

L'Erreur préfomptueufe à leur afpeꞔt s'enfuit,

Et vers la Vérité le Doute les conduit.

Et toi Fille du Ciel, toi puiffante Harmonie,

Art charmant qui polis la Gréce & l'Italie,

375 J'entends de tous côtez ton langage enchanteur,

Et tes fons fouverains de l'oreille & du cœur.

Français vous favez vaincre, & chanter vos Conquêtes:

Il n'eft point de lauriers qui ne couvrent vos têtes;

Un Peuple de Héros va naître en ces Climats;

380 Je vois tous les Bourbons voler dans les Combats.

A travers mille feux je vois Condé paroître,

Tour à tour la terreur & l'appui de fon Maître;

Turenne de Condé le généreux Rival,

Moins

---

381 *A travers mille feux je vois Condé paroître.*] L O U Ï S
D E B O U R B O N, appellé communément le Grand Condé,
& H E N R I, Vicomte de Turenne, ont été regardés comme les plus grands Capitaines de leur tems: tous deux ont
gagné de grandes Victoires, & ont acquis de la gloire même dans leurs Défaites. Le génie du Prince de Condé
fembloit, à ce qu'on dit, plus propre pour un jour de
Bataille, & celui de M. de Turenne pour toute une Campagne: au moins eft-il certain que M. de Turenne remporta des avantages fur le Grand Condé à Gien, à Etam-
pes, à Paris, à Arras, à la Bataille des Dunes; cependant
on n'ofe point décider quel étoit le plus grand Homme.

L 3

Moins brillant , mais plus fage , & du moins fon égal.

385 Catinat réunit , par un rare affemblage,

Les talens du Guerrier & les vertus du Sage;

Celui-ci dont la main raffermit nos remparts,

C'eſt Vauban, c'eſt l'Ami des Vertus & des Arts;

Malheureux à la Cour, invincible à la Guerre,

390 Luxembourg fait trembler l'Empire & l'Angleterre.

Re-

385 *Catinat réunit, par un rare affemblage.*] Le Maréchal de CATINAT, né en 1637. Il gagna les Batailles de
Staffarde & de la Marſaille , & obéït enfuite fans murmurer au Maréchal de Villeroi , qui lui envoïoit des Ordres
fans le confulter, Il quitta le Commandement fans peine,
ne fe plaignit jamais de perfonne , ne demanda rien au
Roi, & mourut en Philofophe dans une petite Maiſon de
Campagne à Saint Gratien , n'aïant ni augmenté ni dimi-
nué fon Bien , & n'aïant jamais démenti un moment fon
caractère de modération.

388 *C'eſt Vauban, c'eſt l'Ami des Vertus & des Arts.*] Le
Maréchal de VAUBAN , né en 1633. le plus grand Ingénieur qui ait jamais été , a fait fortifier felon fa nouvelle
maniere, trois cens Places anciennes, & en a bâti trente-
trois. Il a conduit cinquante-trois Sièges, & s'eſt trouvé
à cent-quarante Actions. Il a laiſſé douze Volumes ma-
nufcrits , pleins de projets pour le bien de l'Etat , dont
aucun n'a encore été exécuté. Il étoit de l'Académie des
Sciences , & lui a fait plus d'honneur que perfonne, en
faifant fervir les Mathématiques à l'avantage de fa Patrie.

390 *Luxembourg fait trembler l'Empire & l'Angleterre.*]
F R A N-

Regardez dans Denain l'audacieux Villars,

Disputant le Tonnerre à l'Aigle des Césars,

Ar-

FRANÇOIS-HENRI DE MONTMORENCY, qui prit le nom de Luxembourg, Maréchal de France, & Duc & Pair, gagna la Bataille de Cassel, sous les Ordres de MONSIEUR, Frere de Louïs XIV. & remporta en Chef les fameuses Victoires de Mons, de Fleurus, de Steinkerke, de Nerwinde, conquit des Provinces au Roi, fut mis à la Bastille, & reçut mille dégoûts des Ministres.

391 *Regardez dans Denain l'audacieux Villars.*] On s'étoit proposé de ne parler dans ce Poëme d'aucun homme vivant; on ne s'est écarté de cette règle qu'en faveur du Maréchal Duc de VILLARS, qui a sauvé la France.

Il a gagné la Bataille de Fredelingue, & celle du premier Hocstet. Il est à remarquer qu'il occupa dans cette Bataille le même terrain où se posta depuis le Duc de Malboroug, lorsqu'il remporta contre d'autres Généraux cette grande Victoire du second Hocstet si fatale à la France. Depuis, le Maréchal de Villars ayant repris le Commandement des Armées, donna la fameuse Bataille de Blangis ou de Malplaquet, dans laquelle on tua vingt-mille hommes aux Ennemis, & qui ne fut perdue que quand le Maréchal fut blessé.

Enfin, en 1712. lorsque les Ennemis menaçoient de venir à Paris, & qu'on délibéroit si le Roi Louïs XIV. quitteroit Versailles, le Maréchal de Villars battit le Prince Eugène à *Denain*, s'empara du Dépôt de l'Armée ennemie à *Marchienne*, fit lever le Siège de *Landrecy*, prit *Douay*, *Quesnoy*, *Bouchain*, &c. à discrétion, & fit ensuite la Paix à Radstad, au nom du Roi, avec le même Prince Eugène, Plénipotentiaire de l'Empereur.

L 4

Arbitre de la Paix que la Victoire amene,

Digne Appui de fon Roi, digne Rival d'Eugène,

395 Quel eft ce jeune Prince *, en qui la Majefté,

Sur fon vifage aimable éclate fans fierté ?

D'un œil d'indifférence il regarde le Trône.

Ciel! quelle nuit foudaine à mes yeux l'environne !

La Mort autour de lui vole fans s'arrêter,

400 Il tombe aux pieds du Trône, étant prêt d'y monter.

O mon Fils! des Français vous voïez le plus jufte.

Les Cieux le formeront de votre Sang augufte.

Grand Dieu ! ne faites-vous que montrer aux Humains

Cette fleur paffagére, ouvrage de vos mains ?

405 Hélas! que n'eût point fait cette ame vertueufe ?

La France fous fon Régne eût été trop heureufe :

Il eût entretenu l'Abondance & la Paix ;

Mon Fils, il eût compté fes jours par fes bienfaits,

Il eût aimé fon Peuple. O jours rempls d'allarmes!

410 O combien les Français vont répandre de larmes !

Quand fous la même tombe ils verront réunis

Et l'Epoux & la Femme, & la Mere & le Fils.

Un

* Feu Monfieur le Duc de Bourgogne.

Un foible Rejetton * fort entre les ruïnes,

De cet Arbre fécond coupé dans fes racines.

415 Les Enfans de Louïs defcendus au Tombeau,

Ont laiffé dans la France un Monarque au Berceau;

De l'Etat ébranlé douce & frêle efpérance.

O toi prudent Fleury, veille fur fon Enfance,

Conduis fes premiers pas, cultive fous tes yeux

420 Du plus pur de mon Sang le dépôt précieux.

Tout Souverain qu'il eft, inftruis-le à fe connoître.

Qu'il fache qu'il eft Homme, en voïant qu'il eft
Maître.

Qu'aimé de fes Sujets, ils foient chers à fes yeux:

Apprends-lui qu'il n'eft Roi, qu'il n'eft né que pour
eux.

425 France, reprends fous lui ta Majefté premiére,

Perce la trifte nuit qui couvroit ta lumiére;

Que les Arts, qui déja vouloient t'abandonner,

De leurs utiles mains viennent te couronner.

L'Océan fe demande en fes Grottes profondes,

430 Où font tes Pavillons qui flottoient fur fes Ondes?

Du Nil & de l'Euxin, de l'Inde & de fes Ports,

Le Commerce t'appelle, & t'ouvre fes tréfors.

Main-

* Ce Poëme fut compofé dans l'Enfance de Louïs XV.

L 5

Maintiens l'ordre & la Paix, fans chercher la Victoire.

Sois l'Arbitre des Rois: c'eft affez pour ta gloire;
435 Il t'en a trop coûté d'en être la terreur.

Près de ce jeune Roi s'avance avec fplendeur
Un Héros que de loin pourfuit la Calomnie;
Plus facile que foible, ardent, plein de génie;
Mais ami des plaifirs, ami des nouveautés,
440 Gouvernant l'Univers du fein des voluptés,
Par des refforts nouveaux fa Politique habile
Tient l'Europe en fufpens, divifée, & tranquille.
Les Arts font éclairés par fes yeux vigilans.
Né pour tous les Emplois, il a tous les talens
445 D'un Chef, d'un Soldat, d'un Citoïen, d'un Maître,
Et pas Roi, mon Fils, mais il enfeigne à l'être.

Alors dans un orage, au milieu des éclairs,
L'Etendart de la France apparut dans les airs,
Devant lui, d'Efpagnols une Troupe guerriére
450 De l'Aigle des Germains brifoit la tête altiére.
O mon pere! Quel eft ce Spectacle nouveau?
Tout change, dit Louïs, & tout a fon Tombeau:
Adorons du Très-Haut la fageffe cachée,
Du puiffant Charles-Quint la Race eft retranchée.

455 L'Efpa-

455 L'Efpagne à nos genoux vient demander des Rois ;

C'eft un de nos Neveux qui leur donne des Loix.

Philippe... A cet objet Henri demeure en proie

A la douce furprife, aux tranfports de fa joie.

Modérez, dit Louïs, ce premier mouvement;

460 Craignez encor, craignez ce grand événement.

Oui, du fein de Paris, Madrid reçoit un Maître!

Cet honneur à tous deux eft dangereux peut-être.

O Rois nés de mon Sang! ô Philippe, ô mes Fils!

France, Efpagne, à jamais puiffiez-vous être unis!

465 Jufqu'à quand voulez-vous, malheureux Politiques,

Allumer les flambeaux des difcordes publiques?

Il dit. En ce moment le Héros ne vit plus,

Qu'un affemblage vain de mille objets confus:

Du Temple des Deftins les portes fe fermérent,

470 Et les voûtes des Cieux devant lui s'éclipférent.

L'Aurore cependant au vifage vermeil,

Ouvroit dans l'Orient le Palais du Soleil:

La Nuit en d'autres lieux portoit fes voiles fombres,

Les

___

465 *Jufqu'à quand voulez-vous, malheureux Politiques.*] Dans
le tems que cela fut écrit, la Branche de France & la Branche d'Efpagne fembloient defunies.

Les Songes voltigeans fuïoient avec les ombres.

475 Le Prince en s'éveillant fent au fond de fon cœur,
Une force nouvelle, une divine ardeur:
Ses regards infpiroient le refpeſt & la crainte,
Dieu rempliſſoit fon front de fa Majeſté fainte.
Ainfi quand le Vengeur des Peuples d'Ifraël,
480 Eut fur le Mont Sina confulté l'Eternel;
Les Hébreux à fes pieds couchés dans la pouffiére,
Ne purent de fes yeux foutenir la lumiére.

L A

LA
HENRIADE.

CHANT HUITIE'ME.

ARGUMENT.

*Le Comte d'Egmont vient de la part du Roi d'Espa-
gne au secours de Mayenne & des Ligueurs. Bataille d'Ivry, dans laquelle Mayenne est défait, &
d'Egmont tué. Valeur & Clémence de Henri le
Grand.*

DES Etats dans Paris la confuse Assem-
    blée,

    Avoit perdu l'orgueil dont elle étoit
    enflée.

Au seul nom de Henri les Ligueurs pleins d'effroi,

Sembloient tous oublier qu'ils vouloient faire un
    Roi.

5 Rien ne pouvoit fixer leur fureur incertaine :

Et n'ofant dégrader ni couronner Mayenne,

Ils avoient confirmé par leurs Decrets honteux;

Le Pouvoir & le Rang qu'il ne tenoit pas d'eux.

Ce Lieutenant fans Chef, ce Roi fans Diadême;

10 Toujours dans fon Parti garde un Pouvoir fuprême.

Un Peuple obéïffant, dont il fe dit l'appui,

Lui promet de combattre, & de mourir pour lui.

Plein d'un nouvel efpoir, au Confeil il appelle

Tous ces Chefs orgueilleux, Vengeurs de fa querelle;

15 Les Lorrains, les Nemours, la Châtre, Canillac;

Et

9 *Ce Lieutenant fans Chef, ce Roi fans Diadême.* Il fe fit déclarer par la partie du Parlement qui lui demeura attachée, Lieutenant-Général de l'Etat & Royaume de France.

15 *Les Lorrains,*] LES LORRAINS, Le Chevalier d'Aumale dont il eft fi fouvent parlé, & fon Frere le Duc, étoient de la Maifon de Lorraine.

Ibid. *Les Nemours,*] CHARLES-EMANUEL, DUC DE NEMOURS, Frere uterin du Duc de Mayenne.

Ibid. *La Châtre,*] LA CHATRE, étoit un des Maréchaux de la Ligue, que l'on appelloit des Bâtards, qui fe feroient un jour légitimer aux dépens de leur Pere. En effet la Châtre fit fa paix depuis, & Henri lui confirma la Dignité de Maréchal de France.

Et l'inconstant Joyeuse, & Saint Paul, & Brissac :

Ils viennent. La fierté, la vengeance, le rage,

Le desespoir, l'orgueil, sont peints sur leur visage.

Quelques·uns en tremblant sembloient porter leurs
    pas,

20 Affoiblis par leur sang versé dans les combats :

Mais ces mêmes combats, leur sang, & leurs bles-
    sures,

Les excitoient encore à venger leurs injures.

Tous auprès de Mayenne ils viennent se ranger.

Tous, le fer dans les mains, jurent de le venger.

25 Telle au haut de l'Olympe, aux Champs de Thes-
    salie,

Des Enfans de la Terre on peint la Troupe impie,

Entassant des Rochers, & menaçant les Cieux,

Yvres du fol espoir de détrôner les Dieux.

La

16 *Et l'inconstant Joyeuse,*] JOYEUSE est le même dont
il est parlé dans la Rem. sur le 20. Vers du quatrième Chant.
    Ibid. *Et Saint-Paul,*] SAINT-PAUL, Soldat de fortu-
ne, fait Maréchal par le Duc de Mayenne , homme emporté, & d'une violence extrême. Il fut tué par le Duc de
Guise , Fils du Balafré.
    Ibid. *Et Brissac.*] BRISSAC c'étoit jetté dans le Parti
de la Ligue par indignation contre Henri III. qui avoit dit
qu'il n'étoit bon ni sur Terre ni sur Mer. Il négocia depuis secrétement avec Henri IV. & lui ouvrir les Portes de
Paris moïennant le Bâton de Maréchal de France.

La Difcorde à l'inftant entr'ouvrant une nue.

30 Sur un Char lumineux fe préfente à leur vûe:

Courage, leur dit-elle, on vient vous fecourir;

C'eft maintenant Français, qu'il faut vaincre óu mourir.

D'Aumale le premier fe leve à ces paroles,

Il court, il voit de loin les Lances Efpagnoles:

35 Le voilà, cria-t-il, le voilà ce fecours,

Demandé fi long-tems, & différé toujours.

Amis, enfin l'Efpagne a fecouru la France.

Il dit. Mayenne alors vers les Portes s'avance:

Le fecours paroiffoit vers ces Lieux révérés,

40 Qu'aux Tombes de nos Rois la mort a confacrés:

Ce formidable amas d'armes étincelantes,

Cet or, ce fer brillant, ces lances éclatantes;

Ces cafques, ces harnois, ce pompeux appareil,

Défioient dans les Champs les raïons du Soleil.

45 Tout le Peuple au-devant court en foule avec joie:

Ils beniffent le Chef que Madrid leur envoie.

C'étoit le jeune Egmont, ce Guerrier obftiné,

Ce

47 *C'étoit le jeune Egmont, ce Guerrier obftiné.*] Le Comte D'EGMONT, Fils de l'Amoral d'Egmont, qui fut décapité à Bruxelles avec le Prince de Horn.

Le

Ce Fils ambitieux d'un Pere infortuné ;

Dans les murs du Bruxelles il a reçu la vie,

50 Son Pere qu'aveugla l'amour de la Patrie,

Mourut fur l'échafaut, pour foutenir les droits

Des malheureux Flamans opprimés par leurs Rois.

Le Fils Courtifan lâche, & Guerrier téméraire,

Baifa long-tems la main qui fit périr fon Pere,

55 Servit par politique aux maux de fon Païs,

Perfécuta Bruxelle, & fecourut Páris :

Philippe l'envoïoit fur les bords de la Seine,

Comme un Dieu Tutelaire au fecours de Mayenne ;

Et Mayenne avec lui crut aux tentes du Roi,

60 Rapporter à fon tour le carnage & l'effroi.

Le téméraire orgueil accompagnoit leur trace.

Qu'avec plaifir, grand Roi, tu voïois cette audace!

Et que tes vœux hâtoient le moment d'un Combat,

Où

Le Fils étant refté dans le Parti de Philippe II. Roi d'Efpagne, fut envoïé au fecours du Duc de Mayenne, à la
tête de dix-huit cens Lances. A fon entrée dans Paris il
reçut les complimens de la Ville : celui qui le haranguoit
aïant mêlé dans fon Difcours les louanges de l'Amoral d'Egmont fon Pere : (Ne parlez pas de lui , dit le Comte, il
méritoit la mort , c'étoit un Rebèlle.) Paroles d'autant
plus condamnables , que c'étoit à des Rebelles qu'il parloit, & dont il venoit défendre la caufe.

M

Où fembloient attachés les deftins de l'Etat !

65   Près des bords de l'Iton, & des rives de l'Eure,

Eft un Champ fortuné, l'amour de la Nature :

La Guerre avoit long-tems refpecté les tréfors

Dont Flore & les Zéphirs embelliffent ces bords.

Les Bergers de ces lieux couloient des jours tranquilles,

70 Au milieu des horreurs des difcordes civiles :

Protégés par le Ciel, & par leur pauvreté,

Ils fembloient des Soldats braver l'avidité ;

Et fous leurs toits de chaume, à l'abri des allarmes,

N'entendoient point le bruit des tambours & des
armes.

75 Les deux Camps ennemis arrivent en ces lieux ;

La défolation par-tout marche avant eux ;

De l'Eure & de l'Iton les ondes s'allarmérent,

Les Bergers pleins d'effroi dans les Bois fe caché-
rent,

Et leurs triftes Moitiés, compagnes de leurs pas,

80 Emportent leurs Enfans, gémiffans dans leurs bras.

Ha-

65 *Près des bords de l'Iton, & des rives de l'Eure.*] Ce
fut dans une Plaine entre l'Iton & l'Eure que fe donna la
Bataille d'Ivry, le 14. Mars 1590.

Habitans malheureux de ces bords pleins de
    charmes,

Du moins à votre Roi n'imputez point vos larmes:

S'il cherche les Combats, c'eft pour donner la Paix:

Peuples, fa main fur vous répandra fes bienfaits:

85 Il veut finir vos maux, il vous plaint, il vous aime,

Et dans ce jour affreux il combat pour vous-même.

Les momens lui font chers, il court dans tous les
    rangs,

Sur un Courfier fougueux, plus leger que les Vents,

Qui fier de fon fardeau, du pied frappant la terre,

90 Appelle les dangers, & refpire la guerre.

On voïoit près de lui briller tous ces Guerriers,

Compagnons de fa gloire & ceints de fes lauriers,

D'Aumont, qui fous cinq Rois avoit porté les ar-
    mes;

Biron, dont le feul nom répandoit les allarmes;

95 Et

---

93 *D'Aumont, qui fous cinq Rois avoit porté les armes.*]
JEAN D'AUMONT, Maréchal de France, qui fit des mer-
veilles à la Bataille d'Ivry, étoit Fils de Pierre d'Aumont,
Gentilhomme de la Chambre, & de Françoife de Sully,
Héritiére de l'ancienne Maifon de Sully. Il fervit fous les
Rois Henri II. François II. Charles IX. Henri III. & Hen-
ri IV.

94 *Biron, dont le feul nom répandoit les allarmes.*] HEN-

RI

95 Et fon Fils jeune encore, ardent, impétueux,

Qui depuis... mais alors il étoit vertueux.

Sully, Nangis, Grillon, ces Ennemis du crime,

Que

RI DE GONTAUD DE BIRON, Maréchal de France, Grand Maître de l'Artillerie , étoit un grand Homme de Guerre: il commandoit à Ivry le Corps de réferve, & con-tribua au gain de la Bataille en fe préfentant à propos à l'Ennemi. Il dit à Henri le Grand après la Victoire : (Sire, vous avez fait ce que devoit faire Biron, & Biron ce que devoit faire le Roi.) Ce Maréchal fut tué d'un coup de canon en 1592. au Siège de Pernay.

95 *Et fon Fils jeune encore, ardent, impétueux.*] CHAR-LES GONTAUD DE BIRON, Maréchal, & Duc & Pair, Fils du précédent, confpira depuis contre Henri IV. & fut décapité dans la Cour de la Baftille en 1602. On voit encore à la muraille les crampons de fer qui fervirent à l'échaffaut.

97 *Sully,*] BONY, depuis Duc de SULLY, Sur-Inten-dant des Finances, Grand-Maître de l'Artillerie, fait Ma-réchal de France après la mort de Henri IV. reçut fept blef-fures à la Bataille d'Ivry.

Ibid. *Nangis , Grillon, ces Ennemis du crime.*] NANGIS, Homme d'un grand mérite , & d'une véritable vertu: il avoit confeillé à Henri III. de ne point faire affaffiner le Duc de Guife , mais d'avoir le courage de le juger felon les Loix. Grillon étoit furnommé le BRAVE : il offrit à Henri III. de fe battre contre ce même Duc de Guife. C'eft à ce Grillon que Henri le Grand écrivit, (Pends-toi, brave Grillon, nous avons combattu à Arques , & tu n'y étois pas... Adieu, brave Grillon, je vous aime à tort & à tra-vers.)

Que la Ligue déteste, & que la Ligue estime.

Turenne qui, depuis, de la jeune Bouillon

100 Mérita dans Sedan la Puissance & le Nom :

Puissance malheureuse & trop mal conservée,

Et par Armand détruite aussi-tôt qu'élevée.

Essex avec éclat paroît au milieu d'eux,

Tel que dans nos Jardins un Palmier sourcilleux,

105 A nos Ormes touffus mêlant sa tête altiére,

Etale les beautés de sa tige étrangére.

Son casque étinceloit des feux les plus brillans,

Qu'étaloient à l'envi l'Or & les Diamans,

Dons chers & précieux, dont sa fiére Maîtresse

110 Honora son courage, ou plutôt sa tendresse.

Am-

99 *Turenne qui, depuis, de la jeune Bouillon.*] HENRI DE-LA-TOUR D'ORLIEGUES, Vicomte de TURENNE Maréchal de France. Henri le Grand le maria à Charlotte de la Mark, Princesse de Sedan, en 1591. La nuit de ses Nôces le Maréchal alla prendre Stenay d'assaut.

Cette Souveraineté acquise par Henri de Turenne, fut perdue par Fréderic Maurice, Duc de Bouillon, son Fils, qui aïant trempé dans la Conspiration de Cinqmars contre Louïs XIII. ou plutôt contre le Cardinal de Richelieu, donna Sedan pour conserver sa vie. Il eut en échange de sa Souveraineté, de très-grandes Terres plus considérables en revenu, mais qui donnoient plus de richesses, & moins de puissance.

Ambitieux Effex, vous étiez à la fois,

L'Amant de votre Reine, & le Soutien des Rois.

Plus loin font la Trimouille, & Clermont, & Feu‑
quiéres,

Le malheureux de Nefle, & l'heureux Lefdiguié‑
res;

115 D'Ailly, pour qui ce jour fut un jour trop fatal.

Tous ces Héros en foule attendoient le fignal,

Et rangés près du Roi lifoient fur fon vifage,

D'un triomphe certain l'efpoir & le préfage.

Mayenne en ce moment, inquiet, abattu,

120 Dans fon cœur étonné cherche en vain fa vertu:

Soit que de fon Parti connoiffant l'injuftice,

Il ne crut point le Ciel à fes armes propice;

Soit

---

113 *Plus loin font la Trimouille,*] CLAUDE, Duc de la TRIMOUILLE, étoit à la Bataille d'Ivry. Il avoit un grand courage & une ambition demefurée, de grandes ri‑ cheffes, & étoit le Seigneur le plus confidérable parmi les Calviniftes. Il mourut à trente-huit ans.

Ibid. *Et Clermont & Feuquiéres.*] BALSAC-DE-CLER‑ MONT-D'ENTRAGUES, Oncle de la fameufe Marquife de Verneuil, fut tué à la Bataille d'Ivry; Feuquiéres & de Nefle, Capitaines de cinquante Hommes d'armes, y fu‑ rent tués auffi.

114 *Et l'heureux Lefdiguiéres.*] Jamais homme ne mérita mieux le titre d'heureux: il commença par être fimple Sol‑ dat, & finit par être Connétable fous Louïs XIII.

Soit que l'Ame, en effet, ait des preffentimens,
Avant-coureurs certains des grands événemens.
125 Ce Héros cependant, Maître de fa foibleffe,
Déguifoit fes chagrins fous fa fauffe allegreffe.
Il s'excite, il s'empreffe, il infpire aux Soldats
Cet efpoir généreux que lui-même il n'a pas.

D'Egmont auprès de lui, plein de la confiance,
130 Que dans un jeune cœur fait naître l'imprudence,
Impatient déja d'exercer fa valeur,
De l'incertain Mayenne accufoit la lenteur.
Tel qu'échappé du fein d'un riant Pâturage,
Au bruit de la trompette animant fon courage,
135 Dans les Champs de la Thrace un Courfier orgueil-
leux,
Indocile, inquiet, plein d'un feu belliqueux,
Levant les crins mouvans de fa tête fuperbe,
Impatient du frein, vole & bondit fur l'herbe,
Tel paroiffoit Egmont : une noble fureur
140 Eclate dans fes yeux, & brûle dans fon cœur.
Il s'entretient déja de fa prochaine gloire,
Il croit que fon deftin commande à la Victoire :
Hélas, il ne fait point que fon fatal orgueil
Dans les Plaines d'Ivry lui prépare un cercueil.

M 4   145 Vers

145 Vers les Ligueurs enfin le grand Henri s'avance,
Et s'adreſſant aux ſiens, qu'enflâmoit ſa préſence,
„ Vous êtes nés Français, & je ſuis votre Roi,
„ Voilà nos Ennemis, marchez & ſuivez-moi;
„ Ne perdez point de vûe, au fort de la tempête,
150 „ Ce pannache éclatant qui flotte ſur ma tête ;
„ Vous le verrez toujours au chemin de l'Honneur.
A ces mots, que ce Roi prononçoit en Vainqueur,
Il voit d'un feu nouveau ſes Troupes enflâmées,
Et marche en invoquant le grand Dieu des Armées.

155 Sur les pas des deux Chefs alors en même-tems,
On voit des deux Partis voler les Combattans.
Ainſi lorſque des Monts ſéparés par Alcide,
Les Aquilons fougueux fondent d'un vol rapide;
Soudain les flots émus de deux profondes Mers,
160 D'un choc impétueux s'élancent dans les airs,
La Terre au loin gémit, le jour fuit, le Ciel
gronde,

Et

147 *Vous êtes nés Français , & je ſuis votre Roi.*] On a
tâché de rendre en Vers les propres paroles que dit Henri
IV. à la Journée d'Ivry : (Ralliez-vous à mon pannache
blanc, vous le verrez toujours au chemin de l'Honneur
& de la Gloire.)

Et l'Afriquain tremblant craint la chûte du Monde.

Au Moufquet réuni le fanglant Coutelas,
Déja de tous côtés porte un double trépas.
165 Cette Arme que jadis, pour dépeupler la Terre,
Dans Bayonne inventa le Démon de la Guerre,
Raffemble en même tems, digne fruit de l'Enfer,
Ce qu'ont de plus terrible, & la flâme, & le fer.

On fe mêle, on combat, l'adreffe, le courage,
170 Le tumulte, les cris, la peur, l'aveugle rage,
Le defefpoir, la mort, l'ardente foif du fang,
Par-tout, fans s'arrêter, paffent de rang en rang.
L'un pourfuit un Parent dans le Parti contraire;
Là le Frere en fuïant meurt de la main d'un Frere;
175 La Nature en frémit, & ce Rivage affreux
S'abreuvoit à regret de leur fang malheureux.

Dans d'épaiffes Forêts de Lances hériffées,
De Bataillons fanglans, de Troupes renverfées,
Henri pouffe, s'avance, & fe fait un chemin.
180 Le

165 *Cette Arme que jadis, pour dépeupler la Terre.*] La
Bayonnette au bout du Fufil ne fut en ufage que long tems
après. Le nom de *Bayonnette* vient de Bayonne, où l'on
fit les premiéres Bayonnettes.

M 5

180 Le grand Mornay le fuit, toujours calme & ferain.

Il veille autour de lui tel qu'un puiffant Génie,

Tel qu'on feignoit jadis aux Champs de la Phrygie,

De la Terre & des Cieux les Moteurs éternels,

Mêlez dans les Combats fous l'habit de Mortels;

185 Où tel que du vrai Dieu les Miniftres terribles,

Ces Puiffances des Cieux, ces Etres impaffibles,

Environnez des vents, des foudres, des éclairs,

D'un front inaltérable ébranlent l'Univers.

Il reçoit de Henri tous ces ordres rapides,

190 De l'ame d'un Héros mouvemens intrépides,

Qui changent le combat, qui fixent le Deftin,

Aux Chefs des Légions il les porte foudain.

L'Officier les reçoit. Sa troupe impatiente

Régle au fon de fa voix fa rage obéïffante.

195 On s'écarte, on s'unit, on marche en divers Corps,

Un Efprit feul préfide à ces vaftes refforts.

Mornay revole au Prince, il le fuit, il l'efcorte,

Il pare en lui parlant plus d'un coup qu'on lui porte:

Mais

180 *Le grand Mornay le fuit, toujours calme & ferain.*] Du
Plessis-Mornay eut deux Chevaux tués font lui à
cette Bataille. Il avoit effectivement dans l'action le fang
froid dont on le loue íci.

Chant huitième

Mais il ne permet pas a ses stoïques mains
de se soüiller du sang des malheureux humains
De son Roy seulement son ame est occupée,
pour sa deffense seule il a tiré L'épée
et son rare courage l'ennemi des Combats
Scait affronter lamort et ne la donne pas
De Turenne déja la valeur indomptée
repoussoit de Remours la trouppe épouvantée
Dailly portoit partout la Crainte et letrepas
Dailly tout orgueilleux detrente ans deCombats
Et qui dans les horreurs dela guerre Cruelle
reprend malgré son age une force nouvelle
vuseul guerier S'oppose a ses Coups menaçant
C'est un Jeune heros a la fleur de ses ans,
qui dans Cette Journée illustre et meurtrière
Commençoit des Combats, la fatale Carriere
d'un tendre hymen apeine; il goutoit les apas
favory des amours il sortoit deleurs bras.
honteux de n'être Encore fameux que par ses Charmes
avide delagloire; il voloit aux allarmes
Cejour sa Jeune Epouse en accusant le Ciel
Endetestant Laligue et ce Combat mortel,
arma son tendre amant, et d'une main tremblante
attacha tristement sa Cuirasse pesante
et Couvrit enpleurant d'un Casque precieux
Ce front si plein de Grace et si Chera ses yeux
                                        il marche

Chant huitième

il marche vers d'ailly, dans sa fureur guerriere
parmi des tourbillons de flame et de poussiere
a travers les blessez les morts et les mourants
de leurs coursiers fougueux, tout deux pressent les flancs
tout deux sur l'herbe unie et de sang colorée
s'élancent loin des rangs d'une course assurée
sanglants couverts de fer et la lance a la main
d'un choc épouvantable, ils se frapent soudain
la terre en retentit. leurs lances sont rompües
comme en un ciel brulant deux effroiables nües
qui portent le tonnerre et la mort dans leurs flancs
se heurtent dans les airs et volent sur les vents.
de leur melange affreux les éclairs rejaillissent
la foudre en est formé et les mortels fremissent
Mais loin de leurs coursiers par un subit effort
ces guerriers malheureux cherchent une autre mort
Déja brille en leur main le cruel cimetaire
la discorde accourut le demon de la guerre
la mort pâle et sanglante etoient a ses cotez
malheureux suspendez vos coups precipitez
Mais un destin funeste enflame leur courage
dans le coeur l'un de l'autre ils cherchent un passage
dans le coeur ennemi qu'ils ne connoissent pas
le fer qui les couvroit tombe et vole en éclats
sous les coups redoublez leur cuirasse etincelle
déja le même sang rougit leur main cruelle

leur

Leur bouclier leur Casque arretant leur Effort
parc Enivrequelque Coupss et repousse la mort
chacun d'Eux Etonné detant de resistance
respectoit son rival admiroit sa vaillance
Enfin le Vieux D'ailly, par un coup malheureux
fait tomber a ses pieds, ce Guerrier Genereux
ses yeux sont pour Jamais fermés ala Lumiere
son Casque auprès de lui roule sur la poussiere
D'ailly voit son Visage! o desespoir! o Cris
il le voit il L'embrasse; helas C'etoit sonfils.
Le pere Infortuné les yeux baignés de larmes
tournoit Contre son sein ses parricides armes.
on L'arrête on S'opose a sa juste fureur
il S'arrache entremblant de ce lieu plein d'horreur
il deteste a Jamais sa Coupable Victoire
il renonce ala Cour aux humains ala gloire.
Et se fuyant luy meme au milieu des deferts
il va Cacher sapeine aubout de L'univers.
la, soit que le soleil rendit le jour au monde,
soit qu'il finit sa Course au vaste sein Dos L'onde
sa voix faisoit redire aux Echos attendris
Le nom, le triste nom de son malheureux fils
du heros Expirant la Jeune et tendre amante;
par la terreur Conduite, incertaine et tremblante
vient d'un pied chancelant sur ce funerte bord
Elle cherche elle voit dans la foule des morts,
Elle voit son Epour elle tombe Eperduë
Le Voile de la mort se repand sur sa vûe
                                        Esce

Chant huitième

Vis toy Cher amant ! Ces mots, Interrompus
Ces cris demi formez ne font point Entendus.
Elle rouvre les yeux Sa Bouche presse Encore
par ses derniers baisers la bouche qu'elle adore
Elle tient dans Ses bras ce Corps pâle et sans faux
Le regarde soupire et meurt en L'Embrassant.

Peres, Epoux malheureux familles deplorables,
des fureurs de ces tems Exemple Lamentable
puisse de ce Combat, le Souvenir affreux,
Exciter la pitié dans nos derniers neveux.
arrachez a leurs yeux des Larmes salutaires;
et qu'ils n'imitent les Crimes de leurs peres.
mais qui fait fuir ainsy ces Ligueurs dispersés
quel heros ou quel Dieu les a tous renversés
C'est le jeune Biron C'est lui dont le Courage
                                    Larmi

Parmi leurs Bataillons s'étoit fait un paſſage,

D'Aumale les voit fuir, & bouillant de courroux,

Arrêtez, revenez.... lâches où courez-vous?

245 Vous fuir! vous Compagnons de Mayenne & de
     Guiſe?

Vous qui devez venger Paris, Rome & l'Egliſe?

Suivez-moi, rappellez votre antique vertu,

Combattez ſous d'Aumale, & vous avez vaincu.

Auſſi-tôt ſecouru de Beauveau, de Foſſeuſe,

250 Du farouche Saint-Paul, & même de Joyeuſe,

Il raſſemble avec eux ces Bataillons épars,

Qu'il anime en marchant du feu de ſes regards.

La Fortune avec lui revient d'un pas rapide,

Biron ſoutient en vain d'un courage intrépide,

255 Le cours précipité de ce fougueux torrent;

Il voit à ſes côtés Parabere expirant;

Dans la foule des morts il voit tomber Feuquiéres,

Neſle, Clermont, d'Angenne ont mordu la pouſ-
     ſiére:

Percé de coups lui-même, il eſt prêt de périr....

260 C'étoit ainſi Biron, que tu devois mourir.

Un trépas ſi fameux, une chûte ſi belle,

Rendoit de ta vertu la mémoire immortelle.

Le généreux Bourbon ſut bien-tôt le danger
                             Où

Où Biron trop ardent venoit de s'engager.

265 Il l'aimoit, non en Roi, non en Maître fevère,

Qui fouffre qu'on afpire à l'honneur de lui plaire,

Et de qui le cœur dur & l'infléxible orgueil

Croit le fang d'un Sujet trop païé d'un coup d'œil.

Henri de l'amitié fentit les nobles flâmes :

270 Amitié, don du Ciel, plaifir des grandes Ames,

Amitié ! que les Rois, ces illuftres ingrats,

Sont affez malheureux pour ne connoître pas.

Il court le fecourir ; ce beau feu qui le guide

Rend fon bras plus puiffant, & fon vol plus rapide.

275 Biron qu'environnoient les ombres de la mort,

A l'afpect de fon Roi, fait un dernier effort ;

Il rappelle à fa voix les reftes de fa vie ;

Sous les coups de Bourbon, tout s'écarte, tout
plie ;

Ton Roi, jeune Biron, t'arrache à ces Soldats,

280 Dont les coups redoublés achevoient ton trépas.

Tu

275 *Biron qu'environnoient les ombres de la mort.*] Le Duc
de B I R O N, fut bleffé à Ivry, mais ce fut au Combat de
Fontaine-Françaife que Henri le Grand lui fauva la vie.
On a tranfporté à la Bataille d'Ivry cet événement, qui
n'étant point un fait principal, peut-être aifément dépla-
cé.]

Tu vis; fonge du moins à lui refter fidelle.

Un bruit affreux s'entend. La Difcorde cruelle,
Aux vertus du Héros oppofant fes fureurs,
Vient de fa rage ardente embrafer les Ligueurs.
285 Elle fond dans leur Camp: là fa bouche fatale
Fait retentir au loin fa Trompette infernale.
Par ces fons trop connus d'Aumale eft excité,
Auffi prompt que le trait dans les airs emporté,
290 Il cherchoit le Héros, fur lui feul il s'élance;
Des Ligueurs en tumulte, une foule s'avance.
Tels au fond des Forêts précipitant leurs pas,
Ces Animaux hardis, nourris pour les combats,
Fiers efclaves de l'Homme, & nez pour le carnage,
Preffent un Sanglier, en raniment la rage,
295 Ignorans le danger, aveuglez, furieux,
Le Cor excite au loin leur inftinct belliqueux.
Les Antres, les Rochers, les Monts en retentiffent;
Ainfi contre Bourbon mille ennemis s'uniffent,
Il eft feul contre tous, abandonné du fort,
300 Accablé par le nombre, entouré de la mort.
Louïs du haut des Cieux dans ce danger terrible,
Donne au Héros qu'il aime une force invincible,

ll

Il est comme un Rocher qui menaçant les airs,
Rompt la course des Vents & repousse les Mers.
305 Qui pourroit exprimer le sang & le carnage,
Dont l'Eure en ce moment vit couvrir son Rivage?
O vous Mânes sanglans du plus vaillant des Rois,
Eclairez mon esprit, & parlez par ma voix.
Il voit voler vers lui sa Noblesse fidelle,
310 Elle meurt pour son Roi, son Roi combat pour
elle.
L'effroi le devançoit, la Mort suivoit ses coups,
Quand le fougueux Egmont s'offrit à son cour-
roux.

Long-tems cet Etranger trompé par son courage,
Avoit cherché le Roi dans l'horreur du carnage:
315 Dût sa témérité le conduire au cercueil,
L'honneur de le combattre irritoit son orgueil.
Viens Bourbon, crioit-il, viens augmenter ta
gloire:
Combattons, c'est à nous de fixer la Victoire.
Comme il disoit ces mots, un lumineux éclair;
320 Messager des Destins fend les Plaines de l'air.
L'Arbitre des Combats fait gronder son Tonnerre,
Le Soldat sous ses pieds sentit trembler la Terre.
D'Egmont croit que les Cieux lui doivent leur
appui,

Qu'ils

Qu'ils défendent fa caufe, & combattent pour lui.

325 Que la Nature entiere attentive à fa gloire

Par la voix du tonnerre annonçoit fa victoire.

D'Egmont joint le Héros, il l'atteint vers le flanc ;

Il triomphoit déja d'avoir verfé fon fang.

Le Roi qu'il a bleffé, voit fon péril fans trouble ;

330 Ainfi que le danger fon audace redouble :

Son grand cœur s'applaudit d'avoir au Champ d'honneur,

Trouvé des Ennemis dignes de fa valeur.

Loin de le retarder fa bleffure l'irrite :

Sur ce fier ennemi Bourbon fe précipite :

335 D'Egmont d'un coup plus fûr eft renverfé foudain,

Le fer étincelant fe plongea dans fon fein.

Sous leurs pieds teints de fang les Chevaux le fou-
lérent,

Des ombres du trépas fes yeux s'enveloppérent ;

Et fon ame en courroux s'envola chez les Morts ;

340 Où l'afpect de fon Pere excita fes remords.

Efpagnols tant vantés, Troupe jadis fi fiére ;

Sa mort anéantit votre vertu guerriére,

Pour la premiere fois vous connûtes la peur :

L'étonnement, l'efprit de trouble & de terreur

N   345 S'em-

345 S'empare en ce moment de leur Troupe allarmée.
Il paſſe en tous les rangs, il s'étend ſur l'Armée :
Les Chefs ſont effraïés, les Soldats éperdus ;
L'un ne peut commander, l'autre n'obéït plus.
Ils jettent leurs Drapeaux, ils courent, ſe renver-
ſent ;
350 Pouſſent des cris affreux, ſe heurtent, ſe diſperſent,
Les uns ſans réſiſtance à leur Vainqueur offerts,
Fléchiſſent les genoux, & demandent des fers ;
D'autres d'un pas rapide évitant ſa pourſuite,
Juſqu'aux rives de l'Eure emportés dans leur fuite,
355 Dans les profondes eaux vont ſe précipiter,
Et courent au trépas qu'ils veulent éviter.
Les Flots couverts de morts interrompent leur
courſe ;
Et le Fleuve ſanglant remonte vers ſa Source.

Mayenne en ce tumulte incapable d'effroi,
360 Affligé, mais tranquille, & maître encor de ſoi,
Voit d'un œil aſſûré ſa fortune cruelle,
Et tombant ſous ſes coups, ſonge à triompher
d'elle.
D'Aumale auprès de lui la fureur dans les yeux
Accuſoit les Flamans, la Fortune & les Cieux.
365 Tout eſt perdu, dit-il, mourons, brave Mayenne.
Quit-

Quittez, lui dit fon Chef, une fureur fi vaine,

Vivez pour un Parti dont vous êtes l'honneur,

Vivez pour réparer fa perte & fon malheur,

Que vous & Bois-Dauphin dans ce moment funeſte,

370 De nos Soldats épars affemblent ce qui reſte.

Suivez-moi, l'un & l'autre, aux remparts de Paris,

De la Ligue en marchant ramaffez les débris;

De Coligny vaincu furpaffons le courage.

D'Aumale en l'écoutant pleure, & frémit de rage.

375 Cet ordre qu'il déteſte, il va l'exécuter,

Semblable au fier Lion qu'un Maure a fu dompter,

Qui docile à fon Maître, à tout autre terrible,

A la main qu'il connoît foumet fa tête horrible;

Le fuit d'un air affreux, le flatte en rugiffant,

380 Et paroît menacer même en obéïffant.

Mayenne, cependant, par une fuite prompte,

Dans les murs de Paris couroit cacher fa honte.

Henri victorieux voïoit de tous côtés

Les Ligueurs fans défenfe implorant fes bontés.

385 Des Cieux en ce moment les Voutes s'entr'ouvrirent :

Les Mânes des Bourbons dans les airs defcendirent.

N 2

Louïs

Louïs au milieu d'eux du haut du Firmament,

Vint contempler Henri dans ce fameux moment;

Vint voir comme il fauroit ufer de la Victoire,

390 Et s'il acheveroit de mériter fa gloïre.

Ses Soldats près de lui d'un œil plein de courroux,

Regardoient ces vaincus échappés à leurs coups.

Les Captifs en tremblant conduits en fa préfence

Attendoient leur Arrêt dans un profond filence.

395 Le mortel defefpoir, la honte, la terreur,

Dans leurs yeux égarés avoient peint leur malheur.

Bourbon tourna fur eux des regards pleins de
grace,

Où régnoient à la fois la douceur & l'audace.

Soïez libres, dit-il; vous pouvez deformais

400 Refter mes Ennemis, ou vivre mes Sujets.

Entre Mayenne & moi, reconnoiffez un Maître.

Voïez qui de nous deux a mérité de l'être;

Efclaves de la Ligue, ou Compagnons d'un Roi,

Allez trembler fous elle, ou triomphez fous moi.

405 Choififfez. A ces mots d'un Roi couvert de gloire,

Sur un Champ de Bataille, au fein de la Victoire,

On voit en un moment ces Captifs éperdus,

Con-

Contens de leur défaite, heureux d'être vaincus.

Leurs yeux font éclairés, leurs cœurs n'ont plus de
haine;

410 Sa valeur les vainquit, fa vertu les enchaîne.

Et s'honorant déja du nom de fes Soldats,

Pour expier leur crime, ils marchent fur fes pas.

Le Roi de tous côtés fait ceffer le carnage;

Maître de fes Guerriers, il fléchit leur courage.

415 Ce n'eft plus ce Lion, qui, tout couvert de fang,

Portoit avec l'effroi la mort de rang en rang.

C'eft un Dieu bienfaifant, qui laiffant font Tonnerre,

Fait fuccéder le calme aux horreurs de la Guerre,

Confole les Vaincus, applaudit aux Vainqueurs,

420 Soulage, récompenfe, & gagne tous les cœurs.

Ceux à qui la lumiére étoit prefque ravie

Par fes ordres humains font rendus à la vie,

Et fur tous leurs dangers, & fur tous leurs befoins,

Tel qu'un Pere attentif il étendoit fes foins.

425 Du vrai comme du faux la prompte Meffagére,

Qui s'accroît dans fa courfe, & d'une aîle legére,

Plus prompte que le tems vole au·delà des Mers,

Paffe d'un Pole à l'autre, & remplit l'Univers;

N 3   Ce

Ce Monftre compofé d'yeux, de bouches, d'oreilles,

430 Qui célébre des Rois la honte ou les merveilles,

Qui raffemble fous lui la curiofité,

L'efpoir, l'effroi, le doute, & la crédulité;

De fa brillante voix, Trompette de la Gloire,

Du Héros de la France annonçoit la Victoire.

435 Du Tage à l'Eridan le bruit en fut porté;

Le Vatican fuperbe en fut épouvanté.

Le Nord à cette voix treffaillit d'allegreffe;

Madrid frémit d'effroi, de honte & de trifteffe.

O malheureux Paris, infidelles Ligueurs!

440 O Citoïens trompés, & vous Prêtres trompeurs,

De quels cris douloureux vos Temples retentirent!

De cendre en ce moment vos têtes fe couvrirent,

Hélas! Mayenne encor vient flatter vos efprits.

Vaincu, mais plein d'efpoir, & maître de Paris,

445 Sa politique habile, au fond de fa retraite,

Aux Ligueurs incertains déguifoit fa défaite.

Contre un coup fi funefte il veut les raffûrer,

En cachant fa difgrace il croit la réparer.

Par cent bruits menfongers il ranimoit leur zèle;

450 Mais malgré tant de foins la Vérité cruelle,

Dé-

Démentant à ſes yeux ſes diſcours impoſteurs,

Voloit de bouche en bouche, & glaçoit tous les
    cœurs.

  La Diſcorde en frémit, & redoublant ſa rage,

Non, je ne verrai point détruire mon ouvrage,

455 Dit-elle, & n'aurai point dans ces murs malheu-
    reux,

Verſé tant de poiſons, allumé tant de feux,

De tant de flots de ſang cimenté ma puiſſance,

Pour laiſſer à Bourbon l'Empire de la France.

Tout terrible qu'il eſt, j'ai l'Art de l'affoiblir,

460 Si je n'ai pu le vaincre, on le peut amolir.

N'oppoſons plus d'efforts à ſa valeur ſuprême.

Henri n'aura jamais de Vainqueur que lui-même.

C'eſt ſon cœur qu'il doit craindre, & je veux au-
    jourd'hui

L'attaquer, le combattre, & le vaincre par lui.

465 Elle dit; & ſoudain des Rives de la Seine,

Sur un Char teint de ſang, attelé par la Haine,

Dans un nuage épais qui fait pâlir le jour,

Elle part, elle vole, & va trouver l'Amour.

         L A

LA
HENRIADE.

CHANT NEUVIE'ME.
ARGUMENT.

DESCRIPTION *du Temple de l'Amour: La Difcor-de implore fon pouvoir pour amolir le courage de Henri IV. Ce Héros eft retenu quelques tems au-près de Madame* D'ESTRE'ES, *fi célèbre fous le nom de* LA BELLE GABRIELLE. *Mornay l'ar-rache à fon amour, & le Roi retourne à fon Armée.*

S UR les bords fortunés de l'antique Ida-lie,

Lieux où finit l'Europe, & commence l'Afie,

S'éleve un vieux Palais refpecté par les tems :

La

3 *S'éleve un vieux Palais refpecté par les tems.*] Cette Defcrip-

La Nature en posa les premiers fondemens;

5 Et l'Art ornant depuis sa simple Architecture,

Par ses travaux hardis surpassa la Nature.

Là, tous les Champs voisins peuplés de Mirthes verds,

N'ont jamais ressenti l'outrage des Hyvers.

Par-tout on voit meurir, par-tout on voit éclore,

10 Et les fruits de Pomone, & les presens de Flore;

Et la Terre n'attend pour donner ses Moissons,

Ni les vœux des Humains, ni l'ordre des Saisons.

L'Homme y semble goûter dans une paix profonde,

Tout ce que la Nature aux premiers jours du Monde,

15 De sa main bienfaisante accordoit aux Humains,

Un éternel repos, des jours purs & serains,

Les douceurs, les plaisirs que promet l'Abondance,

Les

Description du Temple de l'Amour, & la peinture de cette Passion personifiée, sont entiérement allégoriques. On a placé en Chypre le lieu de la Scène, comme on a mis à Rome la demeure de la Politique; parce que les Peuples de l'Isle de Chypre ont de tout tems passé pour être très-abandonnés à l'amour, de même que la Cour de Rome a eu la réputation d'être la Cour la plus politique de l'Europe.

On ne doit donc point regarder ici l'Amour comme Fils de Vénus & comme un Dieu de la Fable, mais comme u-ne Passion représentée avec tous les plaisirs & tous les desordres qui l'accompagnent.

Les biens du premier âge, hors la feule innocence.

On entend pour tout bruit des Concerts enchan-
teurs,

20 Dont la molle harmonie infpire les langueurs,

Les voix de mille Amans, les chants de leurs Maîtreffes,

Qui célébrent leur honte, & vantent leurs foibleffes.

Chaque jour on les voit, le front paré de fleurs,

De leur aimable Maître implorer les faveurs;

25 Et dans l'Art dangereux de plaire & de féduire,

Dans fon Temple à l'envi s'empreffer de s'inftruire.

La flatteufe Efpérance, au front toujours ferain,

A l'Autel de l'Amour les conduit par la main.

Près du Temple facré les Graces demi-nues

30 Accordent à leurs voix leurs danfes ingénues.

La molle Volupté fur un lit de gazons,

Satisfaite & tranquille écoute leurs chanfons.

On voit à fes côtés le Myftère en filence,

Le Sourire enchanteur, les Soins, la Complaifance,

35 Les Plaifirs amoureux, & les tendres Defirs,

Plus doux, plus féduifants encor que les Plaifirs.

De ce Temple fameux telle eft l'aimable entrée;

Mais lorfqu'en avançant fous la Voute facrée,

On

On porte au Sanctuaire un pas audacieux,

40 Quel spectacle funeste épouvante les yéux !

Ce n'est plus des Plaisirs la Troupe aimable & tendre,

Leurs Concerts amoureux ne s'y font plus entendre ;

Les Plaintes, les Dégoûts, l'Imprudence, la Peur,

Font de ce beau séjour un séjour pleur d'horreur.

45 La sombre Jalousie, au teint pâle & livide,

Suit d'un pied chancelant le Soupçon qui la guide ;

La Haine & le Courroux répandant leur venin,

Marchent devant ses pas un poignard à la main.

La Malice les voit, & d'un souris perfide

50 Applaudit en passant à leur Troupe homicide.

Le Repentir les suit détestant leurs fureurs,

Et baisse en soupirant ses yeux mouillés de pleurs.

C'est-là, c'est au milieu de cette Cour affreuse,

Des plaisirs des Humains Compagne malheureuse,

55 Que l'Amour a choisi son séjour éternel.

Ce dangereux Enfant, si tendre & si cruel,

Porte en sa foible main les destins de la Terre,

Donne avec un souris, ou la Paix, ou la Guerre,

Et répandant par-tout ses trompeuses douceurs,

60 Anime l'Univers, & vit dans tous les cœurs,

Sur

Sur un Trône éclatant, contemplant ses Conquêtes,
Il fouloit à ses pieds les plus superbes Têtes;
Fier de ses cruautés plus que de ses bienfaits,   85
Il sembloit s'applaudir des maux qu'il avoit faits.

65   La Discorde soudain conduite par la Rage,
Ecarte les Plaisirs, s'ouvre un libre passage,   9
Secouant dans ses mains ses flambeaux allumés,
Le front couvert de sang & les yeux enflâmés,
Mon Frere, lui dit-elle, où sont tes traits terribles?
70 Pour qui réserves-tu tes fléches invincibles?
Ah! si de la Discorde allumant le tison,
Jamais à tes fureurs tu mêlas mon poison;   9
Si tant de fois pour toi j'ai troublé la Nature;
Viens, vole sur mes pas, viens venger mon injure.
75 Un Roi victorieux écrase mes Serpens,
Ses mains joignent l'Olive aux Lauriers triomphans.
La Clémence avec lui marchant d'un pas tranquille,   10
Au sein tumultueux de la Guerre-Civile,
Va sous ses Etendarts, flottans de tous côtés,
80 Réunir tous les cœurs par moi seule écartés.
Encore une Victoire, & mon Trône est en poudre;
Aux remparts de Paris Henri porte la foudre.

                                        Ce

Ce Héros va combattre, & vaincre, & pardonner;

De cent chaînes d'airain son bras va m'enchaîner.

85 C'est à toi d'arrêter ce Torrent dans sa course.

Va de tant de hauts faits empoisonner la source.

Que sous ton joug, Amour, il gémisse, abattu;

Va dompter son courage au sein de la Vertu.

C'est toi, tu t'en souviens, toi dont la main fatale

90 Fit tomber sans effort Hercule aux pieds d'Om-
phale.

Ne vit-on pas Antoine amoli dans tes fers,

Abandonnant pour toi les soins de l'Univers,

Fuïant devant Auguste, & te suivant sur l'Onde,

Préférer Cléopatre à l'Empire du Monde?

95 Henri te reste à vaincre après tant de Guerriers.

Dans ses superbes mains va flétrir ses lauriers,

Va du Mirthe amoureux ceindre sa tête altiére;

Endors entre tes bras son audace guerriére.

A mon Trône ébranlé cours servir de soutien,

100 Viens, ma Cause est la tienne, & ton Régne est le
mien.

Ainsi parloit ce Monstre; & la voute tremblante

Répétoit les accens de sa voix effraïante.

L'Amour qui l'écoutoit, couché parmi des fleurs,

D'un

D'un fouris fier & doux répond à fes fureurs.

105 Il s'arme cependant de fes fléches dorées:

Il fend des vaftes Cieux les Voutes azurées;

Et précédé des Jeux, des Graces, des Plaifirs,

Il vole aux Champs Français fur l'aîle des Zéphirs.

Dans fa courfe, d'abord, il découvre avec joie

110 Le foible Ximoïs, & les Champs où fut Troie.

Il rit en contemplant dans ces Lieux renommés,

La cendre des Palais par fes mains confumés.

Il apperçoit de loin ces murs bâtis fur l'Onde,

Ces remparts orgueilleux, ce prodige du Monde,

115 Venife, dont Neptune admire le deftin,

Et qui commande aux flots renfermés dans fon fein.

In defcend, il s'arrête aux Champs de la Sicile,

Où lui-même infpira Théocrite & Virgile,

Où l'on dit qu'autrefois par des chemins nouveaux,

120 De l'amoureux Alphée il conduifit les eaux.

Bien-tôt quittant les bords de l'aimable Aréthufe,

Dans les Champs de Provence il vole vers Vauclufe,

Azile

122 *Dans les Champs de Provence il vole vers Vauclufe.*]
VAUCLUSE, *Vallifclaufa*, près de Gordes en Provence,
cé.

Azile encor plus doux, Lieux où dans ſes beaux
    jours

Pétrarque ſoupira ſes Vers & ſes Amours.

125 Il voit les murs d'Anet bâtis aux bords de l'Eure ;

Lui-même en ordonna la ſuperbe ſtructure.

Par ſes adroites mains avec art enlaſſés,

Les Chiffres de Diane y ſont encor tracés.

Sur ſa Tombe en paſſant les Plaiſirs & les Graces,

130 Répandirent les fleurs qui naiſſoient ſur leurs traces.

Aux Campagnes d'Ivry l'Amour arrive enfin.

Le Roi prêt d'en partir pour un plus grand deſſein,

Mêlant à ſes plaiſirs l'image de la Guerre,

Laiſſoit pour un moment repoſer ſon tonnerre.

135 Mille jeunes Guerriers, à travers les Guérêts,

Pourſuivoient avec lui les Hôtes des Forêts.

L'Amour ſent à ſa vûe une joie inhumaine,

Il aiguiſe ſes traits, il prépare ſa chaîne,

Il

célèbre par le ſéjour que fit Pétrarque dans les environs.
L'on voit même encore près de ſa Source une Maiſon
qu'on appelle la Maiſon de Pétrarque.

  128 *Les Chiffres de Diane y ſon encor tracés.*] A N E T
fut bâti par Henri III. pour Diane de Poitiers, dont les
Chiffres ſont mêlés dans tous les ornemens de ce Château,
lequel n'eſt pas loin de la Plaine d'Ivry.

Il agite les airs que lui-même a calmés,
140 Il parle, on voit foudain les Elémens armés.
D'un bout du Monde à l'autre appellant les Orages,
Sa voix commande aux Vents d'affembler les Nua-
ges,
De verfer ces torrens fufpendus dans les airs,
Et d'apporter la nuit, la foudre & les éclairs.
145 Déja les Aquilons à fes ordres fidèles
Dans les Cieux obfcurcis ont déploïé leurs aîles :
La plus affreufe nuit fuccéde au plus beau jour;
La Nature en gémit, & reconnoît l'Amour.

Dans les fillons fangeux de la Campagne humide,
150 Le Roi marche incertain, fans efcorte & fans guide;
L'Amour en ce moment allumant fon flambeau,
Fait briller devant lui ce prodige nouveau.
Abandonné des fiens, le Roi dans ces Bois fombres
Suit cet Aftre ennemi, brillant parmi les Ombres.
155 Comme on voit quelquefois les Voïageurs troublés,
Suivre ces feux ardens de la Terre exhalés,
Ces feux dont la vapeur maligne & paffagére
Conduit au précipice à l'inftant qu'elle éclaire.

Depuis peu la Fortune en ces triftes Climats
160 D'une

160 D'une illuſtre Mortelle avoit conduit les pas.

Dans le fond d'un Château, tranquille & ſolitaire,

Loin du bruit des Combats elle attendoit ſon Pere,

Qui fidèle à ſes Rois, vieilli dans les hazards,

Avoit du grand Henri ſuivi les Etendarts.

165 D'Eſtrée étoit ſon nom ; la main de la Nature

De ſes aimables dons la combla ſans meſure.

Telle ne brilloit point aux bords de l'Eurotas,

La coupable Beauté qui trahit Menelas ;

Moins touchante & moins belle, à Tarſe on vit paroître,

170 Celle qui des Romains avoit dompté le Maître ;

Lorſ-

---

165 *D'Eſtrée étoit ſon nom; la main de la Nature.*] GA-
BRIELLE D'ESTREES, d'une ancienne Maiſon de Pi-
cardie, Fille & petite-Fille d'un Grand-Maître de l'Artillerie, mariée au Seigneur de Liancourt, & depuis Ducheſſe
de Beaufort, &c.

Henri IV. en devint amoureux pendant les Guerres Civiles; il ſe déroboit quelquefois de ſon Armée pour l'aller
voir. Un jour même il ſe déguiſa en Païſan, paſſa au travers des Gardes ennemies, & arriva chez elle, non ſans
courir riſque d'être pris.

On peut voir ces détails dans l'Hiſtoire des Amours du
grand Alcandre, écrite par une Princeſſe de Conti.

170 *Celle qui des Romains avoit dompté le Maître.*] CLEO-
PATRE allant à Tarſe où Antoine l'avoit mandée, fit ce
Voïage ſur un Vaiſſeau brillant d'or, & orné des plus bel-
les Peintures; les Voiles étoient de pourpre, les Corda-

O
ges

Lorfque les Habitans des rives du Cydnus,

L'encenfoir à la main, la prirent pour Vénus.

Elle entroit dans cet âge, hélas! trop redoutable,

Qui rend des paffions le joug inévitable.

175 Son cœur né pour aimer, mais fier & généreux,

D'aucun Amant encor n'avoit reçu les vœux.

Semblable en fon Printems à la Rofe nouvelle,

Qui renferme en naiffant fa beauté naturelle,

Cache aux Vents amoureux les tréfors de fon fein,

180 Et s'ouvre aux doux raïons d'un jour pur & ferein.

L'Amour, qui cependant s'apprête à la furprendre,

Sous un nom fuppofé vient près d'elle fe rendre,

Il paroît fans flambeau, fans fléches, fans carquois,

Il prend d'un fimple Enfant la figure & la voix.

185 On

ges d'or & de foye. Cléopatre étoit habillée comme on repréfentoit alors la Déeffe Vénus, fes Femmes repréfen- toient les Nymphes & les Graces; la Poupe & la Proue étoient remplies des plus beaux Enfans déguifés en Amours. Elle avançoit dans cet équipage fur le Fleuve Cydnus, au fon de mille Inftrumens de Mufique. Tout le Peuple de Tarfe la prit pour la Déeffe. On quitta le Tribunal d'An- toine pour courir au-devant d'elle. Ce Romain lui-même alla la recevoir, & en devint éperdûment amoureux. (P L U- T A R Q U E.)

185 On a vu, lui dit-il, fur la rive prochaine,

    S'avancer vers ces lieux le Vainqueur de Mayenne.

    Il gliffoit dans fon cœur, en lui difant ces mots,

    Un defir inconnu de plaire à ce Héros.

    Son teint fut animé d'une grace nouvelle.

190 L'Amour s'applaudiffoit en la voïant fi belle;

    Que n'efpéroit-il point, aidé de tant d'appas!

    Au-devant du Monarque il conduifit fes pas.

    L'Art fimple dont lui-même a formé fa parure,

    Paroît, aux yeux féduits, l'effet de la Nature.

195 L'Or de fes blonds cheveux qui flotte au gré des
      Vents,

    Tantôt couvre fa gorge, & fes tréfors naiffans;

    Tantôt expofe aux yeux leur charme inexprima-
      ble.

    Sa modeftie encor la rendoit plus aimable :

    Non pas cette farouche & trifte Auftérité,

200 Qui fait fuir les Amours, & même la Beauté,

    Mais cette Pudeur douce, innocente, enfantine,

    Qui colore le front d'une rougeur divine;

    Infpire le refpect, enflâme les defirs,

    Et de qui la peut vaincre augmente les plaifirs.

205   Il fait plus; à l'Amour tout miracle eft poffible.

    Il enchante ces lieux par un charme invincible.

Des Mirthes enlaſſés, que d'un prodigue ſein
La Terre obéïſſante a fait naître ſoudain,
Dans les lieux d'alentour étendent leur feuillage.
210 A peine a-t-on paſſé ſous leur fatal ombrage,
Par des liens ſecrets on ſe ſent arrêter;
On s'y plaît, on s'y trouble, on ne peut les quitter.
On voit fuir ſous cette ombre une onde énchante-
   reſſe;
Les Amans fortunés, pleins d'une douce yvreſſe,
215 Y boivent à longs traits l'oubli de leur devoir.
L'Amour dans tous ces lieux fait ſentir ſon pouvoir.
Tout y paroît changé, tous les cœurs y ſoupirent.
Tous ſont empoiſonnés du charme qu'ils reſpirent.
Tout y parle d'Amour. Les Oiſeaux dans le Champs
220 Redoublent leurs baiſers, leurs careſſes, leurs
   chants.
Le Moiſſonneur ardent qui court avant l'Aurore,
Couper les blonds épics que l'Eté fait éclore,
S'arrête, s'inquiéte, & pouſſe des ſoupirs;
Son cœur eſt étonné de ſes nouveaux deſirs.
225 Il demeure enchanté dans ces belles Retraites,
Et laiſſe en ſoupirant ſes Moiſſons imparfaites.
Près de lui, la Bergére oubliant ſes Troupeaux,
De ſa tremblante main ſent tomber ſes fuſeaux.
Contre

Contre un pouvoir ſi grand qu'eût pu faire d'Eſtrée?

230 Par un charme indomptable elle étoit attirée.

Elle avoit à combattre en ce funeſte jour,

Sa jeuneſſe, ſon cœur, un Héros, & l'Amour.

Quelque tems de Henri la valeur immortelle

Vers ſes Drapeaux vainqueurs en ſecret le rappelle:

235 Une inviſible main le retient malgré lui.

Dans ſa vertu premiére il cherche un vain appui.

Sa vertu l'abandonne; & ſon ame enyvrée

N'aime, ne voit, n'entend, ne connoît que d'Eſtrée.

Loin de lui cependant tous ſes Chefs étonnés

240 Se demandent leur Prince, & reſtent conſternés.

Ils trembloient pour ſes jours: hélas! qui l'eût pu
croire,

Qu'on eût dans ce moment du craindre pour ſa gloire?

On le cherchoit en vain; ſes Soldats abattus,

Ne marchant plus ſous lui ſembloient déja vaincus.

245 Mais le Génie heureux qui préſide à la France,

Ne ſouffrit pas long-tems ſa dangereuſe abſence.

Il deſcendit des Cieux, à la voix de Louïs,

O 3   Et

Et vint d'un vol rapide au fecours de fon Fils.

Quand il fut defcendu vers ce trifte Hémifphére,

250 Pour y trouver un Sage, il regarda la terre.

Il ne le chercha point dans ces Lieux révérés,

A l'Etude, au Silence, au Jeûne confacrés.

Il alla dans Ivry: là parmi la licence,

Où du Soldat vainqueur s'emporte l'infolence,

255 L'Ange heureux des Français fixa fon vol divin,

Au milieu des Drapeaux des Enfans de Calvin.

Il s'adreffe à Mornay, c'étoit pour nous inftruire,

Que fouvent la Raifon fuffit à nous conduire:

Ainfi qu'elle guida chez des Peuples Payens,

260 Marc-Aurele, ou Platon, la honte des Chrétiens.

Non moins prudent Ami que Philofophe auftère,

Mornay fut l'art difcret de reprendre & de plaire:

Son exemple inftruifoit bien mieux que fes difcours;

Les folides vertus furent fes feuls amours,

265 Avide de travaux, infenfible aux délices,

Il marchoit d'un pas ferme au bord des précipices.

Jamais l'air de la Cour, & fon foufle infecté

N'altéra de fon cœur l'auftère pureté.

Belle Arethufe, ainfi, ton onde fortunée

270 Roule au fein furieux d'Amphritrite étonnée,

Un

Un cryſtal toujours pur , & des flots toujours clairs,
Que jamais ne corrompt l'amertume des Mers.

Le généreux Mornay conduit par la Sageſſe,
Part, & vole en ces lieu, où la douce Moleſſe
275 Retenoit dans ſes bras le Vainqueur des Humains,
Et de la France en lui maîtriſoit les deſtins.
L'Amour à chaque inſtant redoublant ſa Victoire,
Le rendoit plus heureux pour mieux flétrir ſa Gloire;
Les plaiſirs qui ſouvent ont des termes ſi courts;
280 Partageoient ſes momens & rempliſſoient ſes jours.

L'Amour au milieu d'eux découvre avec colére,
A côté de Mornay la Sageſſe ſévère;
Il veut ſur ce Guerrier lancer un trait vengeur,
Par l'attrait des plaiſirs il croit vaincre ſon cœur;
285 Mais Mornay mépriſoit ſa colére & ſes charmes,
Tous ſes traits impuiſſans s'émouſſoient ſur ſes ar-
mes.
Il attend qu'en ſecret le Roi s'offre à ſes yeux:
Et d'un œil irrité contemple ces beaux lieux.

Au fond de ces Jardins , au bord d'une onde
claire ,
290 Sous un Mirthe amoureux, azile du Myſtère ,

O 4　　　　　d'Eſtrée

D'Eſtrée à ſon Amant prodiguoit ſes appas;

Il languiſſoit près d'elle, il brûloit dans ſes bras.

De leurs doux entretiens rien n'altéroit les charmes,

Leurs yeux étoient remplis de ces heureuſes larmes,

295 De ces larmes qui font les plaiſirs des Amans.

Ils ſentoient cette yvreſſe & ces ſaiſiſſemens,

Ces tranſports, ces fureurs, qu'un tendre amour
inſpire,

Que lui ſeul fait goûter, que lui ſeul peu décrire.

Les folâtres Plaiſirs, dans le ſein du repos,

300 Les Amours enfantins deſarmoient ce Héros:

L'un tenoit ſa Cuiraſſe encor de ſang trempée,

L'autre avoit détaché ſa redoutable Epée,

Et rioit en tenant dans ſes débiles mains

Ce fer, l'appui du Thrône, & l'effroi des Humains.

305 La Diſcorde de loin, inſulte à ſa foibleſſe;

Elle exprime en grondant ſa barbare allegreſſe:

Sa fiére activité ménage ces inſtans.

Elle court de la Ligue irriter les Serpens.

Et tandis que Bourbon ſe repoſe, & ſommeille,

310 De tous ſes Ennemis la rage ſe réveille.

Enfin dans ces Jardins où ſa vertu languit,

Il

Il voit Mornay paroître : il le voit, & rougit.

L'un de l'autre en fecret ils craignoient la préfence.

Le Sage en l'abordant garde un morne filence ;

315 Mais ce filence même, & fes regards baiffés

Se font entendre au Prince, & s'expliquent affez.

Sur ce vifage auftère, où régnoit la trifteffe,

Henri lut aifément fa honte, & fa foibleffe.

Rarement de fa faute on aime le témoin.

320 Tout autre eût de Mornay mal reconnu le foin.

Cher ami, dit le Roi, ne crains point ma colere.

Qui m'apprend mon devoir eft trop fûr de me plaire,

Viens, le cœur de ton Prince eft digne encor de toi.

Je t'ai vu, c'en eft fait, & tu me rends à moi :

325 Je reprends ma vertu que l'amour m'a ravie :

De ce honteux repos fuïons l'ignominie :

Fuïons ce lieu funefte, où mon cœur mutiné

Aime encore les liens dont il fut enchaîné :

Me vaincre eft deformais ma plus belle Victoire.

330 Partons, bravons l'Amour dans les bras de la **Gloire** ;

Et bien-tôt vers Paris répandant la terreur,

Dans le fang Efpagnol effaçons mon erreur.

A ces mots généreux, Mornay connut fon Maître.

O 5

C'eft

335 C'eſt vous, s'écria-t-il, que je revois paroître;

Vous de la France entiére auguſte Défenſeur,

Vous Vainqueur de vous-même, & Roi de votre
 cœur;

L'Amour à votre gloire ajoute un nouveau luſtre.

Qui l'ignore eſt heureux, qui le domte eſt illuſtre.

Il dit: Le Roi s'apprête à partir de ces lieux.

340 Quelle douleur, ô Ciel! attendrit ſes adieux!

Plein de l'aimable objet qu'il fuit & qu'il adore,

En condamnant ſes pleurs il en verſoit encore.

Entraîné par Mornay, par l'Amour attiré,

Il s'éloigne, il revient, il part deſeſpéré.

345 Il part: en ce moment d'Eſtrée évanouïe,

Reſte ſans mouvement, ſans couleur, & ſans vie.

D'une ſoudaine nuit ſes beaux yeux ſont couverts.

L'Amour qui l'apperçut jette un cri dans les airs:

Il s'épouvante, il craint qu'une nuit éternelle

350 N'enleve à ſon Empire une Nymphe ſi belle:

N'efface pour jamais les charmes de ſes yeux,

Qui devoient dans la France allumer tant de feux.

Il la prend dans ſes bras; & bien-tôt cette Amante

Rouvre à ſa douce voix ſa paupiére mourante,

355 Lui nomme ſon Amant, le redemande en vain,

Le

Le cherche encor des yeux, & les ferme foudain.

L'Amour baigné des pleurs qu'il répand auprès d'elle,

Au jour qu'elle fuïoit tendrement la rappelle;

D'un efpoir féduifant il lui rend la douceur,

360 Et foulage les maux dont lui feul eft l'Auteur.

Mornay toujours févère & toujours infléxible;

Entraînoit cependant fon Maître trop fenfible.

La Force & la Vertu leur montrant le chemin,

La Gloire les conduit les lauriers à la main;

365 Et l'Amour indigné, que le Devoir furmonte,

Va cacher loin d'Anet fa colére & fa honte.

L A

LA
HENRIADE.

CHANT DIXIE'ME.

ARGUMENT.

RETOUR *du Roi à son Armée : il recommence le Siège. Combat singulier du Vicomte de Turenne, & du Chevalier d'Aumale. Famine horrible qui désole la Ville. Le Roi nourrit lui-même les Habitans qu'il affiége. Le Ciel récompense enfin ses Vertus. La Vérité vient l'éclairer. Paris lui ouvre ses Portes, & la Guerre est finie.*

CES momens dangereux, perdus dans la molesse,

Avoient fait aux Vaincus oublier leur foiblesse.

A de nouveaux Exploits Mayenne est préparé.

D'un

Vleugels pinx. F.MiLeCave f.

D'un espoir renaissant le Peuple est enyvré.

5 Leur espoir les trompoit; Bourbon que rien n'arrête,
Accourt impatient d'achever sa conquête;
Paris épouvanté revit ses Etendarts.
Le Héros reparut aux pieds de ses remparts,
De ces mêmes remparts, où fume encor sa fou-
    dre,
Et qu'à réduire en cendre, il ne put se résoudre:
10 Quand l'Ange de la France, appaisant son courroux,
Retint son bras vainqueur, & suspendit ses coups.
Déja le Camp du Roi jette des cris de joie.
D'un œil d'impatience il dévoroit sa proie.
15 Les Ligueurs cependant d'un juste effroi troublés,
Près du prudent Mayenne étoient tous rassemblés.
Là, d'Aumale, ennemi de tout conseil timide,
Leur tenoit fiérement ce langage intrépide:
Nous n'avons point encor appris à nous cacher,
20 L'ennemi vient à nous, c'est-là qu'il faut marcher.
C'est-là qu'il faut porter une fureur heureuse;
Je connois des Français la fougue impétueuse.
L'ombre de leurs remparts affoiblit leur vertu,
Le Français qu'on attaque est à demi vaincu.
25 Souvent le désespoir a gagné des Batailles:
J'attends tout de nous seuls, & rien de nos murailles.
                                        Hé-

Héros qui m'écoutez, volez aux Champs de Mars;
Peuples qui nous fuivez, vos Chefs font vos remparts.

Il fe tut à ces mots; les Ligueurs en filence
30 Sembloient de fon audace accufer l'imprudence.
Il en rougit de honte, & dans leurs yeux confus
Il lut en frémiffant leur crainte & leur refus.
Eh bien, pourfuivit-il, fi vous n'ofez me fuivre,
Français, à cet affront je ne veux point furvivre.
35 Vous craignez les dangers, feul je m'y vais offrir,
Et vous apprendre à vaincre, ou du moins à mourir.

De Paris à l'inftant il fait ouvrir la Porte,
Du Peuple qui l'entoure il éloigne l'efcorte,
Il s'avance: un Hérault, Miniftre des Combats,
40 Jufqu'aux Tentes du Roi marche devant fes pas,
Et crie à haute voix: Quiconque aime la Gloire,
Qu'il difpute en ces lieux l'honneur de la Victoire.
D'Aumale vous attend, Ennemis paroiffez.

Tous les Chefs à ces mots d'un beau zèle pouffez.
45 Vouloient contre d'Aumale effaïer leur courage.
Tous briguoient près du Roi cet illuftre avantage;

Tous

Tous avoient mérité ce prix de la Valeur;

Mais le vaillant Turenne emporta cet honneur.

Le Roi mit dans fes mains la gloire de la France.

50 Va, dit-il, d'un fuperbe abaiffer l'infolence.

Combats pour ton Païs, pour ton Prince, & pour toi,

Et reçois en partant les Armes de ton Roi.

Le Héros à ces mots, lui donne fon Epée.

Votre attente, ô grand Roi, ne fera point trompée,

55 Lui répondit Turenne, embraffant fes genoux:

J'en attefte ce fer, & j'en jure par vous.

Il dit: le Roi l'embraffe, & Turenne s'élance

Vers l'endroit où d'Aumale, avec impatience,

Attendoit qu'à fes yeux un Combattant parut.

60 Le Peuple de Paris aux remparts accourut,

Les Soldats de Henri près de lui fe rangérent:

Sur les deux Combattans tous les yeux s'attachérent;

Chacun dans l'un des deux voïant fon Défenfeur,

Du gefte & de la voix excitoit fa valeur.

65 Cependant fur Paris s'élevoit un nuage,

Qui fembloit apporter le tonnerre & l'orage.

Ses flancs noirs & brûlans tout à-coup entr'ouverts,

Vo-

Vomiffent dans ces lieux les Monftres des Enfers,

Le Fanatifme affreux, la Difcorde farouche,

70 La fombre Politique, au cœur faux, à l'œil louche,

Le Démon des Combats refpirant les fureurs,

Dieux enyvrés de fang, Dieux dignes des Ligueurs:

Aux remparts de la Ville ils fondent, ils s'arrêtent,

En faveur de d'Aumale au combat ils s'apprêtent.

75 Voilà qu'au même inftant du haut des Cieux ouverts

Un Ange eft defcendu fur le Trône des airs,

Couronné de raïons, nageant dans la lumiére;

Sur des aîles de feu parcourant fa carriére;

Et laiffant loin de lui l'Occident éclairé

80 Des fillons lumineux dont il eft entouré.

Il tenoit d'une main cette Olive facrée,

Ce préfage charmant d'une paix defirée,

Dans l'autre étinceloit ce Fer d'un Dieu vangeur;

Ce Glaive dont s'arma l'Ange exterminateur;

85 Quand jadis l'Eternel à la Mort dévorante

Livra les premiers nés d'une Race infolente.

A l'afpect de ce Glaive interdits, defarmés;

Les Monftres infernaux femblent inanimé-,

La Terreur les enchaîne, un Pouvoir invincible

90 Fait

90 Fait tomber tous les traits de leur Troupe infléxible:

Ainfi de fon Autel teint du fang des Humains

Tomba ce fier *Dagon*, ce Dieu des Philiftins,

Lorfque du Dieu des Dieux en fon Temple ap-
portée

A fes yeux ébloüis l'Arche fut préfentée,

95　Paris, le Roi, l'Armée, & l'Enfer, & les Cieux,

Enfin fur ce combat avoient fixé les yeux.

Bien-tôt ces deux Guerriers entrent dans la Carriére:

Henri du Champ d'honneur leur ouvre la barriére;

Leur bras n'eft point chargé du poids d'un Bouclier,

100 Ils ne fe cachent point fous ces Buftes d'acier,

Des anciens Chevaliers ornement honorable,

Eclatant à la vûe, aux coups impénétrable,

Ils négligent tous deux cet appareil qui rend

Et le combat plus long, & le danger moins grand.

105 Leur arme eft une Epée, & fans autre défenfe,

Expofé tout entier, l'un & l'autre s'avance.

[manuscript annotation, handwritten:]

o dieu c'rra. Turenne arbitre de mon Roy
descend juge fa Caufe et Combat avec moy
le courage n'eft rien fans ta main protectrice
j'attend peu de moy même et tout de la Juftice
D'aumale repondit j'attend tout de mon bras
c'eft de nous que depend le deftin des Combats
En vain l'homme timide implore un dieu fupreme
tranquiles au haut du ciel il nous laiffe a nous même
Le party le plus jufte eft celuy du vainqueur,
et le dieu de la Guerre eft la feule valeur.
il dit et d'un regard Enflamé d'arrogance
il voit de fon rival la modefte affurance
mais la trompette fonne,ils s'élancent tous deux,
ils Commencent enfin ce Combat dangereux
tout ce qu'ont pu jamais la valeur et l'adreffe
l'ardeur, la fermeté,la force,et la foupleffe,
parut des deux Cotez, En ce choc Eclatant
cent coups Etoient portez, et parez à l'inftant
tantot avec fureur l'un d'eux s'y précipite
l'autre d'un pas leger, s'en détourne et l'évite
l'autre

tutot plus raprochez, ils semblent se saisir.
leur peril reünissant donne un affreux plaisir
on se plait alors voir s'observer et s'y craindre,
s'oser s'arreter se mesurer s'attendre.
le fer etincelant avec art détourné,
par de fins mouvement trompe l'oeil etonné,
tel on voit du soleil la lumiere eclatante,
briser ses traits de feu dans l'onde transparente
et se replongeant encore par des chemins divers
de ce cristal mouvant repasser dans les airs
l'spectateur surpris et ne pouvant le croire,
voyoit a tout moment leur chute et leur victoire
D'aumale est plus ardent plus fort plus furieux
Turenne est plus adroit et moins impetueux
Maistre de tous ses sens animé sans colere
il fatigue a loisir son terrible adversaire

D'Aumale en vains efforts épuife fa vigueur.

120 Bien-tôt fon bras laffé ne fert plus fa valeur.

Turenne qui l'obferve, apperçoit fa foibleffe;

Il fe ranime alors, il le pouffe, il le preffe.

Enfin d'un coup mortel il lui perce le flanc.

D'Aumale eft renverfé dans les flots de fon fang.

125 Il tombe, & de l'Enfer tous les Monftres frémirent :

Ces lugubres accens dans les airs s'entendirent:

„ De la Ligue à jamais le Trône eft renverfé ;

„ Tu l'emportes Bourbon, notre Régne eft paffé.

Tout le Peuple y répond par un cri lamentable.

130 D'Aumale fans vigueur, étendu fur le fable,

Menace encor Turenne, & le menace en vain.

Sa redoutable Epée échappe de fa main.

Ij

Il veut parler, sa voix expire dans sa bouche.

L'horreur d'être vaincu rend son air plus farouche :

135 Il se leve, il retombe, il ouvre un œil mourant,

Il regarde Paris, & meurt en soupirant.

Tu le vis expirer, infortuné Mayenne,

Tu le vis, tu frémis, & ta chûte prochaine

Dans ce moment affreux s'offrit à tes esprits.

140   Cependant des Soldats , dans les murs de Paris,

Rapportoient à pas lents le malheureux d'Aumale.

Ce spectacle sanglant, cette pompe fatale,

Entre au milieu d'un Peuple interdit, égaré :

Chacun voit en tremblant ce corps défiguré,

145 Ce front souillé de sang , cette bouche entr'ou-
verte,

Cette

---

140 *Cependant des Soldats , dans les murs de Paris*] Le
Chevalier d'Aumale fut tué dans ce tems-là à Saint Denis,
& sa mort affoiblit beaucoup le Parti de la Ligue. Son
Duel avec le Vicomte de Turenne n'est qu'une fiction,
mais ces Combats singuliers étoient encore à la mode. Il
s'en fit un célèbre derriére les Chartreux , entre le Sieur
de Marivaux qui tenoit pour les Roïalistes , & le Sieur
Claude de Marolles qui tenoit pour les Ligueurs. Ils se bat-
tirent en présence du Peuple & de l'Armée, le jour même
de l'Assassinat de Henri III. mais ce fut Marolles qui fut
Vainqueur.

P 2

Cette tête panchée, & de poudre couverte,

Ces yeux où le trépas étale ses horreurs.

On n'entend point de cris, on ne voit point de
    pleurs.

La honte, la pitié, l'abattement, la crainte,

150 Etouffent leurs sanglots, & retiennent leur plainte,

Tout se tait, & tout tremble. Un bruit rempli
    d'horreur,

Bien-tôt de ce silence augmenta la terreur.

Du Camp des Assiégeans mille cris s'élevérent :

Les Chefs & les Soldats près du Roi s'assemblérent :

155 Ils demandoient l'assaut. Le Roi dans ce moment

Modéra son courage, & leur emportement.

Il sentit qu'il aimoit son ingrate Patrie,

Il voulut la sauver de sa propre furie.

Haï de ses Sujets, prompt à les épargner,

160 Eux seuls vouloient se perdre, il les voulut gagner.

Heureux si sa bonté prévenant leur audace,

Forçoit ces malheureux à lui demander grace :

Pouvant les emporter, il les fait investir,

Il laisse à leur fureur le tems du repentir.

165 Il crut que sans assauts, sans combats, sans allarmes,
                               La

---

165 *Il crut que sans assauts, sans combats, sans allarmes.*}
Henri. IV. bloqua Paris en 1590. avec moins de vingt mille hommes.

La difette & la faim, plus fortes que fes armes,
Lui livreroient fans peine un Peuple inanimé,
Nourri dans l'abondance, au luxe accoutumé;
Qui, vaincu par fes maux, fouple dans l'indigence,
170 Viendroit à fes genoux implorer fa clémence.
Mais le faux zèle, hélas! qui ne fauroit céder,
Enfeigne à tout fouffrir, comme à tout hazarder.

Les Mutins, qu'épargnoit cette main vangereffe,
Prenoient d'un Roi clément la vertu pour foibleffe.
175 Et fiers de fes bontés oubliant fa valeur,
Ils défioient leur Maître, ils bravoient leur Vain-
queur.
Ils ofoient infulter à fa vengeance oifive.

Mais lorfqu'enfin les eaux de la Seine captive,
Ceffèrent d'apporter dans ce vafte féjour,
180 L'ordinaire tribut des moiffons d'alentour;
Quand on vit dans Paris la faim pâle & cruelle,
Montrant déja la mort qui marchoit après elle;
Alors on entendit des hurlemens affreux.
Ce fuperbe Paris fut plein de malheureux,
185 De qui la main tremblante, & la voix affoiblie,
Demandoient vainement le foutien de leur vie.

Bien-tôt le riche même, après de vains efforts,

Eprouva la famine au milieu des tréfors.

Ce n'étoit plus ces Jeux, ces Feftins & ces Fêtes,

190 Où de Mirthe & de Rofe ils couronnoient leurs têtes,

Où parmi cent plaifirs, toujours trop peu goûtés,

Les Vins les plus parfaits, les Mets les plus vantés,

Sous des Lambris dorés, qu'habite la Moleffe,

De leur goût dédaigneux irritoient la pareffe.

195 On vit avec effroi tous ces Voluptueux,

Pâles, défigurés, & la mort dans les yeux,

Périffant de miféré au fein de l'opulence,

Détefter de leurs biens l'inutile abondance.

Le Vieillard, dont la faim va terminer les jours,

200 Voit fon Fils au berceau qui périt fans fecours.

Ici meurt dans la rage une Famille entiére.

Plus loin, des malheureux couchés fur la pouffiére

Se difputoient encore, à leurs derniers momens,

Les reftes odieux des plus vils alimens,

205 Ces Spectres affamés, outrageant la Nature,

Vont au fein des Tombeaux chercher leur nourriture.

Des Morts épouvantés les offemens poudreux,

Ainfi qu'un pur froment font préparés par eux.

Que

Que n'ofent point tenter les extrêmes miféres!

210 On les vit fe nourrir des cendres de leurs Peres,

Ce déteftable mets avança leur trépas,

Et ce repas pour eux fut le dernier repas.

Ces Prêtres, cependant, ces Docteurs fanatiques,

Qui loin de partager les miféres publiques,

215 Bornant à leurs befoins tous leurs foins paternels,

Vivoient dans l'abondance à l'ombre des Autels,

Du Dieu qu'ils offenfoient atteftant la fouffrance,

Couroient par-tout du Peuple animer la conftance.

Aux uns, à qui la mort alloit fermer les yeux,

220 Leurs libérales mains ouvroient déja les Cieux.

Aux

---

211 *Ce déteftable mets avança leur trépas.*] Ce fut l'Am-
baffadeur d'Efpagne auprès de la Ligue, qui donna le confeil de faire du pain avec des os de morts : confeil qui fut
exécuté, & qui ne fervit qu'à avancer les jours de plufieurs
milliers d'hommes, fur quoi un Auteur remarque l'étrange
foiblefſe de l'imagination humaine. (Ces Affiégés n'auroient pas ofé manger la chair de leurs Compatriotes qui
venoient d'être tués, mais ils mangeoient volontiers les
os.)

216 *Vivoient dans l'abondance à l'ombre des Autels.*] On fit
la vifite, (dit Mezeray) dans les Logis des Eccléfiaftiques
& dans les Couvents, qui fe trouvérent tous pourvus, même celui des Capucins, pour plus d'un an.

P 4

Aux autres ils montroient d'un coup d'œil prophé-
tique,

Le Tonnerre allumé fur un Prince Hérétique:

Paris bien-tôt fauvé par des fecours nombreux,

Et la Manne du Ciel prête à tomber pour eux.

225 Hélas! ces vains appas, ces promeffes ftériles,

Charmoient ces malheureux à tromper trop faciles.

Par les Prêtres féduits, par les Seize effraïés,

Soumis, prefque contens, ils mouroient à leurs
pieds;

Trop heureux, en effet, d'abandonner la vie.

230 D'un ramas d'Etrangers la Ville étoit remplie;

Tigres que nos Aïeux nourriffoient dans leur fein,

Plus cruels que la mort, & la guerre, & la faim.

Les uns étoient venus des Campagnes Belgiques,

Les autres des Rochers & des Monts Helvétiques;

235 Barbares, dont la guerre eft l'unique métier,

Et qui vendent leur fang à qui veut le païer.

De

235 *Barbares, dont la guerre eft l'unique métier.*] Les
Suiffes qui étoient dans Paris à la folde du Duc de Mayenne, y commirent des excès affreux, au rapport de tous
les Hiftoriens du tems; c'eft fur eux feuls que tombe ce
mot de *Barbares*, & non fur leur Nation pleine de bon
fens & de droiture, & l'une des plus refpectables Nations
du Monde, puifqu'elle ne fonge qu'à conferver fa liberté,
& jamais à opprimer celle des autres.

De ces nouveaux Tyrans les avides Cohortes,

Affiégent les maifons, en enfoncent les portes,

Aux hôtes effraïés préfentent mille morts:

240 Non pour leur arracher d'inutiles tréfors;

Non pour aller ravir, d'une main adultere,

Une fille éplorée, à fa tremblante mere;

De la cruelle faim le befoin confumant

Semble étouffer en eux tout autre fentiment;

245 Et d'un peu d'alimens la découverte heureufe,

Etoit l'unique but de leur recherche affreufe.

Il n'eft point de tourment, de fupplice, & d'horreur,

Que pour en découvrir n'inventât leur fureur.

Une Femme, grand Dieu ! faut-il à la Mémoire

250 Conferver le recit de cette horrible Hiftoire!

Une Femme avoit vu, par ces cœurs inhumains,

Un refte d'alimens arraché de fes mains.

Des biens que lui ravit la fortune cruelle,

Un

249 *Une Femme, grand Dieu! faut-il à la Mémoire,*] Cette Hiftoire eft rapportée dans tous les Mémoires du tems.
De pareilles horreurs arrivérent auffi au Siège de la Ville
de Sancerre.

P 5

Un enfant lui reftoit, prêt à périr comme elle,
255 Furieufe, elle approche, avec un coutelas,
De ce Fils innocent qui lui tendoit les bras :
Son enfance, fa voix, fa miféré, & fes charmes,
A fa Mere en fureur arrachent mille larmes ;
Elle tourne fur lui fon vifage effraté,
260 Plein d'amour, de regret, de rage, & de pitié.
Trois fois le fer échappe à fa main défaillante.
La rage enfin l'emporte ; & d'une voix tremblante
Déteftant fon hymen & fa fécondité,
Cher & malheureux Fils, que mes flancs ont porté,
265 Dit-elle, c'eft en vain que tu reçus la vie,
Les Tyrans, ou la faim l'auroient bien-tôt ravie :
Et pourquoi vivrois-tu! pour aller dans Paris,
Errant & malheureux pleurer fur fes débris?
Meurs avant de fentir mes maux & ta miféré,
270 Rends-moi le jour, le fang, que t'a donné ta Mere;
Que mon fein malheureux te ferve de tombeau,
Dieu punis nos Tyrans de mon crime nouveau !
En achevant ces mots, furieufe, égarée,
Dans les flancs de fon Fils fa main defefpérée,
275 Enfonce en frémiffant le parricide acier:
Porte le corps fanglant auprès de fon foïer;

Et

Et d'un bras que pouſſoit ſa faim impitoïable,
Prépare avidement ce repas effroïable.

Attirés par la faim les farouches Soldats,
280 Dans ces coupables lieux reviennent ſur leurs pas.
Leur tranſport eſt ſemblable à la cruelle joie
Des Ours & des Lions, qui fondent ſur leur proie.
A l'envi l'un de l'autre ils courent en fureur,
Ils enfoncent la porte. O! ſurpriſe! ô terreur!
285 Près d'un corps tout ſanglant à leurs yeux ſe préſente
Une Femme égarée, & de ſang dégoutante.
Oui, c'eſt mon propre Fils, oui Monſtres inhumains,
C'eſt vous qui dans ſon ſang avez trempé mes mains.
Que la Mere & le Fils vous ſervent de pâture.
290 Craignez vous plus que moi d'outrager la Nature?
Quelle horreur, à mes yeux, ſemble vous glacér
   tous?
Tigres, de tels feſtins ſont préparés pour vous.
Ce diſcours inſenſé, que ſa rage prononce,
Eſt ſuivi d'un poignard qu'en ſon cœur elle en-
   fonce.
295 De crainte, à ce ſpectacle, & d'horreur agités,
Ces Monſtres confondus courent épouvantés.
Ils n'oſent regarder cette Maiſon funeſte,

                                        Ils

Ils penfent voir fur eux tomber le feu célefte :

Et le Peuple effraïé de l'horreur de fon fort,

300 Levoit les mains au Ciel, & demandoit la mort.

Jufqu'aux Tentes du Roi, mille bruits en cou-
rurent,

Son cœur en fut touché, fes entrailles s'émurent,

Sur ce Peuple infidelle il répandit des pleurs :

O Dieu! s'écria-t-il, Dieu, qui lis dans les cœurs,

305 Qui vois ce que je puis, qui connois ce que j'ofe,

Des Ligueurs & de moi tu fépares la caufe.

Je puis lever vers toi mes innocentes mains,

Tu le fais, je tendois les bras à ces Mutins,

Tu ne m'imputes point leurs malheurs & leurs
crimes.

310 Que Mayenne à fon gré s'immole ces Victimes;

Qu'il impute, s'il veut, des defaftres fi grands

A la néceffité, l'excufe des Tyrans;

De mes Sujets féduits qu'il comble la mifére,

Il en eft l'Ennemi, j'en dois être le Pere.

315 Je le fuis, c'eft à moi de nourrir mes Enfans,

Et d'arracher mon Peuple à ces Loups dévorans.

Dût-il de mes bienfaits s'armer contre moi-même,

Dûffai-je en le fauvant perdre mon Diadème,

Qu'il

Qu'il vive, je le veux, il n'importe à quel prix;
320 Sauvons-le malgré lui de fes vrais Ennemis.

Et fi trop de pitié me coûte mon Empire,

Que du moins fur ma Tombe, un jour on puiffe
  lire:

,, Henri de fes Sujets, Ennemi généreux,

,, Aima mieux les fauver que de régner fur eux.

325   Il dit, & dans l'inftant il veut que fon Armée

Approche fans éclat de la Ville affamée;

Qu'on porte aux Citoïens des paroles de paix,

Et qu'au lieu de vengeance, on parle de bienfaits.

A cet ordre divin fes Troupes obéïffent.

330 Les murs en ce moment de Peuple fe rempliffent.

On voit fur les remparts avancer à pas lents

Ces corps inanimés, livides & tremblans;

Tels qu'on feignoit jadis que des Roïaumes fombres

                                        Les

325 *Il dit, & dans l'inflant il veut que fon Armée*] H E N-
R Y IV. fut fi bon qu'il permettoit à fes Officiers d'envoïer, (comme le dit Mezeray) des rafraîchiffemens à
leurs anciens Amis & aux Dames. Les Soldats en faifoient autant à l'exemple des Officiers. Le Roi avoit de
plus la générofité de laiffer fortir de Paris prefque tous
ceux qui fe préfentoient: par-là il arriva effectivement que
les Affiégeans nourrirent les Affiégés.

Les Mages à leur gré faifoient fortir les Ombres ;
335 Quand leur voix du Cocyte arrêtant les torrens,
Appelloit les Enfers, & les Mânes errans.
Quel eft de ces Mourans l'étonnement extrême !
Leur cruel Ennemi vient les nourrir lui-même.
Tourmentés, déchirés par leurs fiers Défenfeurs,
340 Ils trouvent la pitié dans leurs Perfécuteurs.
Tous ces événemens leurs fembloïent incroïables.
Ils voïoient devant eux ces piques formidables,
Ces traits, ces inftrumens des cruautés du fort,
Ces lances, qui toujours avoient porte la mort,
345 Secondant de Henri la généreufe envie,
Au bout d'un fer fanglant leur apporter la vie.
Sont-ce-là, difoient-ils, ces Monftres fi cruels ?
Eft-ce-là ce Tyran fi terrible aux Mortels ?
Cet Ennemi de Dieu, qu'on peint fi plein de rage?
350 Hélas ! du Dieu vivant, c'eft la brillante image.
C'eft un Roi bienfaifant, le modèle des Rois.
Nous ne méritons pas de vivre fous fes Loix.
Il triomphe, il pardonne, il chérit qui l'offenfe.
Puiffe tout notre fang cimenter fa puiffance !
355 Trop digne du trépas, dont il nous a fauvés,
Confacrons-lui ces jours qu'il nous a confervés.

De

De leurs cœurs attendris tel étoit le langage.

Mais qui peut s'affûrer fur un Peuple volage,

Dont la foible amitié s'exhale en vains difcours,

360 Qui quelquefois s'éleve & retombe toujours ?

Ces Prêtres, dont cent fois la fatale éloquence

Ralluma tous ces feux qui confumoient la France,

Vont fe montrer en pompe à ce Peuple abattu.

„ Combattans fans courage, & Chrétiens fans
„ vertu,

365 „ A quel indigne appas vous laiffez-vous féduire?

„ Ne connoiffez-vous plus les palmes du Martyre?

„ Soldats du Dieu vivant, voulez-vous aujour-
„ d'hui,

„ Vivre pour l'outrager, pouvant mourir pour lui ?

„ Quand Dieu du haut des Cieux nous montre la
„ Couronne,

370 „ Chrétiens, n'attendons pas qu'un Tyran nous par-
„ donne.

„ Dans fa coupable Secte il veut nous réunir:

„ De fes propres bienfaits fongeons à le punir.

„ Sauvons nos Temples Saints de fon Culte héré-
„ tique.

C'eft ainfi qu'ils parloient, & leur voix fanatique,

375 Maîtreffe du vil Peuple, & redoutable aux Rois,

Des

Des bienfaits de Henri faifoit taire la voix:
Et déja quelques-uns reprenant leur furie,
S'accufoient en fecret de lui devoir la vie.

A travers ces clameurs, & ces cris odieux,
380 La vertu de Henri pénétra dans les Cieux.
Louïs qui du plus haut de la Voute divine,
Veille fur les Bourbons, dont il eft l'Origine,
Connut qu'enfin les tems alloient être accomplis,
Et que le Roi des Rois adopteroit fon Fils.
385 Auffi-tôt de fon cœur il chaffa les allarmes.
La Foi vint effuyer fes yeux mouillés de larmes,
Et la douce Efpérance, & l'Amour paternel,
Conduifirent fes pas aux pieds de l'Eternel.

Au milieu des clartés d'un feu pur & durable,
390 Dieu mit avant les tems fon Trône inébranlable.
Le Ciel eft fous fes pieds. De mille Aftres di-
    vers
Le cours toujours réglé l'annonce à l'Univers.
La puiffance, l'amour, avec l'intelligence,
Unis & divifés compofent fon effence.
395 Ses Saints dans les douceurs d'une éternelle paix,
D'un torrent de plaifirs enyvrés à jamais,

                                    Pé-

Pénétrés de fa gloire, & remplis de lui-même,

Adorent à l'envi fa Majefté fupprême.

Devant lui font ces Dieux, ces brûlans Séra-
phins,

400 A qui de l'Univers il commet les deftins.

Il parle, & de la Terre ils vont changer la face.

Des Puiffances du Siècle ils retranchent la Race,

Tandis que les Humains vils jouets de l'Erreur,

Des Confeils éternels accufent la hauteur.

405 Ce font eux dont la main frappant Rome affer-
vie,

Aux fiers Enfans du Nord ont livré l'Italie,

L'Efpagne aux Africains, Solime aux Ottomans.

Tout Empire eft tombé ; tout Peuple eut fes Tyrans.

Mais cette impénétrable, & jufte Providence,

410 Ne laiffe pas toujours profpérer l'infolence.

Quelquefois fa Bonté favorable aux Humains

Met le Sceptre des Rois dans d'innocentes mains.

Le Pere des Bourbons à fes yeux fe préfente,

Et lui parle en ces mots d'une voix gémiffante:

415 Pere de l'Univers, fi tes yeux quelquefois

Honorent d'un regard les Peuples & les Rois,

Q   Vois

Vois le Peuple Français à son Prince rebelle.

S'il viole tes Loix, c'est pour t'être fidelle.

Aveuglé par son zèle, il te desobéït,

420 Et pense te venger alors qu'il te trahit.

Vois ce Roi triomphant, ce Foudre de la Guerre,

L'exemple, la terreur, & l'amour de la Terre;

Avec tant de vertu, n'as-tu formé son cœur,

Que pour l'abandonner aux piéges de l'Erreur?

425 Faut-il que de tes mains le plus parfait Ouvrage,

A son Dieu qu'il adore, offre un coupable hom-
mage?

Ah! si du grand Henri ton culte est ignoré,

Par qui le Roi des Rois veut-il être adoré?

Daigne éclairer ce cœur, créé pour te connaître,

430 Donne à l'Eglise un Fils, donne à la France un
Maître,

Des Ligueurs obstinés confonds les vains projets,

Rends les Sujets au Prince, & le Prince aux Sujets.

Que tous les cœurs unis adorent ta Justice,

Et t'offrent dans Paris le même Sacrifice.

435 L'Eternel à ses vœux se laissa pénétrer.

Par un mot de sa bouche il daigna l'assûrer.

A sa

À fa divine voix les Aftres s'ébranlérent:

La Terre en treffaillit, les Ligueurs en tremblérent;

Le Roi qui dans le Ciel avoit mis fon appui,

440 Sentit que le Très-Haut s'intereffoit pour lui.

Soudain la Vérité, fi long-tems attendue,

Toujours chere aux Humains, mais fouvent inconnue,

Dans les Tentes du Roi, defcend du haut des Cieux,

D'abord un voile épais la cache à tous les yeux.

445 De moment en moment, les ombres qui la couvrent,

Cédent à la clarté des feux qui les entr'ouvrent:

Bien tôt elle fe montre à fes yeux fatisfaits,

Brillante d'un éclat qui n'éblouït jamais.

Henri, dont le grand cœur étoit formé pour elle,

450 Voit, connoît, aime enfin fa lumiére immortelle.

Il avoue avec foi que la Religion

Eft au-deffus de l'Homme, & confond la Raifon.

Il reconnoît l'Eglife ici bas combattue,

L'Eglife toujours une, & par-tout étendue:

455 Libre, mais fous un Chef, adorant en tout lieu,

Dans le bonheur des Saints, la grandeur de fon Dieu.

Q 2   Le

Le Chrift de nos péchés Victime renaiffante,

De fes Elus chéris nourriture vivante,

Defcend fur les Autels à fes yeux éperdus,

460 Et lui découvre un Dieu fous un Pain qui n'eft plus.

Son cœur obéïffant fe foumet, s'abandonne

A ces Myftères Saints, dont fon efprit s'étonne.

Louïs dans ce moment qui comble fes fouhaits,

Louïs tenant en main l'Olive de la paix,

465 Defcend du haut des Cieux vers le Héros qu'il
aime.

Aux remparts de Paris il le conduit lui-même.

Les remparts ébranlés s'entr'ouvrent à fa voix.

Il entre au nom du Dieu qui fait régner les Rois.

Les Ligueurs éperdus, & mettant bas leurs armes,

470 Sont aux pieds de Bourbon, les baignent de leurs
larmes,

Les Prêtres font muets : les Seize épouvantés

En vain cherchent pour fuir des Antres écartés.

Tout

468 *Il entre au nom du Dieu qui fait régner les Rois.*] Ce Blocus & cette Famine de Paris ont pour époque l'année 1590. & Henri IV. n'entra dans Paris qu'au mois de Mars 1594. Il s'étoit fait Catholique en Juillet 1593. mais il a fallu rapprocher ces trois grands événemens, parce qu'on écrivoit un Poëme, & non une Hiftoire.

Tout le Peuple changé dans ce jour falutaire,
Reconnoît fon vrai Roi , fon Vainqueur , & fon
    Pere.

475   Dès lors on admira ce Régne fortuné,
Et commencé trop tard, & trop tôt terminé.
L'Efpagnol en trembla. Juftement defarmée
Rome adopta Bourbon, Rome s'en vit aimée,
La Difcorde rentra dans l'éternelle nuit:
480 A reconnoître un Roi Mayenne fut réduit;
Et foumettant enfin fon cœur & fes Provinces,
Fut le meilleur Sujet du plus jufte des Princes.

F   I   N.

         ESSAY

ESSAY

SUR LA.

POESIE EPIQUE,

IMPRIME' SUR L'ORIGINAL FRANÇOIS

DE Mr. DE VOLTAIRE,

Et non fur la Traduction Françaife, que L'Abbe'
des Fontaines avoit faite de l'Original
compofé à Londres en Anglais par
Mr. de Voltaire.

Q 4

ESSAY

SUR LA

POESIE EPIQUE.

CHAPITRE PREMIER.

Des différens goûts des Peuples.

O N a accablé prefque tous les Arts d'un nombre prodigieux de Règles, dont la plûpart font inutiles ou fauffes. Nous trouvons par-tout des leçons, mais bien peu d'exemples: car rien n'eft plus aifé que de parler d'un ton de Maître des chofes qu'on ne peut exécuter ; il y a cent Poétiques contre un bon Poëme. On ne voit que des Maîtres d'Eloquence, & prefque pas un Orateur; le Monde eft plein de Critiques, qui à force de *Commentaires*, de *Définitions*, de *Diſ-*

tinç-

tinctions, font parvenus à obfcurcir les con-
noiffances les plus claires & les plus fimples. Il femble qu'on n'aime que les chemins difficiles.

Chaque Science, chaque Etude, a fon jar-
gon inintelligible, qui femble n'être inventé que pour en défendre les approches.

Que de noms barbares, que de puérilités
pédantefques on entaffoit, il n'y a pas long-
tems, dans la tête d'un jeune homme, pour
lui donner en une année ou deux une très-
fauffe idée de l'Eloquence, dont il auroit
pu avoir une connoiffance très-vraie en peu
de mois par la lecture de quelques bons Livres !

La voie par laquelle on a fi long-tems en-
feigné l'Art de penfer, eft affûrément bien
oppofée au Sens-Commun.

Mais c'eft fur-tout en fait de Poëfie que
les Commentateurs & les Critiques ont pro-
digué leurs leçons. Ils ont laborieufement
écrit des Volumes fur quelques lignes que
l'imagination des Poëtes a créées en fe
jouant.

Ce font des Tyrans qui ont voulu affervir
à leurs Loix une Nation libre, dont ils ne
connaiffent point le caractère; auffi ces
prétendus Légiflateurs n'ont fait fouvent
qu'embrouiller tout dans les Etats qu'ils ont
voulu régler. La plûpart ont difcouru avec
pefanteur de ce qu'il falloit fentir avec tranfport. Et quand même leurs Règles feroient
juf-

juftes, combien peu feroient-elles utiles!
Homére, Virgile, le Taffe, Milton, n'ont
guères obéï à d'autres leçons qu'à celles de
leur génie. Tant de prétendues règles, tant
de liens, ne ferviroient qu'à embarraffer les
grands Hommes dans leur marche, & feroient d'un foible fecours à ceux à qui le
talent manque. Il faut courir dans la carriére
& non pas s'y traîner avec des béquilles.

Prefque tous les Critiques ont cherché
dans Homére des règles qui n'y font affûrément point. Mais comme ce Poëte Grec
a compofé deux Poëmes d'une nature abfo-
ment différente, ils ont été bien en peine
pour réconcilier Homére avec lui-même.
Virgile venant enfuite, qui réunit dans fon
Ouvrage le plan de l'Iliade & celui de l'O-
diffée, il fallut qu'ils cherchaffent encore
de nouveaux expédients pour ajufter leurs
règles à l'Enéïde.

Ils ont fait à peu-près comme les Aftro-
nomes, qui inventoient tous les jours des
Cercles imaginaires, & créoient ou anéan-
tiffoient un Ciel ou deux de cryftal, à la
moindre difficulté.

Si un de ceux qu'on nomme Savans, &
qui fe croient tels, venoit vous dire, *le
Poëme Epique eft une longue Fable inventée pour
enfeigner une vérité morale, & dans laquelle
un Héros acheve quelque grande action avec le
fecours des Dieux dans l'efpace d'une année*, il
faudroit lui répondre, votre définition eft
très-

très-fauffe ; car fans éxaminer fi l'Iliade d'Homére eft d'accord avec votre règle, les Anglais ont un Poëme Epique, dont le Héros
loin de venir à bout d'une grande entreprife par le fecours célefte en une année, eft
trompé par le Diable & par fa femme en un
jour, & eft chaffé du Paradis Terreftre pour
avoir mangé une pomme.

Ce Poëme cependant eft mis par les Anglais au niveau de l'Iliade, & beaucoup de
perfonnes le préférent à Homére, avec
quelque apparence de raifon.

Mais, me direz-vous, le Poëme Epique
ne fera-t-il donc que le recit d'une Avanture
malheureufe ? Non, cette définition feroit
auffi fauffe que l'autre. L'Oedipe de Sophocle, le Cinna de M. Corneille, l'Atha-
lie de M. Racine, le Céfar de Shakefpear,
le Caton de M. Adiffon, la Merope de M.
le Marquis Scipion Maffei, le Roland de
M. Quinaut, font toutes de belles Tragédies, & j'ofe dire toutes d'une nature différente. On auroit befoin en quelque forte d'une définition particuliére pour chacu-
ne d'elles.

Il faut dans tous les Arts fe donner bien
de garde de ces définitions trompeufes, par
lefquelles nous ofons exclure toutes les beautés qui nous font inconnues, ou que la coutume ne nous a point encore rendues fami-
liéres, il n'en eft point des Arts, & fur-
tout de ceux qui dépendent de l'Imagination, comme des Ouvrages de la Nature:

nous

nous pouvons définir les Métaux , les Mi-
néraux, les Elémens, les Animaux, parce
que leur nature eft toujours la même ; mais
prefque tous les Ouvrages des hommes changent ainfi que l'imagination qui les produit.
Les coutumes , les Langues , le goût des
Peuples les plus voifins, différent. Que
dis-je ? la même Nation n'eft plus recon-
noiffable au bout de trois ou quatre Siècles.
Dans les Arts qui dépendent purement de
l'Imagination , il y a autant de révolutions
que dans les États : ils changent en mille
maniéres dans le tems même qu'on cherche
à les fixer.

La Mufique des anciens Grecs , autant
que nous en pouvons juger , étoit très-dif-
férente de la nôtre. Celle des Italiens d'aujourd'hui n'eft plus celle de Luigi & de Ca-
riffimi : des airs Perfans affûrément ne plairoient pas à des oreilles Européanes ; mais
fans aller fi loin , un Français accoutumé à
nos Operas, ne peut s'empécher de rire la
premiere fois qu'il entend du recitatif en
Italie ; autant en fait un Italien à l'Opera
de Paris, & tous deux ont également tort,
ne confiderant point que le recitatif n'eft
autre chofe qu'une déclamation notée, que
le caractère des deux Langues eft très-dif-
férent, que ni l'accent, ni le ton, ne font
les mêmes, que cette différence eft fenfible dans la converfation , plus encore dans
la déclamation, & doit par conféquent l'ê-
tre infiniment dans la Mufique. Nous fui-
vons

vons à peu-près les règles d'Architecture de
Vitruve, cependant les Maisons bâties en
Italie par Palladio, & en France par nos bons
Architectes, ne reſſemblent pas plus à celles
de Pline & de Cicéron, que nos habillemens
reſſemblent aux leurs.

Mais pour revenir à des exemples qui
ayent plus de rapport à notre ſujet : qu'é-
toit la Tragédie chez les Grecs ? un Chœur
qui demeuroit preſque toujours ſur le Théâtre, point de diviſion d'Actes, très-peu
d'action, encore moins d'intrigues. Chez
les Français, c'eſt pour l'ordinaire une ſuite de converſations en cinq Actes, avec
une intrigue amoureuſe.

En Angleterre, la Tragédie eſt véritablement une action; & ſi les Auteurs de ce
Païs joignoient à l'activité qui anime leurs
Pièces, un ſtile naturel avec de la décence
& de la régularité, ils l'emporteroient bien-
tôt ſur les Grecs & ſur les Français.

Qu'on examine tous les autres Arts, il n'y
en a aucun qui ne reçoive des tours parti-
culiers, du génie différent des Nations qui
les cultivent.

Quelle ſera donc l'idée que nous devons
nous former de la Poéſie Epique ?

Le mot Epique vient du Grec Ἔπος qui
ſignifie Diſcours : l'uſage a attaché ce nom
particuliérement à des recits, en Vers, d'A-
vantures héroïques. Comme le mot d'*Ora-*
tio chez les Romains, qui d'abord ſignifioit
auſſi *Diſcours*, ne ſervit dans la ſuite que
pour

pour les Difcours d'éloquence, & comme le titre d'*Imperator* qui appartenoit aux Généraux d'Armées, fut enfuite conféré aux feuls Souverains de Rome.

Le Poëme Epique regardé en lui-même, eft donc un recit, en Vers, d'Avantures héroïques. Que l'Action foit fimple, ou complexe, qu'elle s'acheve dans un mois, ou dans une année, ou qu'elle dure plus long-tems: que la Scène foit fixée dans un feul endroit, comme dans l'Iliade, que le Héros voïage de Mers en Mers, comme dans l'Odiffée, qu'il foit heureux ou infortuné, furieux comme Achille, ou pieux comme Enée : qu'il y ait un principal Perfonnage, ou plufieurs, que l'action fe paffe fur la Terre ou fur la Mer, fur le rivage d'Afrique comme dans la *Luziada*, dans l'Amérique comme dans l'*Araucana*, dans le Ciel, dans l'Enfer, hors des limites de notre Monde, comme dans le Paradis de Milton, il n'importe ; le Poëme fera toujours un Poëme Epique, un Poëme Héroïque, à moins qu'on ne lui trouve un nouveau titre proportionné à fon mérite.

Si vous faites fcrupule, difoit le célèbre M. Adiffon, de donner le titre de Poëme Epique au Paradis perdu de Milton, appellez-le, fi vous voulez, un Poëme Divin ; donnez-lui tel nom qu'il vous plaira, pourvû que vous confeffiez que c'eft un Ouvrage auffi admirable en fon genre que l'Enéïde. Ne difputons jamais fur les noms, c'eft

une

une puérilité impardonnable. Irois-je refufer le nom de Comédies aux Pièces de M.
Congreve, ou à celles de Calderon, parce
qu'elles ne font pas dans nos mœurs ? La
carriére des Arts a plus d'étendue qu'on ne
penfe; un homme qui n'a lu que les Auteurs
Claffiques, méprife tout ce qui eft écrit dans
les Langues vivantes, & celui qui ne fait
que la Langue de fon Païs, eft comme ceux
qui n'étant jamais fortis de la Cour de France, prétendent que le refte du Monde eft
peu de chofe, & que qui a vu Verfailles a
tout vu.

Mais le point de la queftion & de la difficulté eft de favoir fur quoi les Nations
polies fe réuniffent, & fur quoi elles différent. Un Poëme Epique doit par-tout étre
fondé fur le Jugement, & embelli par l'I-
magination : ce qui appartient au Bon-Sens,
appartient également à toutes les Nations
du Monde. Toutes vous diront qu'une
Action, *une & fimple*, qui fe développe aifément & par degrés, & qui ne coûte point
une attention fatiguante, leur plaira davantage, qu'un amas confus d'avantures monf-
trueufes.

On fouhaite généralement que cette *Unité* fi fage foit ornée d'une variété d'Epifodes,
qui foient comme les membres d'un Corps
robufte & proportionné.

Plus l'Action fera *grande*, plus elle plaira
à tous les hommes, dont la foibleffe eft d'ê-
tre féduits par tout ce qui eft au-delà de la
vie

vie commune. Il faudra fur-tout que cette Action foit *intereffante* ; car tous les cœurs veulent être remués , & un Poëme parfait d'ailleurs, s'il ne touchoit point, feroit infipide en tout tems & en tout Païs ; elle doit être entiére , parce qu'il n'y a point d'homme qui puiffe être fatisfait s'il ne reçoit qu'une partie du tout qu'il s'eft promis d'avoir.

Telles font à peu près les principales règles que la Nature dicte à toutes les Nations qui cultivent les Lettres ; mais la machine du merveilleux , l'intervention d'un pouvoir célefte , la nature des épifodes, tout ce qui dépend de la tyrannie de la coutume, & de cet inftinct qu'on nomme goût ; voilà fur quoi il y a mille opinions , & point de règles générales.

Mais, me direz-vous , n'y a-t-il point des beautés de goût, qui plaifent également à toutes les Nations ?

Il y en a fans doute en très-grand nombre. Depuis le tems de la renaiffance des Lettres, qu'on a pris les Anciens pour modèles , Homére , Demofthène , Virgile, Cicéron , ont en quelque maniere réuni fous leurs loix tous les Peuples de l'Europe , & fait de tant de Nations différentes une feule République de Lettres ; mais au milieu de cet accord général , les coutumes de chaque Peuple introduifent dans chaque Païs un goût particulier.

Vous fentez dans les meilleurs Ecrivains

R   mo-

modernes, le caractère de leur Païs à travers l'imitation de l'antique; leurs fleurs & leurs fruits font échauffés & meuris par le même Soleil, mais ils reçoivent du terrain qui les nourrit, des goûts, des couleurs, & des formes différentes.

Vous reconnoîtrez un Italien, un Français, un Anglais, un Espagnol, à fon ftile, comme aux traits de fon vifage, à fa prononciation, à fes maniéres.

La douceur & la molleffe de la Langue Italienne, s'eft infinuée dans le génie des Auteurs Italiens. La pompe des paroles, les métaphores, un ftile majeftueux, font, me femble, généralement parlant, le caractère des Ecrivains Espagnols. La force, l'énergie, la hardieffe, font plus particuliéres aux Anglais, ils font fur-tout amoureux des allégories & des comparaifons. Les Français ont pour eux la clarté, l'éxactitude, l'élégance; ils hazardent peu, ils n'ont ni la force Anglaife qui leur paroîtroit une force gigantefque & monftrueufe, ni la douceur Italienne qui leur femble dégénérer en une molleffe efféminée.

De toutes ces différences naiffent ce dégoût & ce mépris que les Nations ont les unes pour les autres.

Pour regarder dans tous fes jours cette différence qui fe trouve entre les goûts des Peuples voifins, confiderons maintenant leur ftile.

On approuve avec raifon en Italie, ces
Vers

Vers de la troisième stance du premier Chant de la Jérusalem.

Così a l'egro fanciul porgiamo asperß
Di soave licor gli orli del vaso :
Succhi amari ingannato in tanto ei beve ,
E da l'inganno suo vita riceve.

Cette comparaison du charme des Fables qui enveloppent des leçons utiles , avec une médecine amere donnée à un enfant dans un vase bordé de miel , ne seroit pas soufferte dans un Poëme Epique Français. Nous lisons avec plaisir dans Montagne, qu'il faut *emmieller la viande salubre à l'enfant* ; mais cette image qui nous plaît dans son stile familier , ne nous paroîtroit pas digne de la majesté de l'Epopée.

Voici un autre endroit universellement approuvé , & qui mérite de l'être. C'est dans le Chant seizième de la Jérusalem , lorsqu'Armide commence à soupçonner la fuite de son Amant.

Volca gridar : dove, o crudel, me sola
Lasci ? ma il varco al suon chiuse il dolore ;
Sì, che tornò la flebile parola
Più amara indietro a rimbombar su'l core :

Ces quatre Vers Italiens sont très-touchans & très-naturels ; mais si on les traduit éxactement , ce sera un *galimatias* en Français.

R 2 ,, Elle

,, Elle vouloit crier, cruel pourquoi me
,, laiffes-tu feule? mais la douleur ferma le
,, chemin à fa voix, & ces paroles doulou-
,, reufes reculerent avec plus d'amertume,
,, & retentirent fur fon cœur.

Apportons un autre exemple tiré d'un des
plus fublimes endroits du Poëme fingulier
de Milton , dont j'ai déja parlé ; c'eft au
premier Livre dans la Defcription de Satan
& des Enfers.

- - - - - - *Round he throvvs his baleful eys*
That vvitneff'd huge affliction and difmay,
Mix'd vvith obdurate pride, and fledfaft hate.
At once, as far as angels Ken, he vievvs
The difmal fituation vvafte and vvild,
A Dungeon horrible on all fides round
As one great fornace flam'd, yet from thofe flames
No light, but rather a darkneff vifible
Serv'd only to difcover fights of vvoe
Regions of forrovv, doleful fhades, vvhere peace,
Nor reft can never dvvell, hope never come
That comes to all, &c.

,, Il promene de tous côtés fes triftes
,, yeux, dans lefquels étoient peints le de-
,, fefpoir & l'horreur, avec l'orgueil & l'ir-
,, réconciliable haine. Il voit d'un coup
,, d'œil, auffi loin que les regards des Ché-
,, rubins peuvent percer , ce Séjour épou-
,, vantable, ces Deferts défolés, ce Dongeon
,, immenfe, enflâmé comme une Fournaife
,, énorme. Mais de ces *flâmes il ne fortoit*
,, *point*

,, *point de lumieres* , *ce font des ténèbres vifi-*
,, *bles* qui fervent feulement à découvrir des
,, fpectacles de défolation , des Régions de
,, douleur , dont jamais n'approchent le
,, repos ni la paix, où l'on ne connoît point
,, l'efpérance connue par-tout ailleurs ".

Antonio de Solis dans fon excellente Hiftoire de la Conquête du Méxique , après
avoir dit que l'endroit où Montezume con-
fultoit fes Dieux , étoit une large Voute
fouterraine , où de petits foupiraux laiffoient à peine entrer la lumiere, ajoûte , *o*
permittiam folamente lo que baftava porque fe
vieffe la ofcuridad : où laiffoient entrer feulement autant de jour qu'il en falloit pour
voir l'obfcurité.

Ces ténèbres vifibles de Milton ne font
point condamnées en Angleterre , & les
Efpagnols ne reprennent point cette même
penfée dans Solis. Il eft très-certain que
les Français ne fouffriroient point de pareilles libertés. Ce n'eft pas affez que l'on puiffe
excufer la licence de fes expreffions, l'éxactitude Françaife n'admet rien qui ait befoin
d'excufe.

Qu'il me foit permis , pour ne laiffer aucun doute fur cette matiere, de joindre un
nouvel exemple à tous ceux que j'ai rap-
portés. Je le prendrai dans l'Eloquence de
la Chaire.

Qu'un homme, comme le P. Bourdaloue,
prêche devant une Affemblée de la Com-
munion Anglicane , & qu'animant par un

R 3

gefte

gefte noble, un Difcours patétique, il s'é-
crie : ,, Oui , Chrétiens , vous étiez bien
,, difpofés , mais le fang de cette Veuve
,, que vous avez abandonnée, mais le fang
,, de ce Pauvre que vous avez laiffé oppri-
,, mer, mais le fang de ces miférables dont
,, vous n'avez pas pris en main la caufe,
,, ce fang retombera fur vous , & vos bon-
,, nes difpofitions ne ferviront qu'à rendre
,, fa voix plus forte pour demander à Dieu
,, vengeance de votre infidélité. Ah! mes
,, chers Auditeurs, &c. ".

Ces paroles patétiques prononcées avec
force , & accompagnées de grands geftes ,
feront rire un Auditoire Anglais. Car autant
qu'il aiment fur le Théâtre les expreffions
empoulées, & les mouvemens forcés de l'E-
loquence , autant ils goûtent dans la Chaire une fimplicité fans ornement. Un Sermon
en France eft une longue Déclamation fcru-
puleufement divifée en trois points, & reci-
tée avec enthoufiafme. En Angleterre un
Sermon eft une Differtation folide , & quelquefois féche, qu'un homme lit au Peuple,
fans gefte & fans aucun éclat de voix. En
Italie c'eft une Comédie fpirituelle. En voilà
affez pour faire voir combien grande eft la
différence entre les goûts des Nations.

Je fai qu'il y a plufieurs perfonnes qui ne
fauroient admettre ce fentiment. Ils difent
que la Raifon & les Paffions font par-tout
les mêmes ; cela eft vrai , mais elles s'ex-
priment par-tout diverfement. Les hommes

mes ont en tout païs un nez, deux yeux & une bouche. Cependant l'assemblage des traits qui fait la beauté en France, ne réussira pas en Turquie, ni une Beauté Turque à la Chine; & ce qu'il y a de plus aimable en Asie & en Europe, seroit regardé comme un Monstre dans le Païs de la Guinée. Puisque la Nature est si différente d'elle-même, comment veut-on asservir à des loix générales des Arts, sur lesquels la coutume, c'est-à-dire l'inconstance, a tant d'empire?

Si donc nous voulons avoir une connoissance un peu étendue de ces Arts, il faut nous informer de quelle maniere on les cultive chez toutes les Nations. Il ne suffit pas, pour connoître l'Epopée, d'avoir lu Virgile & Homére; comme ce n'est point assez, en fait de Tragédie, d'avoir lu Sophocle & Euripide.

Nous devons admirer ce qui est universellement *beau* chez les Anciens, nous devons nous prêter à ce qui étoit *beau* dans leur Langue & dans leurs mœurs; mais ce seroit s'égarer étrangement que de les vouloir suivre en tout à la piste. Nous ne parlons point la méme Langue, la Religion, qui est presque toujours le fondement de la Poësie Epique, est parmi nous l'opposé de leur Mythologie. Nos coutumes sont plus différentes de celles des Héros du Siège de Troye, que de celles des Américains. Nos Combats, nos Sièges, nos Flotes n'ont pas la moindre ressemblance; notre Philosophie

R 4　　　　　　est

eſt en tout le contraire de la leur. L'invention de la Poudre, celle de la Bouſſole, de
l'Imprimerie, tant d'autres Arts qui ont été
apportés récemment dans le Monde, ont
en quelque façon changé la face de l'Univers; en ſorte qu'un Poëte Epique, entouré
de tant de nouveautés, doit avoir un génie bien ſtérile, ou bien timide, s'il n'oſe
pas être neuf lui-même.

Qu'Homére nous repréſente ſes Dieux
s'enyvrant de Neſtar, & riant ſans fin de
la mauvaiſe grace dont Vulcain leur ſert à
boire, cela étoit bon de ſon tems, où les Dieux
étoient ce que les Fées ſont dans le nôtre.
Mais aſſûrément perſonne ne s'aviſera aujourd'hui de repréſenter dans un Poëme, une
troupe d'Anges & de Saints buvans & rians
à table; que diroit-on d'un Auteur, qui
iroit après Virgile introduire des Harpies,
enlevant le dîner de ſon Héros?

En un mot admirons les Anciéns, mais
que notre admiration ne ſoit pas une ſuperſtition aveugle; ne faiſons pas cette injuſti-
ce à la Nature Humaine & à nous-mêmes,
de fermer nos yeux aux beautés qu'elle répand autour de nous, pour ne regarder &
n'aimer que ſes anciennes productions, dont
nous ne pouvons pas juger avec autant de
ſûreté.

Il n'y a point de Monumens en Italie qui
méritent plus l'attention d'un Voïageur, que
la Jéruſalem du Taſſe; Milton fait autant
d'honneur à l'Angleterre; que le grand
Neuton.

Neuton. Camouens eſt en Portugal , ce que Milton eſt en Angleterre.

Ce ſeroit ſans doute un grand plaiſir , & même un grand avantage pour un homme qui penſe, d'éxaminer tous ces Poëmes E-piques de différente nature, nés en des Siè-cles & dans des Païs éloignés les uns des autres.

Il me ſemble qu'il y a une ſatisfaction no-ble à regarder les portraits vivans de ces illuſtres Perſonnages , Grecs , Romains, Italiens, Anglais, tous habillés, ſi je l'oſe dire, à la maniere de leurs Païs.

C'eſt une entrepriſe au-delà de mes for-ces, que de prétendre les peindre: j'eſſaye-rai ſeulement de craïonner une eſquiſſe de leurs principaux traits : c'eſt au Lecteur à ſuppléer aux défauts de ce deſſein : je ne ferai que propoſer , il doit juger ; & ſon jugement ſera juſte, s'il lit avec impartiali-té , & s'il n'écoute ni les préjuges qu'il a reçus dans l'Ecole , ni cet amour-propre mal-entendu, qui nous fait mépriſer tout ce qui n'eſt pas dans nos mœurs.

Il verra la naiſſance, le progrès, la déca-dence de l'Art, il le verra enſuite ſortir com-me de ſes ruïnes , il le ſuivra dans tous ſes changemens, il diſtinguera ce qui eſt *beauté*, ou défectueux dans tous les tems, & chez toutes les Nations, d'avec ces *beautés loca-les* qu'on admire dans un Païs, & qu'on mé-priſe dans un autre. Il n'ira point deman-der à Ariſtote ce qu'il doit penſer d'un Au-

R 5 teur

teur Anglais ou Portugais , ni à M. Perraut comment il doit juger de l'Iliade : il ne se laissera point tyranniser par Scaliger ni par le Bossu ; mais il tirera ses règles de la Nature , & des exemples qu'il aura devant les yeux , & il jugera entre les Dieux d'Homére & le Dieu de Milton , entre Calipso & Didon , Armide & Eve.

Si les Nations de l'Europe au lieu de se mépriser injustement les unes les autres, vouloient faire une attention moins superficielle aux Ouvrages & aux manieres de leurs Voisins, non pas pour en rire, mais pour en profiter , peut-être de ce commerce mutuel d'observations naîtroit ce goût général qu'on cherche si inutilement.

CHAPITRE SECOND.

H O M É R E.

HOMÉRE vivoit probablement environ huit cens cinquante années avant l'Ere Chrétienne : il étoit certainement contemporain d'Hésiode : or Hésiode nous apprend qu'il écrivoit dans *l'âge* qui suivoit celui de la Guerre de Troye , & que cet âge dans lequel il vivoit, finiroit avec la génération qui existoit alors.

Il est donc certain qu'Homére fleurissoit trois générations après la Guerre de Troye ;

ainsi

ainfi il pouvoit avoir vu dans fon enfance quelques Vieillards qui avoient été à ce Siè-ge, & il devoit avoir parlé fouvent à des Grecs d'Europe & d'Afie, qui avoient vu Uliffe & Menelas.

Quand il compofa l'Iliade, (fuppofé qu'il foit l'Auteur de tout cet Ouvrage,) il ne fit donc que mettre en Vers une partie de l'Hif-toire & des Fables de fon tems.

Les Grecs n'avoient alors que des Poëtes pour Hiftoriens & pour Théologiens, ce ne fut même que quatre cens ans après Héfio-de & Homére, qu'on fe réduifit à écrire l'Hiftoire en Profe. Cet ufage qui paroîtra bien ridicule à beaucoup de Lecteurs, étoit très-raifonnable. Un Livre dans ce tems-là étoit une chofe auffi rare, qu'un bon Livre l'eft aujourd'hui : loin de donner au Public l'Hiftoire in-folio de chaque Village, com-me on fait à préfent, on ne tranfmettoit à la Poftérité que les grands événemens qui devoient l'intereffer. Le Culte des Dieux & l'Hiftoire des grands Hommes étoient les feuls fujets de ce petit nombre d'Ecrits: on les compofa long-tems en Vers chez les E-gyptiens & chez les Grecs, parce qu'ils é-toient deftinés à être retenus par cœur, & à être chantés : telle étoit la coutume de ces Peuples fi différens de nous. Il n'y eut jufqu'à Hérodote d'autre Hiftoire parmi eux qu'en Vers, & ils n'eurent en aucun tems de Poëfie fans Mufique.

A l'égard d'Homére, autant fes Ouvra-ges

ges font connus, autant eft-on dans l'ignorance fur fa perfonne. Tout ce qu'on fait
de vrai, c'eft que long-tems après fa mort,
on lui a érigé des Statuës, & élevé des Temples. Sept Villes puiffantes fe font difputé
l'honneur de l'avoir vu naître; mais la commune opinion eft, que de fon vivant il man-
dioit dans ces fept Villes, & que celui dont
la Poftérité a fait un Dieu, a vêcu méprifé
& miférable, deux chofes très-compati-
bles.

L'Iliade qui eft le grand Ouvrage d'Homére, eft plein de Dieux & de combats.
Ces fujets plaifent naturellement aux hommes, ils aiment ce qui leur paroît terrible;
ils font comme les Enfans qui écoutent avidement ces Contes de Sorciers qui les ef-
fraïent. Il y a des Fables pour tout âge,
& il n'y a point de Nation qui n'ait eu les
fiennes.

De ces deux fujets qui rempliffent l'Iliade,
naiffent les deux grands reproches que l'on
fait à Homére: on lui impute l'extravagance de fes Dieux, & la groffiéreté de fes Héros. C'eft reprocher à un Peintre d'avoir
donné à fes figures les habillemens de fon
tems. Homére a peint les Dieux tels qu'on
les croioit, & les hommes tels qu'ils étoient.
Ce n'eft pas un grand mérite de trouver de
l'abfurdité dans la Théologie Payenne; mais
il faudroit être bien dépourvu de goût pour
ne pas aimer certaines fables d'Homére. Si
l'idée des trois Graces qui doivent toujours
ac-

accompagner la Déeſſe de la beauté, ſi la Ceinture de Vénus ſont de ſon invention: quelles louanges ne lui doit-on pas pour avoir ainſi orné cette Religion que nous lui reprochons? & ſi ces Fables étoient déja reçues avant lui, peut-on mépriſer un Siècle qui avoit trouvé des allégories ſi juſtes & ſi charmantes?

Quant à ce qu'on appelle groſſiéreté dans les Héros d'Homére, on peut rire tant qu'on voudra de voir Patrocle au neuvième Livre de l'Iliade mettre trois Gigots de Mouton dans une Marmite, allumer & ſouffler le feu, & préparer le dîner avec Achille: Achille & Patrocle n'en ſont pas moins éclatans. Charles XII. Roi de Suède, à fait ſix mois ſa cuiſine à *Demir-Tocca*, ſans perdre rien de ſon héroïſme, & la plûpart de nos Généraux qui portent dans un Camp tout le luxe d'une Cour efféminée, auront bien de la peine à égaler ces Héros qui faiſoient leur cuiſine eux-mêmes.

On peut ſe mocquer de la Princeſſe Nauſica, qui, ſuivie de toutes ſes femmes, va laver ſes Robbes, & celle du Roi & de la Reine. On peut trouver ridicule que les Filles d'Auguſte ayent filé les habits de leur Pere, lorſqu'il étoit Maître de l'Univers. Cela n'empêchera pas qu'une ſimplicité ſi reſpectable ne vale bien la vaine pompe, l'orgueil, & l'oiſiveté dans laquelle ſont nourries les perſonnes d'un haut rang.

Que ſi l'on reproche à Homére d'avoir
tant

270 ESSAY SUR LA

tant loué la force de ces Héros, c'eſt qu'a-
vant l'invention de la Poudre, la force du
Corps décidoit de tout dans les Batailles :
c'eſt que cette force eſt l'origine de tout
pouvoir chez les hommes ; c'eſt que par
cette ſupériorité ſeule, les Nations du Nord
ont conquis toute la Terre depuis la Chine
juſqu'au Mont-Atlas. Les Anciens ſe faiſoient une gloire d'être robuſtes : leurs plaiſirs étoient des Exercices violens ; ils ne paſſoient point leurs jours à ſe faire traîner
dans des Chars à couvert des influences de
l'air, pour aller porter languiſſamment d'une
Maiſon dans une autre leur ennui & leur inu-
tilité. En un mot, Homére avoit à repréſenter
un Ajax & un Hector, non un Courtiſan
de Verſailles, ou de Saint James.

Après avoir rendu juſtice au fond du ſujet des Poëmes d'Homére, ce ſeroit ici le
lieu d'examiner la maniere dont il les a traités, & d'oſer juger du prix de ſes Ouvrages ;
mais tant de Plumes ſavantes ont épuiſe cette
matiere, que je me bornerai à une ſeule
réflexion, dont ceux qui s'appliquent aux
Belles-Lettres, pourront peut-être tirer quelques utilité.

Si Homére a eu des Temples, il s'eſt
trouvé bien des Infidèles qui ſe ſont moc-
qués de ſa Divinité. Il y a eu dans tous
les Siècles des Savans, des *Raiſonneurs*, qui
l'ont traité d'Ecrivain pitoïable, tandis que
d'autres étoient à genoux devant lui.

Ce

Ce Pere de la Poësie est depuis quelque tems un grand sujet de dispute en France, M. Perraut commença la querelle contre M. Despreaux: mais il apporta à ce combat des armes trop inégales ; il composa son Livre du Parallèle des Anciens & des Modernes, où l'on voit un esprit très superficiel, nulle méthode & beaucoup de méprises. Le redoutable M. Despreaux accabla son Adversaire en s'attachant uniquement à relever ses bévûes ; de sorte que la dispute fut terminée par rire aux dépens de Perraut, sans qu'on entamât seulement le fond de la question. M. de la Motte a depuis renouvellé la querelle : il ne savoit pas la Langue Grecque ; mais l'esprit à suppléé en lui, autant qu'il est possible, à cette connoissance. Peu d'Ouvrages sont écrits avec autant d'art, de discrétion & de finesse, que ses Dissertations sur Homére. Madame Dacier, connue par une érudition qu'on eût admirée dans un homme, soutient la cause d'Homére avec l'emportement d'un Commentateur: on eût dit que l'Ouvrage de M. de la Motte étoit d'une femme d'esprit, & celui de Madame Dacier d'un homme savant. L'un, par son ignorance dans la Langue Grecque, ne pouvoit sentir les beautés de l'Auteur qu'il attaquoit ; l'autre, toute remplie de la superstition des Commentateurs, étoit incapable d'appercevoir des défauts dans l'Auteur qu'elle adoroit.

Pour moi, lorsque je lus Homére, & que
je

je vis ces fautes groffiéres qui juſtifient les
Critiques, & ces beautés plus grandes que
fes fautes, je ne pus croire d'abord que le
méme génie eût compofé tous les Chants de
l'Iliade. En effet nous ne connoiſſons parmi les Latins, ni parmi nous, aucun Auteur qui ſoit tombé fi bas, après s'être élevé
fi haut. Le grand Corneille, génie pour
le moins égal à Homére, a fait à la vérité
Pertharite, Surena, Agefilas, après avoir
donné Cinna & Polieuéte; mais Surena &
Pertharite font des fujets encore plus mal
choifis que mal traités. Ces Tragédies font
très-foibles, mais non pas remplies d'abfurdités, de contradictions, & de fautes groffiéres. Enfin j'ai trouvé chez les Anglais
ce que je cherchois, & le paradoxe de la
réputation d'Homére m'a été développé.
Shakefpear leur premier Poëte Tragique,
n'a guères en Angleterre d'autre épithete
que celle de Divin. Je n'ai jamais vu à
Londres la Sale de la Comédie auffi remplie à l'Andromaque de M. Racine, toute bien traduite qu'elle eſt par Mr. Phi-
lipps, ou au Caton de M. Adiffon, qu'aux
anciennes Pièces de Shakefpear. Ces Pièces font des Monftres en Tragédie. Il y
en a qui durent plufieurs années, on y
baptife au premier Aéte le Héros qui
meurt de vieilleſſe au cinquième; on y
voit des Sorciéres, des Païfans, des Yvro-
gnes, des Bouffons, des Foſſoïeurs qui
creufent une foſſe, & qui chantent des
airs

airs à boire en jouant avec des têtes de mort.
Enfin imaginez ce que vous pourrez de plus
monſtrueux & de plus abſurde, vous le
trouverez dans Shakeſpear. Quand je com-
mençois à apprendre la Langue Anglaiſe,
je ne pouvois comprendre comment une
Nation ſi éclairée pouvoit admirer un Auteur ſi extravagant; mais dès que j'eus une
plus grande connoiſſance de la Langue, je
m'apperçus que les Anglais avoient raiſon,
& qu'il eſt impoſſible que toute une Nation
ſe trompe en fait de ſentiment, & ait tort
d'avoir du plaiſir. Ils voioient comme moi
les fautes groſſiéres de leur Auteur favori,
mais ils ſentoient mieux que moi ſes beautés, d'autant plus ſinguliéres, que ce ſont
des éclairs qui ont brillé dans la nuit la plus
profonde. Il y a cent cinquante années
qu'il jouït de ſa réputation. Les Auteurs
qui ſont venus après lui ont ſervi à l'augmenter plutôt qu'ils ne l'ont diminuée. Le
grand ſens de l'Auteur de Caton, & ſes talens
qui en ont fait un Secrétaire d'Etat, n'ont
pu le placer à côté de Shakeſpear: tel eſt
le privilège du véritable génie. Il ſe fait
une route où perſonne n'a marché avant lui,
il court ſans guide, ſans art, ſans règle, il
s'égare dans ſa carriére; mais il laiſſe loin
derriére lui tout ce qui n'eſt que raiſon &
qu'exactitude. Tel à peu près étoit Homére: il a créé ſon Art & l'a laiſſé imparfait,
c'eſt un chaos encore; mais la lumiere y
brille déja de tous côtés.

S   Le

Le Clovis de Demarêts, la Pucelle de Chapelain, ces Poëmes fameux par leur ridicule font à la honte des règles, conduits avec plus de régularité que l'Iliade, comme le Pirame de Pradon eſt plus exact que le Cid de Corneille. Il y a peu de petites Nouvelles où les événemens ne ſoient mieux ménagés, préparés avec plus d'artifice, arrangés avec mille fois plus d'induſtrie que dans Homére. Cependant douze beaux Vers de l'Iliade ſont au-deſſus de la perfection de ces bagatelles, autant qu'un gros Diamant, Ouvrage brute de la Nature, l'emporte ſur des Colifichets de fer ou de léton quelque bien travaillés qu'ils puiſſent être par des mains induſtrieuſes. Le grand mérite d'Homére eſt d'avoir été un Peintre ſublime. Inférieur de beaucoup à Virgile dans tout le reſte, il lui eſt ſupérieur en cette partie. S'il décrit une Armée en marche, *c'eſt un feu dévorant, qui, pouſſé par les Vents, conſume la Terre devant lui :* ſi c'eſt un Dieu qui ſe tranſporte d'un lieu à un autre, il *fait trois pas, & au quatrième il arrive au bout de la Terre.* Quand il décrit la Ceinture de Vénus, il n'y a point de Tableau de l'Albane qui approche de cette peinture riante. Veut-il fléchir la colére d'Achille, il perſonifie les Priéres, *elles ſont Filles du Maître des Dieux, elles marchent triſtement, le front couvert de confuſion, les yeux trempés de larmes, & ne pouvant ſe ſoutenir ſur leurs pieds chancellans, elles ſuivent*

de

*de loin l'Injure, l'Injure altiére qui court sur la
Terre d'un pied leger, levant sa tête audacieu-
se.*

Ceux qui ne peuvent pardonner les fautes
d'Homére en faveur de ces beautés, sont la
plûpart des Esprits philosophiques qui ont
étouffé en eux-mêmes tout sentiment. On
trouve dans les Pensées de Mr. Pascal, qu'il
n'y a point de beauté Poëtique, & *que faute
d'elle on a inventé de grands mots, comme fatal Laurier, bel Aftre, & que c'est cela qu'on
appelle beauté Poëtique* ; que prouve un tel
passage, sinon que l'Auteur parloit de ce
qu'il n'entendoit pas?

Pour juger des Poëtes il faut savoir sentir, il faut être né avec quelques étincelles
du feu qui anime ceux qu'on veut connoître; comme pour décider sur la Musique,
ce n'est pas assez, ce n'est rien même de
calculer en Mathématicien la proportion
des tons, il faut avoir de l'oreille & de
l'ame.

Qu'on ne croye point encore connoître
les Poëtes par les Traductions ; ce seroit
vouloir appercevoir le coloris d'un Tableau
dans une Estampe. Les Traductions aug-
mentent les fautes d'un Ouvrage, & en gâ-
tent les beautés : qui n'a lu que Madame
Dacier n'a point lu Homére: c'est dans le
Grec seul qu'on peut voir le stile du Poëte, plein de négligences extrêmes, mais
jamais affecté, & paré de l'harmonie naturelle de la plus belle Langue qu'ayent ja-

S 2   mais

mais parlé les hommes; enfin on verra Homére lui-méme, qu'on trouvera comme fes
Héros tout plein de défauts , mais fublime.

✻✻✻✻ ✻✻✻✻ ✻✻✻✻ ✻✻✻✻ ✻✻✻✻ ✻✻✻✻ ✻✻✻✻ ✻✻✻

CHAPITRE TROISIE'ME.

VIRGILE.

IL ne faut avoir aucun égard à la Vie de
Virgile qu'on trouve à la tête de plufieurs Éditions des Ouvrages de ce grand
Homme: elle eft pleine de puérilités & de
contes ridicules , on y repréfente Virgile
comme une efpèce de Maquignon & de Fai-
feur de prédictions , qui devine qu'un Pou-
lain qu'on avoit envoïé à Augufte étoit né
d'une Jument malade; & qui, étant interro-
gé fur le fecret de la naiffance de l'Empereur , répond qu'Augufte étoit Fils d'un
Boulanger , parce qu'il n'avoit été jufques-
là récompenfé de l'Empereur qu'en rations
de pain. Je ne fai par quelle fatalité la mémoire des grands Hommes eft prefque toujours défigurée par des contes infipides.

Tenons-nous-en à ce que nous favons
certainement de Virgile. Il nâquit l'an 684.
de la fondation de Rome , dans le Village
d'Andez, à une lieue de Mantoue , fous le
premier Confulat du grand Pompée & de
Craffus. Les Ides d'Octobre qui étoient le
15. de

15. de ce mois, devinrent à jamais fameuses par sa naiſſance. *Octobris Maro conſe-
cravit Idus*, dit Martial. Il ne vécut que
cinquante-deux ans, & mourut à Brindes,
comme il alloit en Grece pour mettre dans
la retraite la derniere main à ſon Enéïde
qu'il avoit été onze ans à compoſer.

Il eſt le ſeul de tous les Poëtes Epiques
qui ait jouï de ſa réputation pendant ſa vie.
Les ſuffrages & l'amitié d'Auguſte, de Me-
cène, de Tucca, de Pollion, d'Horace,
de Gallus, ne ſervirent pas peu, ſans doute, à diriger les jugemens de ſes contempo-
rains, qui peut-être ſans cela ne lui auroient
pas rendu ſi-tôt juſtice. Quoiqu'il en ſoit,
telle étoit la vénération qu'on avoit pour lui
à Rome, qu'un jour comme il vint paroître au Théâtre, après qu'on y eut recité
quelques-uns de ſes Vers, tout le Peuple ſe
leva avec des acclamations, honneur qu'on
ne rendoit alors qu'à l'Empereur.

Il étoit né d'un caractère doux, modeſte,
& même timide. Il ſe déroboit très-ſou-
vent, en rougiſſant, à la multitude qui ac-
couroit pour le voir. Il étoit embarraſſé de
ſa gloire, ſes mœurs étoient ſimples, il né-
gligeoit ſa perſonne & ſes habillemens; mais
cette négligence étoit aimable. Il faiſoit
les délices de ſes Amis par cette ſimplicité
qui s'accorde ſi bien avec le génie, & qui
ſemble être donnée aux véritablement
grands Hommes pour adoucir l'envie.

Comme les talens ſont bornés, & qu'il
n'arri-

n'arrive presque jamais qu'on touche aux deux extrémités à la fois, il n'étoit plus le même lorsqu'il écrivoit en Prose. Sénéque le Philosophe nous apprend que Virgile n'avoit pas mieux réussi en Prose que Cicéron en Vers. Si cela est, le Poëte a eu un mérite que l'Orateur n'avoit point : c'étoit de connoître sa portée, du moins Virgile n'a-t-il point laissé après lui de mauvaise Prose ; au lieu que nous avons des Vers de Cicéron qui font honte à sa mémoire.

Horace & lui furent comblés de biens par Auguste. Cet heureux Tyran savoit bien qu'un jour sa réputation dépendroit d'eux : aussi est-il arrivé que l'idée que ces deux grands Ecrivains nous ont donnée d'Auguste, a effacé l'horreur de ses proscriptions ; ils nous font aimer sa mémoire, ils ont fait, si j'ose le dire, illusion à toute la Terre.

Virgile mourut assez riche pour laisser des sommes considérables à Tucca, à Varius, à Mecenas & à l'Empereur même. On sait qu'il ordonna par son Testament que l'on brûlât son Enéïde, dont il n'étoit point satisfait ; mais on se donna bien de garde d'obéïr à sa derniere volonté. Nous avons encore les Vers qu'Auguste composa au sujet de cet ordre que Virgile avoit donné en mourant ; ils sont beaux, & semblent partir du cœur.

Er-

Ergone supremis potuit vox improba verbis
Tam dirum mandare nefas, ergo ibit in ignes
Magnaque doctiloqui morietur Musa Maronis, &c.

Cet Ouvrage que l'Auteur avoit condamné aux flammes est encore avec ses défauts le plus beau Monument qui nous reste de toute l'Antiquité. Virgile tira le sujet de son Poëme des Traditions fabuleuses, & & sur l'arrivée & l'établissement d'Enée en Italie, que la Superstition populaire avoit transmises jusqu'à lui, à peu près comme Homére avoit fondé son Iliade sur la Tradition du Siège de Troye ; car en vérité il n'est pas croïable qu'Homère & Virgile se soient soumis par avance à cette règle bizarre que le Pere le Bossu a prétendu établir ; c'est de choisir son sujet avant ses personnes, & de disposer toutes les actions qui se passent dans le Poëme avant que de savoir à qui on les attribuera. Cette règle peut avoir lieu dans la Comédie qui n'est qu'une représentation des ridicules du Siècle, ou dans un Roman frivole qui n'est qu'un tissu de petites intrigues, lesquelles n'ont besoin ni de l'autorité de l'Histoire, ni du poids d'aucun nom célèbre.

Les Poëtes Epiques au contraire, sont obligés de choisir un Héros connu, dont le nom seul puisse imposer au Lecteur, & un point d'Histoire qui soit par lui-même intéressant. Tout Poëte Epique qui suivra la règle de le Bossu, sera sûr de n'être ja-

mais

mais lu ; mais heureusement il est impossi-
ble de la suivre : car si vous tirez votre sujet tout entier de votre imagination, & que
vous cherchiez ensuite quelque événement
dans l'Histoire pour l'adapter à votre Fable,
toutes les Annales de l'Univers ne pourroient pas vous fournir un événement entiérement conforme à votre plan : il faudra
de nécessité que vous altériez l'un pour le
faire quadrer avec l'autre ; & y a-t-il rien
de plus ridicule que de commencer à bâtir
pour être ensuite obligé de détruire?

Virgile rassembla donc dans son Poëme
tous ces différens materiaux qui étoient
épars dans plusieurs Livres , & dont on
peut voir quelques-uns dans Denis d'Halicarnasse. Cet Historien trace exactement
le cours de la Navigation d'Enée, il n'oublie ni la fable des Harpies , ni les prédictions de Céleno , ni le petit Ascagne qui
s'écrie que les *Troyens ont mangé leurs assiet-
tes* , *&c.* Pour ce qui est de la métamor-
phose des Vaisseaux d'Enée en Nymphes ,
Denis d'Halicarnasse n'en parle point: Virgile lui-même prend soin de nous avertir,
que ce conte étoit une ancienne tradition.

Prisca fides facto, sed fama perennis.

Il semble qu'il ait eu honte de cette fable puérile, & qu'il ait voulu se l'excuser à
lui-même en se rappellant la créance publique.

que. Si l'on confideroit dans cette vûe plufieurs endroits de Virgile qui choquent au
premier coup d'œil , on feroit moins prompt
à le condamner.

N'eft-il pas vrai que nous permettrions
à un Auteur Français, qui prendroit Clovis
pour fon Héros , de parler de la Sainte Am-
poule qu'un Pigeon apporta du Ciel dans la
Ville de Rheims pour oindre le Roi, & qui
fe conferve encore avec foi dans cette Ville? Un Anglais qui chanteroit le Roi Ar-
thur, n'auroit-il pas la liberté de parler de
l'Enchanteur Merlin ? Tel eft le fort de
toutes ces anciennes Fables où fe perd l'o-
rigine de chaque Peuple, qu'on refpecte leur
antiquité dans le même-tems qu'on rit de
leur abfurdité. Après tout quelque excu-
fable qu'on foit de mettre en œuvre de pareils contes, je penfe qu'il faudroit mieux
les rejetter entiérement ; un feul Lecteur
fenfé que ces faits rebutent , mérite plus
d'être ménagé qu'un Vulgaire ignorant qui
les croit.

A l'égard de la conftruction de fa Fable,
Virgile eft blâmé par quelques Critiques ,
& loué par d'autres de s'être affervi à imiter Homére. Pour moi, fi j'ofe hazarder mon
fentiment , je penfe qu'il ne mérite ni ces
reproches, ni ces louanges. Il ne pouvoit
éviter de mettre fur la Scène les Dieux d'Homére qui étoient auffi les fiens, & qui felon
la tradition avoient eux-mêmes guidé Enée
en Italie. Mais affûrément il les fait agir

S 5   avec

avec plus de jugement que le Poëte Grec. Il parle comme lui du Siège de Troye; mais j'ose dire qu'il y a plus d'art, & des beautés plus touchantes dans la Description que fait Virgile de la prise de cette Ville, que dans toute l'Iliade d'Homére. On nous crie que l'épisode de Didon est d'après celui de Circé & de Calipso, qu'Enée ne descend aux Enfers qu'à l'imitation d'Ulisse. Le Lecteur n'a qu'à comparer ces prétendues Copies avec l'Original supposé, il y trouvera une prodigieuse différence. *Homére a fait Virgile*, dit-on : si cela est, c'est sans doute son plus bel Ouvrage.

Il est bien vrai que Virgile a emprunté du Grec quelques comparaisons, quelques descriptions, dans lesquelles même pour l'ordinaire il est au-dessous de l'Original : quand Virgile est grand, il est lui-même; s'il bronche quelquefois, c'est lorsqu'il se plie à suivre l'allure d'un autre.

J'ai entendu souvent reprocher à Virgile de la stérilité dans l'invention. On le compare à ces Peintres qui ne savent point varier leurs figures. Voyez, dit-on, quelle profusion de caractères Homére a jetté dans son Iliade. Au lieu que dans l'Enéïde, le fort Cloanthe, le brave Gias, & le fidèle Achate, sont des personnages insipides, des domestiques d'Enée & rien de plus, dont les noms ne servent qu'à remplir quelques Vers. Cette remarque me paroît juste ; mais j'ose dire qu'elle tourne à l'avantage

de

de Virgile. Il chante les actions d'Enée, & Homére l'oifiveté d'Achille. Le Poëte Grec étoit dans la néceffité de fuppléer à l'abfence de fon principal Héros, & comme fon talent étoit de faire des Tableaux plutôt que d'ourdir avec art la trame d'une fable intereffante, il a fuivi l'impulfion de fon génie en repréfentant avec plus de force que de choix des caractères éclatans, mais qui ne touchent point.

Virgile au contraire fentoit qu'il ne falloit point affoiblir fon principal Perfonnage, & le perdre dans la foule. C'eft au feul Enée qu'il a voulu, & qu'il a du nous attacher, auffi ne nous le fait-il jamais perdre de vûe. Toute autre méthode auroit gâté fon Poëme.

M. de Saint-Evremont dit qu'Enée eft plus propre à être Fondateur d'un Ordre de Moines que d'un Empire. Il eft vrai qu'Enée paffe auprès de bien des gens, plutôt pour un dévot que pour un guerrier; mais leur préjugé vient de la fauffe idée qu'ils ont du courage. Ils ont les yeux éblouïs de la fureur d'Achille, ou des exploits gigantefques des Héros de Roman.

Si Virgile avoit été moins fage, fi au lieu de repréfenter le courage calme d'un Chef prudent, il avoit peint la témérité emportée d'Ajax & de Diomede, qui combattent contre des Dieux, il auroit plû davantage à ces Critiques, mais il mériteroit
peut-

peut-être moins de plaire aux hommes fen-
fés.

Je viens à la grande & univerfelle objec-
tion que l'on fait contre l'Enéïde. Les fix
derniers Chants, dit-on, font indignes des
fix premiers. Mon admiration pour ce grand
Génie ne me ferme point les yeux fur ce
défaut, je fuis perfuadé qu'il le fentoit lui-
même, & que c'étoit la vraie raifon pour
laquelle il avoit eu deffein de brûler fon Ouvrage. Il n'avoit voulu reciter à Augufte
que le premier, le fecond, le quatrième &
le fixième Livre, qui font effectivement la
plus belle partie de l'Enéïde. Il n'eft point
donné aux hommes d'être parfaits. Virgile
a épuifé tout ce que l'imagination a de plus
grand dans la defcente d'Énée aux Enfers;
il a dit tout au cœur dans les amours de Didon. La terreur & la compaffion ne peuvent aller plus loin que dans la Defcription
de la ruïne de Troye. De cette haute élévation, où il étoit parvenu au milieu de
fon vol, il ne pouvoit guères que defcendre. Le projet du mariage d'Enée avec
Lavinie qu'il ne connoît pas, ne fauroit
nous intereffer après les amours de Didon.
La guerre contre les Latins, commencée
à l'occafion d'un Cerf bleffé, ne peut que
refroidir l'imagination que la ruïne de Troye
a échauffée. Il eft bien difficile de s'élever
quand le fujet baiffe ; cependant il ne faut
pas croire que les fix derniers Chants de
l'Enéïde foient fans beautés : il n'y en a
aucun

aucun où vous ne reconnoiffiez Virgile. Ce que la force de fon Art a tiré de ce terrain ingrat eft prefque incroïable. Vous voyez par-tout la main d'un homme fage qui lutte contre les difficultés : il difpofe avec choix tout ce que la brillante imagination d'Homére avoit répandu avec une profufion fans règle.

Pour moi s'il m'eft permis de dire ce qui me bleffe davantage dans les fix derniers Livres de l'Enéïde, c'eft qu'on eft tenté en les lifant de prendre le parti de Turnus contre Enée. Je vois en la perfonne de Turnus un jeune Prince paffionnément amoureux, prêt à époufer une Princeffe qui n'a point pour lui de répugnance ; il eft favorifé dans fa paffion par la mere de Lavinie qui l'aime comme fon fils. Les Latins & les Rutules defirent également ce mariage, qui femble devoir affûrer la tranquillité publique, le bonheur de Turnus , celui d'Amate, & même de Lavinie. Au milieu de ces douces efpérances , lorfqu'on touche au moment de tant de félicités, voici qu'un Etranger, un Fugitif, arrive des Côtes d'Afrique. Il envoye une Ambaffade au Roi Latin pour obtenir un azile , le bon vieux Roi commence par lui offrir fa Fille, qu'Enée ne demandoit pas : de-là s'enfuit une guerre cruelle, Turnus en combattant pour fa Maîtreffe eft tué impitoïablement par Enée , la mere de Lavinie au defefpoir fe donne la mort, & le foible Roi Latin pendant

dant tout ce tumulte ne fait ni refufer , ni
accepter Turnus pour fon gendre , ni faire
la guerre ni la paix. Il fe retire au fond
de fon Palais , laiffant Turnus & Enée fe
battre pour fa Fille , fûr d'avoir un gendre
quoi qu'il arrive. Il eût été aifé, me femble,
de remédier à ce grand défaut : il falloit
peut-être qu'Enée eût à délivrer Lavinie
d'un Ennemi , plutôt qu'à combattre un
jeune & aimable Amant qui avoit tant de
droits fur elle , & qu'il fecourût le vieux
Roi Latinus , au lieu de ravager fon Païs:
il a trop de l'air du Ravifleur de Lavinie.
J'aimerois qu'il en fût le Vengeur, je vou-
drois qu'il eût un Rival que je puffe haïr,
afin de m'intereffer au Héros davantage.
Une telle difpofition eût été une fource de
beautés nouvelles. Le Pere & la mere de
Lavinie, cette jeune Princeffe même, euf-
fent eu des perfonnages plus convenables à
jouer. Mais ma préfomption va trop loin,
ce n'eft point à un jeune Peintre à ofer reprendre les défauts d'un Raphaël , & je ne
puis pas dire comme le Correge *fon pittor
anche io.*

CHA-

CHAPITRE QUATRIE'ME.

LUCAIN.

APRE's avoir levé nos yeux vers Homére & Virgile, il est inutile de les arrèter sur leurs Copistes. Je passerai sous silence Statius, & Silius Italicus, l'un foible, l'autre monstrueux imitateur de l'Iliade & de l'Enéïde ; mais il ne faut pas obmettre Lucain, dont le génie original a ouvert une route nouvelle. Il n'a rien imité, il ne doit à personne ni ses beautés, ni ses défauts, & mérite par-là seul une attention particuliére.

Lucain étoit d'une ancienne Maison de l'Ordre des Chevaliers : il nâquit à Cordoue en Espagne sous l'Empereur Caligula. Il n'avoit encore que huit mois lorsqu'on l'amena à Rome, où il fut élevé dans la Maison de Sénéque son Oncle. Ce fait suffit pour imposer silence à des Critiques qui ont révoqué en doute la pureté de son langage. Ils ont pris Lucain pour un Espagnol qui a fait des Vers Latins. Trompés par ce préjugé, ils ont cru trouver dans son stile des Barbarismes qui n'y sont point, & qui, supposé qu'ils y fussent, ne peuvent assûrément ètre apperçus par aucun Moderne.

Il fut d'abord Favori de Néron, jufqu'à ce qu'il eut la noble imprudence de difputer avec lui le prix de la Poëfie, & le dangereux honneur de le remporter. Le fujet qu'ils traiterent tous deux étoit *Orphée*. La hardieffe qu'eurent les Juges de déclarer Lucain vainqueur, eft une preuve bien forte de la liberté dont on jouïffoit dans les premieres années de ce Régne.

Tandis que Néron fit les délices des Romains, Lucain crut pouvoir lui donner des éloges, il le loua même avec trop de flatterie, & en cela feul il a imité Virgile, qui avoit eu la foibleffe de donner à Augufte un encens que jamais un homme ne doit donner à un autre homme, tel qu'il foit.

Néron démentit bien-tôt les louanges outrées dont Lucain l'avoit comblé. Il força Sénéque à confpirer contre lui, Lucain entra dans cette fameufe conjuration, dont la découverte coûta la vie à trois cens Romains du premier rang. Etant condamné à la mort il fe fit ouvrir les veines dans un Bain chaud, & mourut en recitant des Vers de fa Pharfale, qui exprimoient le genre de mort dont il expiroit.

Il ne fut pas le premier qui choifit une Hiftoire récente pour le fujet d'un Poëme Epique. Varius, contemporain, ami, & rival de Virgile, mais dont les Ouvrages ont été perdus, avoit exécuté avec fuccès cette dangereufe entreprife.

La proximité des tems, la notorieté publique

blique de la Guerre Civile, le Siècle éclairé, politique, & peu superstitieux, où vivoient César & Lucain, la solidité de son
sujet, ôtoient à son génie toute liberté d'invention fabuleuse.

La grandeur véritable des Héros réels
qu'il falloit peindre d'après nature, étoit
une nouvelle difficulté. Les Romains du
tems de César, étoient des personnages
bien autrement importans que Sarpedon,
Diomede, Mezence, & Turnus. La Guerre de Troye étoit un jeu d'enfans en comparaison des Guerres Civiles de Rome, où
les plus grands Capitaines, & les plus puissans hommes qui ayent jamais été, dispu-
toient de l'Empire de la moitié du Monde
connu.

Lucain n'a osé s'écarter de l'Histoire :
par-là il a rendu son Poëme sec & aride. Il
a voulu suppléer au défaut d'invention par
la grandeur des sentimens ; mais il a caché
trop souvent sa sécheresse sous de l'enflure.
Ainsi il est arrivé qu'Achille & Enée, qui
étoient peu importans par eux-mêmes, sont
devenus grands dans Homére & dans Virgile, & que César & Pompée sont petits
dans Lucain.

Il n'y a dans son Poëme aucune description brillante comme dans Homére. Il n'a
point connu comme Virgile l'art de narrer,
& de ne rien dire de trop ; il n'a ni son élégance, ni son harmonie. Mais aussi vous
trouvez dans la Pharsale des beautés, qui ne

T   sont

font ni dans l'Iliade, ni dans l'Enéïde. Au milieu de fes déclamations empoulées , il y a de ces penfées mâles & hardies, de ces maximes politiques dont Corneille eft rempli ; quelques-uns de fes Difcours ont la majefté de ceux de Tite-Live, & la force de Tacite. Il peint comme Salufte , en un mot, il eft grand par-tout où il ne veut point être Poëte. Une feule ligne telle que celle-ci , en parlant de Céfar, *Nil actum reputans fi quid fupereffet agendum* , vaut bien affûrémens une defcription Poëtique.

Virgile & Homére avoient fort bien fait d'amener les Divinités fur la Scène. Lucain a fait tout auffi-bien de s'en paffer. Jupiter, Junon, Mars , Vénus , étoient des embelliffemens néceffaires aux actions d'Enée & d'Agamemnon. On favoit peu de chofe de ces Héros fabuleux , ils étoient comme ces Vainqueurs des Jeux Olympiques que Pindare chantoit , & dont il n'avoit prefque rien à dire. Il falloit qu'il fe jettât fur les louanges de Caftor, de Pollux, & d'Hercule. Les foibles commencemens de l'Empire Romain avoient befoin d'être relevés par l'intervention des Dieux ; mais Céfar, Pompée , Caton , Labienus, vivoient dans un autre Siècle qu'Enée: les Guerres Civiles de Rome étoient trop férieufes pour ces jeux d'imagination. Quel rôle Céfar joueroit-il dans la Plaine de Pharfale, fi Iris venoit lui apporter fon Epée, ou fi Vénus defcen-

defcendoit dans un nuage d'or à fon fecours.

Ceux qui prennent les commencemens
d'un Art pour les Principes de l'Art même,
font perfuadés qu'un Poëme ne fauroit fub-
fifter fans Divinités, parce que l'Iliade en
eft pleine, mais ces Divinités font fi peu
effentielles au Poëme, que le plus bel endroit qui foit dans Lucain, & peut-être
dans aucun Poëte, eft le difcours de Caton, dans lequel ce Stoïque ennemi des
Fables, refufe d'entrer feulement dans le
Temple de Jupiter Hammon. Je me fers
de la Traduction de M. de Brebeuf.

Laiffons, laiffons, dit-il, un fecours fi honteux
A ces ames qu'agite un avenir douteux.
Pour être convaincu que la vie eft à plaindre,
Que c'eft un long combat dont l'iffue eft à craindre,
Qu'une mort glorieufe eft préférable aux fers,
Je ne confulte point les Dieux ni les Enfers.
Alors que du Néant nous paffons jufqu'à l'Etre,
Le Ciel met dans nos cœurs tout ce qu'il faut connoître,
Nous trouvons Dieu par-tout, par-tout il parle à nous.
Nous favons ce qui fait, ou détruit fon courroux.
Et chacun porte en foi ce confeil falutaire,
Si le charme des Sens ne le force à fe taire:
Penfez-vous qu'à ce Temple un Dieu foit limité?
Qu'il ait dans ces Deferts caché la Vérité?
Faut-il d'autre féjour à ce Monarque augufte,
Que les Cieux, que la Terre, & que le cœur du Jufte?
C'eft lui qui nous foutient, c'eft lui qui nous conduit,
C'eft fa main qui nous guide, & fon feu qui nous luit;
Tout ce que nous voyons eft cet Etre fuprême, &c.

C'eft

C'eſt bien aſſez, Romains, de ces vives leçons,
Qu'il grave dans notre ame au point que nous naiſſons.
Si nous n'y ſavons pas lire nos avantures,
Percer avant le tems dans les choſes futures,
Loin d'appliquer en vain nos ſoins à le chercher,
Ignorons ſans douleur ce qu'il veut nous cacher.

Ce n'eſt donc point pour n'avoir pas fait uſage du miniſtère des Dieux; mais pour avoir ignoré l'Art de bien conduire les affaires des Hommes, que Lucain eſt ſi inférieur à Virgile. Faut il qu'après avoir peint Céſar, Pompée, Caton, avec des traits ſi forts, il ſoit ſi foible quand il les fait agir! Ce n'eſt preſque plus qu'une Gazette pleine de déclamations; il me ſemble que je vois un Portique hardi & immenſe, qui me conduit à des ruïnes.

C H A-

❀❀❀❀❀❀❀❀❀❀

CHAPITRE CINQUIÈME.

LE TRISSIN.

APRE`S que l'Empire Romain eut été détruit par les Barbares , plufieurs Langues fe formerent des débris du Latin; comme plufieurs Royaumes s'éleverent fur les ruïnes de Rome , les Conquérans porterent dans tout l'Occident leur barbarie & leur ignorance. Tous les Arts périrent, & lorfqu'après huit cens ans, ils commencerent à renaître, ils renâquirent Goths & Vandales. Ce qui nous refte malheureufement de l'Architecture & de la Sculpture de ces tems-là, eft un compofé bizarre de groffiéreté, & de colifichets. Le peu qu'on écrivoit , étoit dans le même goût. Les Moines conferverent la Langue Latine pour la corrompre, les Francs, les Vandales , les Lombards , mêlerent à ce Latin corrompu leur Jargon irrégulier & ftérile, enfin la Langue Italienne, comme la Fille aînée de la Latine , fe polit la premiere, enfuite l'Efpagnole , puis la Françaife & l'Anglaife fe perfectionnerent.

La Poëfie fut le premier Art qui fut cultivé avec fuccès. Dante & Pétrarque écrivirent dans un tems où l'on n'avoit pas encore un Ouvrage de Profe fupportable,

chofe

chose étrange que presque toutes les Nations du Monde aïent eu des Poëtes avant
que d'avoir aucune autre sorte d'Ecrivains.
Homére fleurit chez les Grecs plus d'un siècle avant qu'il parût un Historien. Les
Cantiques de Moïse sont le plus ancien Monument des Hébreux. On a trouvé des
Chansons chez les Caraïbes qui ignoroient
tous les Arts.

Les Barbares des Côtes de la Mer Balti-
que avoient leurs fameuses Rimes Runi-
ques, dans le tems qu'ils ne savoient pas
lire, ce qui prouve en passant que la Poësie est plus naturelle aux hommes qu'on ne
pense.

Quoi qu'il en soit, le Tasse étoit encore
au berceau lorsque le Trissin Auteur de la
fameuse *Sophonisbe*, la premiere Tragédie écrite en Langue vulgaire, entreprit un
Poëme Epique. Il prit pour son sujet l'Italie délivrée des Goths par Belizaire sous
l'Empire de Justinien. Son plan est sage
& régulier, mais la Poësie de stile y est
foible. Toutefois l'Ouvrage réussit, &
cette Aurore du bon goût brilla pendant
quelque-tems, jusqu'à ce qu'elle fût ab-
sorbée dans le grand jour qu'apporta le
Tasse.

Le Trissin étoit un homme d'un savoir
très-étendu, & d'une grande capacité. Léon
X. l'employa dans plus d'une affaire impor-
tante. Il fut Ambassadeur de Charles-
Quint; mais enfin il sacrifia son ambition,

&

& la prétendue folidité des affaires publiques à fon goût pour les Lettres, bien différent en cela de quelques hommes célèbres
que nous avons vus quitter, & même mé-
prifer les Lettres, après avoir fait fortune
par elles. Il étoit avec raifon charmé des
beautés qui font dans Homére, & cependant fa grande faute eft de l'avoir imité, il
en a tout pris hors le génie. Il s'appuie
fur Homére pour marcher, & tombe en
voulant le fuivre. Il faut bien de l'adreffe
pour cueillir & pour affembler les fleurs des
Anciens, elles fe fanent entre des mains ordinaires.

Le Triffin, par exemple, a copié ce bel
endroit d'Homére, où Junon, parée de la
Ceinture de Vénus, dérobe à Jupiter des
careffes qu'il n'avoit pas coutume de lui
faire.

La femme de l'Empereur Juftinien a les
mêmes vûes fur fon époux dans l'*Italia Li-*
berata. ,, Elle commence par fe baigner
,, dans fa belle chambre, elle met une che-
,, mife blanche, & après une longue énu-
,, mération de tous les affiquets d'une toi-
,, lette, elle va trouver l'Empereur qui eft
,, affis fur un gazon dans un petit Jardin,
,, elle lui fait une menterie avec beaucoup
,, d'agaceries, & enfin Juftinien *le diede un*
,, *bacio.*

Suave, e le gettò le braccia all collo,
E ella ftette, e forridendo diffe:

Signor

Signor mio dolce hor che volete fare?
Che se veniffe alguno in queſto luogo,
E ci vedeſſe, havrei tanta vergogna,
Che più non ardirei levar la fronte.
Entriamo nelle noſtre uſate ſtanze
Chiudamo li uſci, e ſopra il voſtro letto
Ponianci, e fate poi quel che vi piace.
L Imperador riſpoſe; alma mia vita,
Non dubitate della viſta altrui:
Che qui non puo venir perſona humana,
Se non per la mia ſtanza: E io la chiuſi,
Come qui venni, e ho la chiave a canto,
E penſo che ancor vi chiudeſte l'uſcio.
Che vien in eſſo de le ſtanze voſtre.
Perche giamai non lo laſciaſte aperto.
E detto queſto, ſubito abbracciolla.
Poi ſe colcar ne la minuta herbetta,
La quale allegra li fioriva d'intorno, &c.

„ L'Empereur lui donna un doux baiſer,
„ & lui jetta les bras au col, elle s'arrêta,
„ & lui dit en ſouriant, mon doux Sei-
„ gneur, que voulez-vous faire? ſi quel-
„ qu'un entroit ici & nous découvroit, je
„ ſerois ſi honteuſe que je n'oſerois plus
„ lever les yeux: Allons dans notre appar-
„ tement, fermons les portes, mettons-
„ nous ſur le lit, & puis faites ce que vous
„ voudrez. L'Empereur lui répondit, ma
„ chere Ame, ne craignez point d'être
„ apperçue, perſonne ne peut entrer ici
„ que par ma chambre, je l'ai fermée, &
„ j'en ai la clef dans ma poche. Je préſu-
„ me que vous avez auſſi fermé la porte
„ de

„ de votre appartement qui entre dans le
„ mien : car vous ne le laiffez jamais ou-
„ vert. Après avoir ainfi parlé il l'em-
„ braffe & la jette fur l'herbe tendre,
„ qui femble partager leurs plaifirs, &
„ qui fe couronne de fleurs ". Ainfi ce
qui eft décrit noblement dans Homére devient auffi bas & auffi dégoûtant dans le
Triffin, que les careffes d'un mari & d'u-
ne femme devant le monde.

Le Triffin femble n'avoir copié Homére que dans le détail des defcriptions : il
eft très-éxaɛt à peindre les habillemens
& les meubles de fes Héros ; mais il ne
dit pas un mot de leurs caraɛtères.

Cependant je ne fais pas mention de
lui uniquement pour remarquer fes fautes ; mais pour lui donner l'éloge qu'il
mérite d'avoir été le premier Moderne
qui ait fait un Poëme Épique régulier &
fenfé, quoique foible, & qui ait ofé fe-
couer le joug de la rime. De plus, il
eft le feul des Poëtes Italiens dans lequel
il n'y ait ni jeux de mots, ni pointes, &
celui de tous qui a le moins introduit d'En-
chanteurs & de Héros enchantés dans fes
Ouvrages, ce qui n'étoit pas un petit
mérite.

C H A-

CHAPITRE SIXIÈME.

LE CAMOUENS.

Tandis que le Triffin en Italie fuivoit d'un pas timide & foible les traces des Anciens, le Camouens en Portugal ouvroit une carriére toute nouvelle, & s'acquéroit une réputation qui dure encore parmi fes Compatriotes qui l'appellent le Virgile Portugais.

Camouens d'une ancienne Famille Portugaife nâquit en Efpagne fous le Régne célèbre de Ferdinand & d'Ifabelle, tandis que Jean Second régnoit en Portugal: après la mort de Jean II. il vint à la Cour de Lisbonne, la premiere année du Régne d'Emmanuel le *Grand*, héritier du Trône & des grands deffeins du Roi Jean ; c'étoient alors les beaux jours du Portugal, & le tems marqué pour la gloire de cette Nation.

Emmanuel déterminé à fuivre le projet qui avoit échoué tant de fois de s'ouvrir une route aux Indes Orientales par l'Océan, fit partir en 1497. Velafco de Gama avec une Flote pour cette fameufe entreprife ; qui étoit regardée comme téméraire & impraticable, parce qu'elle étoit nouvelle.

Velafco de Gama & ceux qui eurent la hardieffe de s'embarquer avec lui, pafferent pour des infenfés qui fe facrifioient de gaïe-
té

té de cœur. Ce n'étoit qu'un cri dans la Ville contre le Roi: tout Lisbonne vit partir avec indignation & avec larmes ces Avanturiers, & les pleura comme morts; cependant l'entreprise réuſſit, & fut le premier fondement du Commerce que l'Europe fait aujourd'hui avec les Indes par l'Océan.

Camouens qui étoit intime ami de Velaſco de Gama, s'embarqua avec lui malgré les inſtances de toute ſa famille, entraîné par ſon amitié & par cette curioſité inſéparable d'une grande imagination, ſurtout dans la jeuneſſe. Son voïage lui parut un ſujet digne d'un Poëme Epique: il goûta le plaiſir ſenſible & inconnu à ſes prédéceſſeurs, de célébrer ſon ami, & de chanter ce qu'il avoit vu lui-même. Il compoſa ſon Poëme, partie ſur l'Océan Atlantique, & partie ſur la Mer des Indes. A ſon retour ſon Vaiſſeau échoua contre les Côtes de Malabar, Camouens gagna le rivage, nageant d'une main & tenant dans l'autre ſon Poëme déja preſque achevé.

Un ſujet ſi nouveau, traité par un génie auſſi vif que le Camouens, ne pouvoit que produire une nouvelle eſpéce d'Epopée. Le fond de ſon Poëme n'eſt ni une guerre, ni une querelle de Héros, ni le Monde en armes pour une femme; c'eſt un nouveau Païs découvert à l'aide de la Navigation.

Voici comme il débute: ,, Je chante ,, ces hommes au-deſſus du Vulgaire, qui ,, des

„ des rives Occidentales de la Lufitanie,
„ portés fur des Mers qui n'avoient point
„ encore vu de Vaiffeaux, allerent éton-
„ ner la Trapobane de leur audace : eux
„ dont le courage patient à fouffrir des tra-
„ vaux au delà des forces humaines, éta-
„ blit un nouvel Empire fous un Ciel incon-
„ nu & fous d'autres Etoiles. Qu'on ne
„ vante plus les Voïages du fameux Troyen,
„ qui porta fes Dieux en Italie, ni ceux
„ du fage Grec qui revit Itaque après vingt
„ ans d'abfence, ni ceux d'Aléxandre cet
„ impétueux Conquérant. Difparoiffez
„ Drapeaux que Trajan déployoit fur les
„ frontieres de l'Inde. Voici un homme
„ à qui Neptune a abandonné fon Tri-
„ dent : voici des travaux qui furpaffent
„ tous les vôtres.
     „ Et vous, Nymphes du Tage, fi ja-
„ mais vous m'avez infpiré des fons doux
„ & touchans, fi j'ai chanté les Bords de
„ votre aimable Fleuve, donnez-moi au-
„ jourd'hui des accens fiers & hardis, qu'ils
„ ayent la force & la clarté de votre cours,
„ qu'ils foient purs comme vos ondes, &
„ que deformais le Dieu des Vers préfére
„ vos eaux à celles de la Fontaine facrée.
     Delà le Poëte conduit la Flote Portugai-
fe à l'Embouchure du Gange, décrit en paffant les Côtes Occidentales, le Midi & l'O-
rient de l'Afrique, & les différens Peuples
qui vivent fur cette Côte ; il entreméle a-
vec art l'Hiftoire du Portugal. On y voit
                                        dans

dans le troifième Chant la mort de la célèbre Inès de Caftro, époufe du Roi Don Pe-
dre, dont l'avanture déguifée a été jouée
depuis peu fur le Théâtre de Paris; c'eft à
mon gré le plus beau morceau du Camouens,
il y a peu d'endroits dans Virgile plus at-
tendriffans & mieux écrits.

La fimplicité du Poëme eft rehauffée par
des fictions auffi neuves que le fujet: en
voici une qui, je l'ofe dire, doit réuffir dans
tous les tems, & chez toutes les Nations.

Lorfque la Flote eft prête à doubler le
Cap de Bonne Efpérance, appellé alors le
Promontoire des Tempêtes, on apperçut
tout à coup un formidable objet: c'eft un
perfonnage qui s'éleve du fond de la Mer.
Sa tète touche aux nues, les tempêtes, les
vents, les tonnerres font autour de lui: fes
bras s'étendent au loin fur la furface des
eaux: ce Monftre, ou ce Dieu, eft le gardien
de cet Océan, dont aucun Vaiffeau n'avoit
encore fendu les flots; il menace la Flote,
il fe plaint de l'audace des Portugais qui
viennent lui difputer l'Empire de ces Mers,
il leur annonce toutes les calamités qu'ils
doivent effuyer dans leur entreprife. Cela
eft grand en tout Païs fans doute.

Voici une autre fiction qui eft extrêmement du goût des Portugais, & qui me paroît conforme au génie Italien; c'eft une
Ifle enchantée, appellée l'Ifle du Bonheur,
laquelle s'éleve du fond de la Mer pour le
rafraîchiffement de Velafco de Gama & de
fa

sa Flote. Cette Isle a servi, dit-on, de modèle à l'Isle d'Armide décrite quelques années après par le Tasse.

Là une Divinité répand avec profusion tout ce qui peut flatter les desirs de l'homme. Cette Déesse amoureuse de Velasco de Gama le transporte sur une haute Montagne, qui est l'endroit le plus délicieux de l'Isle, & de-là lui montre tous les Royaumes de la Terre, & lui prédit les destinées du Portugal.

Camouens après s'être abandonné sans reserve à la description voluptueuse de cette Isle, & des plaisirs où les Portugais sont plongés, s'avise d'informer le Lecteur que toute cette fiction ne signifie autre chose que le plaisir qu'un honnête homme sent à faire son devoir.

Il y a dans la Lusiade une autre espèce de fiction qui régne dans tout le Poëme, & qui ne peut être excusée en aucun Païs du Monde.

C'est un mêlange déraisonnable des Dieux du Paganisme avec la Religion Chrétienne. Velasco dans une tempête adresse ses prieres à Jésus-Christ, & Vénus vient à son secours ; Bacchus & la Vierge Marie se rencontrent ensemble. Le principal but des Portugais après l'établissement de leur Commerce, est la propagation de la Foi; cependant c'est Jupiter & Vénus qui sont chargés du succés de l'entreprise. Un merveilleux si mal assorti défigure tout l'Ouvrage.

vrage. Il femble que ce grand défaut eût
du faire tomber ce Poême ; mais la Poëfie
du ftile & l'imagination dans l'expreffion
l'ont foutenu, de même que les beautés de
l'exécution ont placé Paul Veronèfe parmi
les grands Peintres, quoiqu'il ait mis des
Gardes Suiffes, des Peres Bénédictins, des
armes à feu, dans des fujets de l'Ancien
Teftament, & qu'il ait toujours péché contre la coutume.

Il faut avouer que le Camouens tombe
dans des abfurdités étranges. Je me fouviens qu'après que Velafco a raconté fes
avantures au Roi de Melinde, il lui dit : ô
Roi, juge fi Uliffe & Enée ont voïage auffi
loin que moi, & couru autant de périls ;
comme fi un barbare Africain des Côtes de
Zanquebar avoit entendu parler d'Homére
& de Virgile. Ces bévûes reviennent affez fouvent, & cela feul prouve que l'Ouvrage eft plein de très-grandes beautés,
puifqu'il fait depuis plus de deux cens ans
les délices d'une Nation fpirituelle, qui
certainement en connoît les fautes.

CHA-

◆◆◆◆◆◆◆◆◆◆◆◆◆◆◆◆◆◆◆◆◆◆◆◆◆◆

CHAPITRE SEPTIÉMÉ.

LE TASSE.

TORQUATO TASSO commença sa *Je-rusalem Liberata* dans le tems que la *Lusiade* du Camouens commença à paroître. Il entendoit assez le Portugais pour lire ce Poëme & pour en être jaloux: il disoit que le Camouens étoit le seul rival en Europe qu'il craignît. Cette crainte , si elle étoit sincère, étoit très-mal fondée. Le Tasse étoit autant au-dessus de Camouens que le Portugais étoit supérieur à ses Compatriotes.

Le Tasse eut eu plus de raison d'avouer qu'il étoit jaloux de l'Arioste , par qui sa réputation fut si long-tems balancée, & qui lui est encore préféré par bien des Italiens. Il y aura même quelques Lecteurs qui s'étonneront que l'on ne place point ici l'Arioste parmi les Poëtes Epiques ; mais il faut qu'ils songent qu'en fait de Tragédie, il ne quadreroit pas. Et quoi que plusieurs Italiens en disent, l'Europe ne mettra l'Arioste avec le Tasse , que lorsqu'on placera l'Enéïde avec Don Guichote, & Calot avec le Correge.

Le Tasse nâquit à Surrento en 1544. l'onzième Mars , de Bernardo Tasso & de Por-
ait

tia de Rossi. La Maison dont il sortoit é-
toit une des plus illustres d'Italie, & avoit
été long-tems une des plus puissantes. Sa
grand'mere étoit une Cornaro: on sait assez
qu'une Noble Vénitienne a d'ordinaire la
vanité de ne point épouser un homme d'u-
ne qualité médiocre. Mais toute cette
grandeur passée ne servit peut-être qu'à le
rendre plus malheureux.

Son pere, né dans le déclin de sa Maison,
s'étoit attaché au Prince de Salerne, qui
fut dépouillé de sa Principauté par Charles-Quint. De plus, Bernardo étoit Poëte
lui-même; avec ce talent, & le malheur
qu'il eut d'être Domestique d'un petit Prince, il n'est pas étonnant qu'il ait été pauvre.

Torquato fut d'abord élevé à Naples.
Son génie Poëtique, la seule richesse qu'il
avoit reçue de son Pere, se manifesta dès
son enfance. Il faisoit des Vers à l'âge de
sept ans. Bernardo banni de Naples avec
les Partisans du Prince de Salerne, & qui
connoissoit par une dure expérience le danger de la Poësie, & d'être attaché aux
Grands, voulut éloigner son fils de ces
deux sortes d'esclavage. Il l'envoïa étudier
le Droit à Padoue. Le jeune Tasse y réussit, parce qu'il avoit un génie qui s'étendoit à tout: il reçut même ses degrés en
Philosophie & en Théologie. C'étoit alors
un grand honneur: car on regardoit comme savant un homme qui savoit par cœur
V la

la Logique d'Ariſtote , & ce bel Art de
diſputer pour & contre en termes inintelli-
gibles, ſur des matiéres qu'on ne comprend
point.

Mais le jeune homme entraîné par l'im-
pulſion irréſiſtible du génie , au milieu de
toutes ces études qui n'étoient point de ſon
goût, compoſa à l'age de dix-ſept ans ſon
Poëme de Renaud , qui fut comme le pré-
curſeur de ſa Jéruſalem. La réputation que
ce premier Ouvrage lui attira , le détermi-
na dans ſon penchant pour la Poëſie. Il
fut reçu dans l'Académie des *Ætherei* de
Padoue, ſous le nom *di Pentito*, du Repen-
tant , pour marquer qu'il ſe repentoit du
tems qu'il croyoit avoir perdu dans l'étude
du Droit, & dans les autres , où ſon incli-
nation ne l'avoit pas appellé.

Il commença la Jéruſalem à l'âge de
vingt-deux ans. Enfin, pour accomplir la
deſtinée que ſon Pere avoit voulu lui faire
éviter , il alla ſe mettre ſous la protection
du Duc de Ferrare, & crut qu'être logé &
nourri chez un Prince , pour lequel il faiſoit des Vers , étoit un établiſſement aſſûré.

A l'âge de vingt-ſept ans, il alla en France à la ſuite du Cardinal d'Eſte. *Il fut reçu du Roi Charles IX.* diſent les Hiſtoriens
Italiens, *avec des diſtinctions dues à ſon mérite, & revint à Ferrare, comblé d'honneurs
& de biens.* Mais ces biens & ces honneurs
tant vantés , ſe réduiſoient à quelques louanges;

ges; l'encens étant d'ordinaire la fortune des Poëtes.

On prétend qu'il fut amoureux à la Cour de Ferrare de la Sœur du Duc, & que cette paffion jointe aux mauvais traitemens qu'il reçut dans cette Cour, fut la fource de cette humeur mélancolique qui le confuma vingt années, & qui fit paffer pour fou un homme qui avoit mis tant de raifon dans fes Ouvrages.

Quelques Chants de fon Poëme avoient déja paru fous le nom de Godefroi: il le donna tout entier au Public à l'âge de trente ans, fous le titre plus judicieux de la *Jérufalem délivrée*. Il pouvoit dire alors comme un grand Homme de l'Antiquité : j'ai vécu affez pour le bonheur & pour la gloire. Le refte de fa vie ne fut plus qu'une chaîne de calamités & d'humiliations: enveloppé dès l'âge de huit ans dans le banniffement de fon Pere, fans patrie, fans bien, fans famille, perfécuté par les ennemis que lui fufcitoient fes talens, plaint, mais négligé par ceux qu'il appelloit fes amis, il fouffrit l'exil, la prifon, la plus extrême pauvreté, la faim même; & ce qui devoit ajouter un poids infupportable à tant de malheurs, la calomnie l'attaqua & l'opprima. Il s'enfuit de Ferrare, où le Protecteur qu'il avoit tant célébré l'avoit fait mettre en prifon : il alla à pied, couvert de haillons, depuis Ferrare jufqu'à Surrento dans le Royaume de Naples, trouver une

V 2   Sœur

Sœur qu'il y avoit, & dont il espéroit quelque secours ; mais dont probablement il n'en reçut point, puisqu'il fut obligé de retourner à pied à Ferrare, où il fut encore emprisonné. Le desespoir altéra sa constitution qui étoit robuste, & le rejetta dans des maladies violentes & longues, qui lui ôterent quelquefois l'usage de la Raison. Il prétendit un jour avoir été guéri par le secours de la Sainte Vierge & de Sainte Scholastique, qui lui apparurent dans un grand accès de fiévre. Le Marquis Manse Divilla rapporte ce fait comme certain ; mais tout ce que la plûpart des Lecteurs en croiront, c'est que le Tasse avoit la fiévre.

Sa gloire Poëtique, cette consolation imaginaire dans des malheurs réels, fut attaquée de tous côtés. Le nombre de ses ennemis éclipsa pour un tems sa réputation. Il fut presque regardé comme un mauvais Poëte ; enfin après vingt années l'envie fut lasse de l'opprimer, son mérite surmonta tout. On lui offrit des honneurs & de la fortune ; mais ce ne fut que lorsque son esprit, fatigué d'une suite de malheurs si longue, étoit devenu insensible à tout ce qui pouvoit le flatter.

Il fut appellé à Rome par le Pape Clément VII. qui dans une Congrégation de Cardinaux avoit résolu de lui donner la Couronne de Laurier, & les honneurs du Triomphe, cérémonie bizarre, qui paroît ridicule aujourd'hui, sur-tout en France, &

qui

qui étoit alors très-férieufe & très-honorable
en Italie. Le Taffe fut reçu à un mille de
Rome par les deux Cardinaux neveux , &
par un grand nombre de Prélats & d'hommes de toutes conditions: on le conduifit à
l'Audience du Pape : *Je defire* , lui dit le
Pontife , *que vous honoriez la Couronne de
Laurier* , *qui a honoré jufqu'ici tous ceux qui
l'ont portée*. Les deux Cardinaux Aldobran-
dins neveux du Pape , qui aimoient & ad-
miroient le Taffe , fe chargerent de l'appareil de ce Couronnement ; il devoit fe faire
au Capitole ; chofe affez finguliére, que ceux
qui éclairent le Monde par leurs Ecrits ,
triomphent dans la même Place que ceux
qui l'avoient défolé par leurs Conquêtes.

Le Taffe tomba malade dans le tems de
tous ces préparatifs , & comme fi la Fortune avoit voulu le tromper jufqu'au dernier moment , il mourut la veille du jour
deftiné à la Cérémonie.

Le tems qui fape la réputation des Ouvrages médiocres , a affûré celle du Taffe.
La *Jérufalem délivrée* eft aujourd'hui chan-
tée en plufieurs endroits de l'Italie , comme
les Poëmes d'Homére l'étoient en Gréce ,
& on ne fait nulle difficulté de le mettre à
côté de Virgile & d'Homére malgré fes
fautes , & malgré la critique de Mr. Defpreaux.

La Jérufalem paroît à quelques égards
être d'après l'Iliade ; mais fi c'eft imiter que
de choifir dans l'Hiftoire un fujet qui a des
V 3 reffem-

reſſemblances avec la Fable de la Guerre de 'Troye , ſi Renaud eſt une Copie d'A-chilles , & Godefroi d'Agamemnon , j'oſe dire que le Taſſe a été bien au-delà de ſon modèle. Il a autant de feu qu'Homére dans ſes batailles, avec plus de variété. Ses Héros ont tous des caractères différens comme ceux de l'Iliade ; mais ces caractè-res ſont mieux annoncés , plus fortement décrits , & infiniment mieux ſoutenus ; car il n'y en a preſque pas un ſeul qui ne ſe dé-mente dans le Poëte Grec , & pas un qui ne ſoit invariable dans l'Italien.

Il a peint ce qu'Homére crayonnoit, il a perfectionné l'Art de nuancer les couleurs, & de diſtinguer les différentes eſpèces de Vertus, de Vices, & de Paſſions, qui ail-leurs ſemblent être les mêmes. Ainſi Go-defroi eſt prudent & modéré : l'inquiet Aladin a une politique cruelle : la généreuſe valeur de Tancrede eſt oppoſée à la fureur d'Argant ; l'amour dans Armide eſt un mê-lange de coquetterie & d'emportement. Dans Herminie c'eſt une tendreſſe douce & aimable : il n'y a pas juſqu'à l'Hermite Pier-re, qui ne faſſe un perſonnage dans le Ta-bleau, & un beau contraſte avec l'Enchan-teur Iſmeno ; & ces deux figures ſont aſſû-rément au-deſſus de Calcas & de Taltibius.

Renaud eſt une imitation d'Achilles ; mais ſes fautes ſont excuſables, ſon caractère eſt plus aimable, ſon loiſir eſt mieux emploïé ; Achilles éblouït, & Renaud intereſſe.

Je

Je ne fai fi Homére a bien ou mal fait
d'infpirer tant de compaffion pour Priam,
l'ennemi des Grecs ; mais c'eft fans doute
un coup de l'Art, d'avoir rendu Aladin
odieux. Sans cet artifice plus d'un Lecteur
fe feroit intereffé pour les Mahométans contre les Chrétiens : on feroit tenté de regarder ces derniers comme des Brigands ligués
pour venir du fond de l'Europe défoler un
Païs fur lequel ils n'avoient aucun droit ; &
maffacrer de fang froid un vénérable Monarque âgé de 80. ans, & tout un Peuple
innocent qui n'avoit rien à démêler avec
eux.

C'étoit une chofe bien étrange que la fo-
lie des Croifades. Les Moines prêchoient
ces faints Brigandages, moitié par enthoufiafme, moitié par interêt. La Cour de
Rome les encourageoit par une politique
qui profitoit de la foibleffe d'autrui. Des
Princes quittoient leurs Etats, les épuifoient
d'hommes & d'argent, & les laiffoient ex-
pofés au premier occupant, pour aller fe battre en Syrie. Tous les Gentilshommes
vendoient leurs biens & partoient pour la
Terre-Sainte avec leurs Maîtreffes. L'envie
de courir, la mode, la fuperftition, con-
couroient à répandre dans l'Europe cette
maladie épidémique. Les Croifés mêloient
les débauches les plus fcandaleufes & la fureur la plus barbare avec des fentimens tendres de dévotion : ils égorgerent tout dans
Jérufalem, fans diftinction de fexe, ni d'â-

V 4   ge ;

ge ; mais quand ils arriverent au Saint Sé-
pulcre, ces Monſtres ornés de Croix blan-
ches, encore toutes dégoutantes du ſang des
femmes qu'ils venoient de maſſacrer après
les avoir violées, fondirent tendrement en
larmes, baiſerent la terre & ſe frapperent
la poitrine, tant la Nature Humaine eſt
capable de réunir les extrêmes.

Le Taſſe fait voir, comme il le doit, les
Croiſades dans un jour tout oppoſé. C'eſt
une Armée de Héros, qui ſous la conduite d'un Chef vertueux vient délivrer du
joug des Infidèles une Terre conſacrée par
la naiſſance & la mort d'un Dieu. Le ſujet
de la Jéruſalem, à le conſiderer dans ce ſens,
eſt le plus grand qu'on ait jamais choiſi : le
Taſſe l'a traité dignement; il y a mis autant d'interêt que de grandeur. Son Ouvrage eſt bien conduit, preſque tout y eſt
lié avec art, il amene adroitement les avantures, il diſtribue ſagement les lumieres &
les ombres. Il fait paſſer le Lecteur des allarmes de la guerre aux délices de l'amour,
& de la peinture des voluptés, il le ramene
aux combats: il excite la ſenſibilité par degrés, il s'éleve au-deſſus de lui-même de
Livre en Livre: ſon ſtile eſt par-tout clair
& élégant; & lorſque ſon ſujet demande
de l'élévation, on eſt étonné comment la
moleſſe de la Langue Italienne prend un nouveau caractère ſous ſes mains, & ſe change
en majeſté & en force.

On trouve, il eſt vrai, dans la Jéruſalem

lem environ deux cens Vers, où l'Auteur se livre à des jeux de mots & à des concetti puériles; mais ces foiblesses étoient une espèce de tribut, que son génie payoit au goût que son Siècle avoit pour les pointes, & qui même a augmenté depuis lui.

Si cet Ouvrage est plein de beautés qu'on admire par-tout, il y a aussi bien des endroits qu'on n'approuve qu'en Italie, & quelques-uns qui ne doivent plaire nulle part.

Il me semble que c'est une faute par tout Païs d'avoir débuté par un Episode, qui ne tient en rien au reste du Poëme. Je parle de l'étrange & inutile Talisman que fait le Sorcier Ismeno avec une Image de la Vierge Marie, & de l'Histoire d'Olindo & de Sophronia : encore si cette Image de la Vierge servoit à quelque prédiction : si Olindo & Sophronia, prêts à être les victimes de leur Religion, étoient éclairés d'enhaut & disoient un mot de ce qui doit arriver ; mais ils sont entiérement hors d'œuvres. On croit d'abord que ce sont les principaux personnages du Poëme ; mais le Poëte ne s'est épuisé à décrire leur avanture avec tous les embellissemens de son Art, & n'excite tant d'interêt & de pitié pour eux, que pour n'en plus parler du tout dans le reste de l'Ouvrage. Sophronie & Olinde sont aussi inutiles aux affaires des Chrétiens, que l'Image de la Vierge l'est aux Mahométans.

V 5

Il

Il y a dans l'Epifode d'Armide, d'ailleurs un Chef-d'œuvre, des excès d'imagination, qui affûrément ne feroient point admis en France & en Angleterre. Dix Princes Chrétiens métamorphofés en Poiffons, & un Perroquet chantant des chanfons de fa propre compofition, font des fables bien étranges aux yeux d'un Lecteur fenfé, accoutumé à n'approuver que ce qui eft naturel. Les enchantemens ne réuffiroient pas aujourd'hui avec des Français ou des Anglais; mais du tems du Taffe ils étoient reçus dans toute l'Europe , & regardés prefque comme un Point de Foi par le Peuple fuperftitieux d'Italie.

Sans doute un homme qui vient de lire M. Lock, ou M. Adiffon , fera étrangement révolté de trouver dans la Jérufalem un Sorcier Chrétien , qui tire Renaud des mains des Sorciers Mahométans ? Quelle fantaifie d'envoyer Ubaldas & fon Compagnon à un vieux & faint Magicien qui les conduit jufqu'au centre de la Terre ! Les deux Chevaliers fe promenent là fur le bord d'un Ruiffeau rempli de pierres précieufes de tout genre : de ce lieu on les envoye à Afcalon , vers une Vieille qui les tranfporte auffi-tôt dans un petit Bâteau aux Ifles Canaries : ils y arrivent fous la protection de Dieu , tenant dans leurs mains une baguette magique ; ils s'acquittent de leur ambaffade , & ramenent au Camp des Chré-

Chrétiens le brave Renaud, dont toute l'Armée avoit grand befoin.

Mais quel étoit ce grand Exploit, qui étoit réfervé à Renaud ? Conduit par enchantement depuis le Pic de Tenerif jufqu'à Jérufalem, la Providence l'avoit deftiné pour abattre quelques vieux Arbres dans une Forêt infeftée de Lutins ; cette Forêt eft le grand *Merveilleux* du Poëme.

Dans les premiers Chants, Dieu ordonne à l'Archange Michel de précipiter dans l'Enfer les Diables répandus dans l'air, qui excitoient des tempêtes, & qui tournoient fon Tonnerre contre les Chrétiens, en faveur des Mahométans. Michel leur défend abfolument de fe mêler deformais des affaires des Chrétiens : ils obéïffent auffi-tôt, & fe plongent dans l'Abîme ; mais bien-tôt après le Magicien Ifmeno les en fait fortir. Ils trouvent alors les moyens d'éluder les ordres de Dieu, & fous le prétexte de quelques diftinctions fophiftiques, ils prennent poffeffion de la Forêt, où les Chrétiens fe préparoient à couper le bois néceffaire pour la charpente d'une Tour. Les Diables prennent une infinité de différentes formes, pour épouvanter ceux qui coupent les Arbres : Tancrede y trouve fa Clorinde enfermée dans un Pin, & bleffée du coup qu'il a donné au tronc de cet Arbre : Armide s'y préfente à travers l'écorce d'un Mirthe, tandis qu'elle eft à plufieurs lieues dans l'Armée

mée d'Egypte ; enfin les priéres de l'Hermite Pierre , & le mérite de la contrition
de Renaud, rompent l'enchantement.

Je crois qu'il eſt à propos de faire voir
comment Lucain a traité différemment dans
ſa Pharſale un ſujet preſque ſemblable. Céſar ordonne à ſes Troupes de couper quelques Arbres dans la Forêt ſacrée de Mar-
ſeille, pour en faire des Inſtrumens & des
Machines de guerre : voici comme Brebœuf
a rendu ce paſſage , ſa traduction eſt ainſi
que toutes les traductions , fort au-deſſous
de l'Original.

Lucus erat longo nunquam violatus ab ævo,
Obſcurum cingens connexis aëra ramis ,
Et gelidas altè ſummotis Solibus umbras.
Hunc non ruricolæ Panes, nemorumque potentes
Sylvani, Nymphæque tenent; ſed barbara ritu
Sacra Deûm, ſtructæ diris altaribus aræ,
Omnis & humanis luſtrata cruoribus arbos,
Si qua fidem meruit Superos mirata vetuſtas,
Illis & Volucres metuunt inſiſtere ramis,
Et luſtris recubare Feræ: nec Ventus in illas
Incubuit ſylvas, excuſſaque nubibus atris
Fulgura ; non ullis frondem præbentibus auris,
Arboribus ſuus horror ineſt. Tum plurima nigris
Fontibus unda cadit, ſimulacraque mæſta Deorum
Arte carent, cæſiſque extant informia truncis.
Ipſe ſitus , putrique facit jam rohore pallor
Attonitos : non vulgatis ſacrata figuris,
Numina ſic metuunt: tantum terroribus addit,

Quos

Quos timeant, non noſſe Deos. Jam fama ferebat
Sæpe cavas motu terræ mugire cavernas,
Et procumbentes iterum conſurgere taxos,
Et non ardentis fulgere incendia ſylvæ,
Roboraque amplexos circumfulſiſſe Dracones.
Non illum cultu populi propiore frequentant,
Sed ceſſere Deis. Medio cum Phœbus in axe eſt;
Aut Cœlum nox atra tenet, pavet ipſe Sacerdos
Acceſſus, Dominumque timet deprendere luci.
Hanc jubet immiſſo ſylvam procumbere ferro:
Nam vicina operi, belloque intaƈta priori
Inter nudatos ſtabat denſiſſima Montes.
Sed fortes tremuere manus, motique verendâ
Majeſtate loci, ſi robora ſacra ferirent,
In ſua credebant redituras membra ſecures:
Implicitas magno Cæſar terrore Cobortes
Ut vidit, primus raptam vibrare bipennem
Auſus, & aëriam ferro proſcindere Quercum,
Effatur merſo violata in robora ferro:
Jam ne quis veſtrum dubitet ſubvertere ſylvam,
Credite me feciſſe nefas. Tunc paruit omnis,
Imperiis non ſublato ſecura pavore
Turba; ſed expenſâ Superorum & Cæſaris ira
Procumbunt Orni, nodoſa impellitur Ilex,
Sylvaque Dodones, & fluƈtibus aptior Alnus,
Et non plebeios luƈtus teſtata Cupreſſus.
Tunc primum poſuere comas, & fronde carentes
Admiſere diem, populſaque robore denſo
Suſtinuit ſe ſylva cadens. Gemuere videntes
Gallorum Populi: muris ſed clauſa juventu
Exultat. Quis enim læſos impune putaret
Eſſe Deos?

On voit auprès du Camp une Forêt facrée,
Formidable aux Humains, & des Dieux révé-
rée,
Dont le feuillage fombre & les rameaux épais
Du Dieu de la clarté font mourir tous les traits :
Sous la noire épaiſſeur des Ormes & des Hê-
tres,
Les Faunes, les Sylvains, & les Nymphes
champêtres
Ne vont point accorder aux accens de la voix
Le ſon des Chalumeaux ou celui des Haut-
bois ;
Cette ombre deftinée à de plus noirs offices,
Cache aux yeux du Soleil ſes cruels ſacrifices,
Et les Vœux criminels qui s'offrent en ces
lieux,
Offenſent la Nature en révérant les Dieux.
Là du ſang des Humains on voit ſuer les Mar-
bres,
On voit fumer la terre, on voit rougir les ar-
bres ;
Tout y parle d'horreur, & même les Oiſeaux
Ne ſe perchent jamais ſur ces triftes rameaux.
Les Sangliers, les Lions, les Bêtes les plus
fiéres,
N'oſent pas y chercher leur bauge, ou leurs
taniéres.
La foudre accoutumée à punir leurs forfaits,
Craint ce lieu ſi coupable & n'y tombe jamais ;
Là de cent Dieux divers les groſſieres Images,
Impriment l'épouvante & forcent les homma-
ges,
La mouſſe & la pâleur de leurs membres hi-
deux   Sem-

Semblent mieux attirer les refpects & les
vœux :
Sous un air plus connu, la Divinité peinte
Trouveroit moins d'encens, & feroit moins
de crainte ;
Tant aux foibles Mortels, il eft bon d'ignorer
Les Dieux qu'il leur faut craindre, & qu'il faut
adorer.
Là d'une obfcure fource, il coule une onde
obfcure,
Qui femble du Cocyte emprunter la teinture :
Souvent un bruit confus trouble ce noir fé-
jour
Et l'on entend mugir les Roches d'alentour ;
Souvent du trifte éclat d'une flâme enfouffrée
La Forêt eft couverte, & n'eft pas dévorée,
Et l'on a vu cent fois les troncs entortillés
De Ceraftes hideux & de Dragons aîlés.
Les voifins de ce Bois fi fauvage & fi fombre
Laiffent à fes Démons fon horreur & fon om-
bre,
Et le Druide craint en abordant ces lieux,
D'y voir ce qu'il adore, & d'y trouver fes
Dieux.
Il n'eft rien de facré pour des mains facrilèges,
Les Dieux, même les Dieux, n'ont point de
privilèges.
Céfar veut qu'à l'inftant leurs droits foient
violés,
Les Arbres abattus, les Autels dépouillés :
Et de tous les Soldats les ames étonnées,
Craignant de voir contre eux retourner leurs
coignées,
Il querelle leur crainte, il frémit de courroux,
Et

Et le fer à la main porte les premiers coups,
Quittez, quittez, dit-il, l'effroi qui vous
    maîtrise,
Si ces Bois sont sacrés, c'est moi qui les mé-
    prise ;
Seul j'offense aujourd'hui le respect de ces
    lieux,
Et seul je prens sur moi tout le courroux des
    Dieux.
A ces mots, tous les siens cédant à leur con-
    trainte,
Dépouillent le respect sans dépouiller la
    crainte :
Les Dieux parlent encore à ces cœurs agités ;
Mais quand Jule commande ils sont mal é-
    coutés.
Alors on voit tomber sous un fer téméraire
Des Chênes & des Ifs aussi vieux que leur Me-
    re,
Des Pins & des Cyprès dont les feuillages
    verds,
Conservent le Printems au milieu des Hyvers.
A ces forfaits nouveaux tous les Peuples fré-
    missent,
A ce fier attentat tous les Prêtres gémissent.
Marseille seulement qui le voit de ses Tours,
Du crime des Latins fait son plus grand se-
    cours.
Elle croit que les Dieux d'un éclat de tonnerre
Vont foudroyer César & terminer la guerre.

J'avoue que toute la *Pharsale* n'est pas
comparable à la *Jérusalem délivrée* ; mais au
moins cet endroit fait voir combien la vraie
            gran-

deur d'un Héros réel eſt au-deſſus de celle d'un Héros imaginaire, & combien les penſées fortes & ſolides ſurpaſſent ces inventions, qu'on appelle des beautés Poëtiques, & que les perſonnes de bon ſens regardent comment des contes inſipides, propres à amuſer les enfans.

Le Taſſe ſemble avoir reconnu lui-même ſa faute, & il n'a pu s'empêcher de ſentir que ces contes ridicules & bizarres, ſi fort à la mode alors non-ſeulement en Italie, mais encore dans toute l'Europe, étoient abſolument incompatibles avec la gravité de la Poëſie Epique. Pour ſe juſtifier il publia une Préface, dans laquelle il avança que tout ſon Poëme étoit allégorique.

L'Armée des Princes Chrétiens, dit-il, repréſente le corps & l'ame. Jéruſalem eſt la figure du vrai bonheur qu'on acquiert par le travail, & avec beaucoup de difficulté. Godefroi eſt l'ame, Tancrede, Renaud, &c. en ſont les facultés. Le commun des Soldats ſont les membres du corps. Les Diables ſont à la fois figures & figurés, *figura è figurato*. Armide & Iſmeno ſont les tentations qui aſſiégent nos ames; les charmes, les illuſions de la Forêt enchantée, repréſentent les faux raiſonnemens, *falſi ſyllogiſmi*, dans leſquels nos paſſions nous entraînent.

Telle eſt la clef que le Taſſe s'aviſe de nous donner de ſon Poëme. Il en uſe en quelque ſorte avec lui-même, comme les

X

Com-

Commentateurs ont fait avec Homére &
avec Virgile. Il fe fuppofe des vûes & des
deffeins qu'il n'avoit pas probablement,
quand il fit fon Poëme, ou fi par malheur
il les a eues, il eft bien incompréhenfible
comment il a pu faire un fi bel Ouvrage
auec des idées fi ridicules.

Si le Diable joue dans fon Poëme le rôle
d'un miférable Charlatan, d'un autre côté,
tout ce qui regarde la Religion y eft expofé avec majefté, &, fi j'ofe le dire, dans
l'efprit de la Religion. Les Proceffions,
les Litanies, & quelques autres détails des
Pratiques religieufes, font repréfentées dans
la *Jérufalem délivrée* fous une forme refpectable. Telle eft la force de la Poëfie, qui
fait ennoblir tout, & étendre la fpéhre des
moindres chofes.

Il a eu l'inadvertance de donner aux mauvais Efprits les noms de Pluton & d'Alec-
ton, & d'avoir confondu les idées Payennes
avec les idées Chrétiennes. Il eft étrange
que la plûpart des Poëtes modernes foient
tombés dans cette faute. On diroit que
nos Diables & notre Enfer Chrétien auroient quelque chofe de bas & de ridicule,
qui demanderoit d'être ennobli par l'idée
de l'Enfer Païen; il eft vrai que Pluton,
Proferpine, Rhadamante, Tifiphone, font
des noms plus agréables que Belzébut & Af-
tarot; nous rions du mot de Diable, nous
refpectons celui de Furie. Voilà ce que
c'eft

c'eſt que d'avoir le mérite de l'antiquité; il n'y a pas juſqu'à l'Enfer qui n'y gagne.

❀❀❀ ❀❀❀ ❀❀❀ ❀❀❀ ❀❀❀ ❀❀❀ ❀❀❀ ❀❀

CHAPITRE HUITIE'ME.

DON *ALONZO D'ERCILIA.*

SUR la fin du ſeizième Siècle , l'Eſpagne produiſit un Poëme Epique, célèbre par quelques beautés qui y brillent , auſſi-bien que par la ſingularité du ſūjet; mais encore plus remarquable par le caractère de l'Auteur.

Don Alonzo d'Ercilla y Cuniga , Gentilhomme de la Chambre de l'Empereur Maximilien, fut élevé dans la Maiſon de Philippe II. & combattit ſous ſes ordres à la Bataille de Saint-Quentin , où les Français furent défaits.

Après un tel ſuccès , Philippe moins jaloux d'augmenter ſa gloire au dehors, que d'établir ſes affaires au-dedans, retourna en Eſpagne. Le jeune Alonzo entraîné par une inſatiable avidité du vrai ſavoir, c'eſt-à-dire, de connoître les hommes, & de voir le monde , voyagea par toute la France , parcourut l'Italie & l'Allemagne, & ſéjourna long-tems en Angleterre. Tandis qu'il étoit à Londres , il entendit dire que quelques Provinces du Pérou & du Chilly avoient pris les armes contre les Eſpa-

gnols

gnols leurs Conquérans & leurs Tyrans. Je
dirai en paffant que cette tentative des A-
fricains pour leur liberté, eft traitée de rebellion par les Auteurs Efpagnols. La paffion qu'il avoit pour la gloire & le defir de
voir & d'entreprendre des chofes fingulie-
res l'entraînerent fans héfiter dans ces Païs
du Nouveau Monde. Il alla au Chilly à la
tête de quelques troupes, & il y refta pendant tout le tems de la guerre.

Sur les frontieres du Chilly, du côté du
Sud, eft une petite Contrée montagneufe,
nommée *Araucana*, habitée par une race
d'hommes plus robuftes & plus féroces que
tous les autres Peuples de l'Amérique. Ils
combattirent pour la défenfe de leur liberté
avec plus de courage & plus long-tems que
les autres Américains, & ils furent les derniers que les Efpagnols foumirent.

Alonzo foutint contre eux une pénible &
longue guerre. Il courut des dangers extrêmes, il vit & fit les actions les plus éton-
nantes, dont la feule récompenfe fut l'honneur de conquérir des Rochers, & de réduire quelques Contrées incultes fous l'o-
béïffance du Roi d'Efpagne.

Pendant le cours de cette guerre, Alonzo conçut le deffein d'immortalifer fes ennemis en s'immortalifant lui-même. Il fut
en même-tems le Conquérant & le Poëte:
il emploïa les intervalles de loifir que la
guerre lui laiffoit à en chanter les événemens, & faute de papier, il écrivit la premiere

miere partie de fon Poëme fur de petits mor-
ceaux de cuir, qu'il eut enfuite bien de la
peine à arranger. Le Poëme s'appelle *Araucana* du nom de la Contrée.

Il commence par une Defcription géogra-
phique du Chilly, & par la peinture des
mœurs & des coutumes des Habitans. Ce
commencement qui feroit infupportable dans
tout autre Poëme eft ici néceffaire, & ne
déplaît pas dans un fujet où la Scène eft par
de-là l'autre Tropique, & où les Héros font
des Sauvages, qui nous auroient été toujours inconnus, s'il ne les avoit pas conquis
& célébrés.

Le fujet qui étoit neuf a fait naître des
penféés neuves. J'en préfenterai une au
Lecteur pour échantillon & comme une é-
tincelle du beau feu qui animoit quelquefois
l'Auteur.

Les Araucaniens, dit-il, furent bien étonnés de voir des créatures pareilles à des hommes portant du feu dans leurs mains, & mon-
tées fur des Monftres qui combattoient fous
eux: ils les prirent d'abord pour des Dieux
defcendus du Ciel, armés du tonnerre, &
fuivis de la deftruction; & alors ils fe foumirent, quoiqu'avec peine. Mais dans la
fuite s'étant familiarifés avec leurs Conquérans, ils connurent leurs paffions & leurs
vices, & jugérent que c'étoient des hommes. Alors honteux d'avoir fuccombé fous
des mortels femblables à eux, ils jurerent
de laver leur erreur dans le fang de ceux qui

X 3. l'al'avoient produite, & d'exercer fur eux une vengeance exemplaire, terrible , & mémorable.

Il eft à propos de faire connaitre ici un endroit du deuxième Chant dont le fujet reffemble beaucoup au commencement de l'*Iliade*, & qui ayant été traité d'une maniere différente mérite d'être mis fous les yeux des Lecteurs qui jugent fans partialité. La premiere action de *l'Araucana*, eft une querelle qui naît entre les Chefs des Barbares comme dans Homére entre Achille & Agamemnon. La difpute n'arrive pas au fujet d'une Captive, mais par rapport au commandement de l'Armée. Chacun de ces Généraux Sauvages vante fon mérite & fes exploits ; enfin la difpute s'échauffe tellement qu'ils font prêts d'en venir aux mains. Alors un des Caciques, nommé *Colocolo*, auffi vieux que Neftor, mais moins favorablement prévenu en fa faveur que que le Héros Grec, fait la Harangue fuivante.

,, Caciques, illuftres défenfeurs de la
,, Patrie , le defir ambitieux de comman-
,, der , n'eft point ce qui m'engage à vous
,, parler. Je ne me plains pas que vous
,, difputiez avec tant de chaleur , pour un
,, honneur qui peut-être feroit dû à ma vieil-
,, leffe, & qui orneroit mon déclin. C'eft
,, ma tendreffe pour vous , c'eft l'amour
,, que je dois à ma Patrie, qui me follicite
,, à vous demander quelque attention pour
,, ma foible voix. Hélas! comment pou-
,, vons-

,, vons-nous avoir affez bonne opinion de
,, nous-mêmes , pour prétendre à quelque
,, grandeur , & pour ambitionner des titres
,, faftueux , nous qui avons été les malheu-
,, reux fujets & les efclaves des Efpagnols?
,, Votre colére, Caciques, votre fureur ne
,, devroient-elles pas s'éxercer plutôt con-
,, tre nos Tyrans? Pourquoi tournez-vous
,, contre vous - mêmes ces armes qui pour-
,, roient exterminer vos Ennemis, & ven-
,, ger notre Patrie? Ah! fi vous voulez
,, périr , cherchez une mort qui vous pro-
,, cure de la gloire. D'une main brifez le
,, joug honteux , & de l'autre attaquez les
,, Efpagnols , & ne répandez pas dans une
,, querelle ftérile les précieux reftes d'un
,, fang que les Dieux vous ont laiffé pour
,, vous venger. J'applaudis , je l'avoue,
,, à la fiére émulation de vos courages. Ce
,, même orgueil que je condamne augmente
,, l'efpoir que je conçois. Mais que votre
,, valeur aveugle ne combatte pas contre
,, elle-même, & ne fe ferve pas de fes pro-
,, pres forces pour détruire le Païs qu'elle
,, doit défendre. Si vous étes réfolus de
,, ne point ceffer vos querelles , trempez
,, vos glaives dans mon fang glacé: j'ai vêcu
,, trop long-tems: heureux qui meurt fans
,, voir fes compatriotes malheureux , &
,, malheureux par leur faute. Ecoutez donc
,, ce que j'ofe vous propofer. Votre va-
,, leur, ô Caciques, eft égale ; vous étes
,, tous également illuftres par votre naif-

X 4   ,, fance,

,, fance, par votre pouvoir, par vos richef-
,, fes, par vos exploits: vos ames font éga-
,, lement dignes de commander, égale-
,, ment capables de fubjuguer l'Univers. Ce
,, font ces préfens céleftes qui caufent vos
,, querelles. Vous manquez de Chef, &
,, chacun de vous mérite de l'être; ainfi
,, puifqu'il n'y a aucune différence entre
,, vos courages, que la force du corps dé-
,, cide ce que l'égalité de vos vertus n'au-
,, roit jamais décidé, &c.

Le Vieillaard propofe alors un exercice
digne d'une Nation barbare, qui étoit de
porter une groffe poutre, afin que celui qui
en foutiendroit le poids plus long-tems fût
revétu du commandement.

Comme la meilleure maniere de perfec-
tionner notre goût, eft de comparer enfemble des chofes de même nature, oppofez le
difcours de Neftor à celui de *Colocolo*, &
renonçant à cette adoration que nos efprits
juftement préoccupés rendent au grand nom
d'Homére, pefez les deux Harangues dans
la balance de l'équité & de la raifon.

Aprés qu'Achille inftruit & infpiré par
Minerve, Déeffe de la Sageffe, a donné à
Agamemnon les noms *d'yvrogne* & de *chien*,
le fage Neftor fe leve, pour adoucir les
efprits irrités de ces deux Héros, & parle
ainfi : ,, Quelle fatisfaction fera-ce aux
,, Troyens, lorfqu'ils entendront parler de
,, vos difcours? Votre jeuneffe doit refpec-
,, ter mes années & fe foumettre à mes con-
                                    ,, feils.

„ feils. J'ai vu autrefois des Héros fupé-
„ rieurs à vous. Non, mes yeux ne ver-
„ ront jamais des hommes femblables à l'in-
„ vincible Pirithoüs, au brave Ceneüs, au
„ divin Thefée, &c.... J'ai été à la guer-
„ re avec eux, & quoique je fuffe jeune,
„ mon éloquence perfuafive avoit du pou-
„ voir fur leurs efprits; ils écoutoient Nef-
„ tor. Jeunes Guerriers, écoutez donc
„ les avis que vous donne ma vieilleffe.
„ Atride, vous ne devez pas garder l'Efcla-
„ ve d'Achille: fils de Thetis, vous ne de-
„ vez pas traiter avec hauteur le Chef de
„ l'Armée. Achille eft le plus grand, le
„ plus courageux des Guerriers: Agamem-
„ non eft le plus grand des Rois, &c. Sa
Harangue fut infructueufe. Agamemnon
loua fon éloquence, & méprifa fon confeil.

Confidérez d'un côté l'adreffe avec laquelle le Barbare *Colocolo* s'infinue dans l'efprit
des Caciques, la douceur refpectable avec
laquelle il calme leur animofité, la tendreffe majeftueufe de fes paroles ; combien l'a-
mour du Païs l'anime, combien les fentimens de la vraie gloire pénétrent fon cœur,
avec quelle prudence il loue leur courage
en réprimant leur fureur, avec quel art il
ne donne la fupériorité à aucun. C'eft un
Cenfeur, un Panégyrifte adroit. Auffi tous
fe foumettent à fes raifons, confeffant la
force de fon éloquence, non par des louanges, mais par une prompte obéïffance.

X 5   Qu'on

Qu'on juge d'un autre côté fi Neftor eft fi fage de parler tant de fa fageffe; fi c'eft un moïen fûr de s'attirer de l'attention des Princes Grecs que de les rabaiffer & de les mettre au-deffous de leurs ayeux, fi toute l'Affemblée peut entendre dire avec plaifir à Neftor, qu'Achille eft le plus courageux des Chefs qui font-là préfens. Après avoir comparé le babil préfomptueux & impoli de Neftor avec le difcours modefte & mefuré de *Colocolo*, l'odieufe comparaifon entre le rang d'Agamemnon & le mérite d'Achille, avec cette portion égale de grandeur & de courage attribuée avec art à tous les Caciques; que le Lecteur prononce. S'il y a un Général dans le monde qui fouffre volontiers qu'on lui préfére fon inférieur pour le courage, s'il y a une Affemblée qui puiffe fupporter fans s'émouvor un Harangueur, qui leur parle avec mépris, & vante leurs prédéceffeurs à leurs dépens, alors Homére pourra être préféré à Alonzo dans ce cas particulier.

Il eft vrai que fi Alonzo eft dans un endroit fupérieur à Homére, il eft dans tout le refte au-deffous du moindre des Poëtes. On eft étonné de le voir tomber fi bas après avoir pris un vol fi haut. Il y a fans doute beaucoup de feu dans fes batailles, mais nulle invention, nul plan, point de varieté dans les defcriptions, point d'unité dans le deffein. Ce Poëme eft plus fauvage que les Nations qui en font le fujet. Vers la
fin

fin de l'Ouvrage, l'Auteur qui eft un des premiers Héros du Poëme, fait pendant la nuit une longue & ennuyeufe marche, fuivi de quelques Soldats ; il naît entr'eux une difpute au fujet de Virgile, & principalement fur l'Epifode de Didon. Alonzo faifit cette occafion pour entretenir fes Soldats de la mort de Didon, telle qu'elle eft rapportée par les anciens Hiftoriens ; & afin de mieux donner le démenti à Virgile, & de reftituer à la Reine de Carthage fa réputation, il s'amufe à en difcourir pendant deux Chants entiers.

Ce n'eft pas d'ailleurs un défaut médiocre de fon Poëme, d'être compofé de trente-fix Chants très-longs. On peut fuppofer avec raifon, qu'un Auteur qui ne fait ou qui ne peut s'arrêter, n'eft pas propre à fournir une telle carriére.

Un fi grand nombre de défauts n'a pas empêché le célèbre Michel Cervantes de dire, que l'*Araucana* peut-être comparé avec les meilleurs Poëmes d'Italie. L'amour aveugle de la Patrie a fans doute dicté ce faux jugement à l'Auteur Efpagnol: cependant le véritable & folide amour de la Patrie confifte à lui faire du bien & à contribuer à fa liberté autant qu'il nous eft poffible. Mais difputer feulement fur les Auteurs de notre Nation, nous vanter d'avoir parmi nous de meilleurs Poëtes que nos voifins, c'eft plutôt fot amour de nous-mêmes qu'amour de notre Païs.

CHA-

CHAPITRE NEUVIEME.

MILTON.

ON trouvera ici touchant Milton quelques particularités obmises dans l'Abregé de fa Vie, qui eft au-devant de la traduction Françaife de fon *Paradis perdu*. Il n'eft pas étonnant qu'ayant recherché avec foin en Angleterre tout ce qui regarde ce grand Homme, j'aye découvert des circonftances de fa vie que le Public ignore.

Milton voyageant en Italie dans fa jeuneffe, vit repréfenter à Milan une Comédie intitulée *Adam* ou *le Péché originel*, écrite par un certain Andreino, & dédiée à Marie de Médicis, Reine de France; le fujet de cette Comédie étoit la chûte de l'Homme. Les Acteurs étoient Dieu le Pere, les Diables, les Anges, Adam, Eve, le Serpent, la Mort, & les fept Péchés mortels.

Ce fujet digne du génie abfurde du Théâtre de ce tems-là, étoit traité d'une maniere qui répondoit au defféin.

La Scène s'ouvre par un Chœur d'Anges, & Michel parle ainfi au nom de fes Confreres.

„ Que l'Arc-en-Ciel foit l'archet du Vio-
„ lon

„ lon du Firmament ; que les fept Plane-
„ tes foient les fept notes de notre Mufi-
„ que, que le Tems batte éxactement la
„ mefure, que les Vents jouent de l'Orgue,
„ &c. „

Toute la Pièce eft dans ce goût: j'aver-
tis feulement les Français qui en riront, que
notre Théâtre ne valoit guère mieux alors :
que la mort de Saint Jean-Baptifte, & cent
autres Pièces font écrites dans ce ftile ; mais
que nous n'avions ni Paftor-Fido , ni l'A-
minte.

Milton qui affifta à cette repréfentation,
découvrit à travers l'abfurdité de l'Ouvrage la fublimité cachée du fujet. Il y a
fouvent dans des chofes où tout parait ridicule au vulgaire, un coin de grandeur qui
ne fe fait appercevoir qu'aux hommes de
génie. Les fept Péchés mortels danfant
avec le Diable, font affûrément le comble
de l'extravagance & de la fottife ; mais l'U-
nivers rendu malheureux par la foibleffe
d'un homme, les bontés & les vengeances
du Créateur, la fource de nos malheurs &
de nos crimes, font des objets dignes du
pinceau le plus hardi ; il y a fur-tout dans
ce fujet je ne fai quelle horreur ténébreufe,
un fublime fombre & trifte qui ne convient
pas mal à l'imagination Anglaife.

Milton conçut le deffein de faire une
Tragédie de la Farce d'Andreino, il en compofa même un Acte & demi ; ce fait m'a
été affûré par des gens de Lettres qui le tenoient

noient de fa fille, laquelle eft morte lorſquɛ
j'étois à Londres.

La Tragédie de Milton commençoit par
ce monologue de Satan, qu'on voit dans
le quatrième Chant de ſon Poëme Epique.

C'eſt lorſque cet eſprit de révolte s'é-
chappant du fond des Enfers, découvre le
Soleil qui ſartoit des mains du Créateur.

  ,, Toi, ſur qui mon Tyran prodigue ſes bien-
    ,, faits,
,, Soleil, Aſtre de feu, Jour heureux que je
    hais,
,, Jour qui fais mon ſupplice, & dont mes yeux
    ,, s'étonnent,
,, Toi, qui ſembles le Dieu des Ceux qui t'en-
    ,, vironnent,
,, Devant qui tout éclat diſparoît & s'enfuit,
,, Qui fais pâlir le front des Aſtres de la nuit,
,, Image du Très-Haut qui régla ta carriére.
,, Hélas! j'euſſe autrefois éclipſé ta lumiére,
,, Sur la voute des Cieux élevé plus que toi,
., Le Trône où tu t'aſſieds s'abaiſſoit devant
    ,, moi;
,, Je ſuis tombé, l'orgueil m'a plongé dans l'a-
    ,, bîme.

Dans le tems qu'il travailloit à cette Tragédie, la ſphére de ſes idées s'élargiſſoit à
meſure qu'il penſoit. Son plan devint immenſe ſous ſa plume, & enfin au lieu d'une
Tragédie, qui après tout n'eût été que bizarre & non intereſſante, il imagina un
Poëme Epique, eſpèce d'Ouvrage dans lequel

quel les hommes font convenus d'approuver fouvent le *Bizarre* fous le nom de Merveilleux.

Les Guerres civiles d'Angleterre ôterent
long-tems à Milton le loifir néceffaire pour
l'éxécution d'un fi grand deffein. Il étoit
né avec une paffion extrême pour la liberté.
Ce fentiment l'empêcha toujours de prendre parti pour aucune des Sectes qui avoient
la fureur de dominer dans fa Patrie. Il ne voulut fléchir fous le joug d'aucune opinion humaine, & il n'y eut point d'Eglife qui pût
fe vanter de compter Milton pour un de
fes membres. Mais il ne garda point cette
neutralité dans les Guerres civiles du Roi
& du Parlement. Il fut un des plus ardens
ennemis de l'infortuné Roi Charles I. il entra même affez avant dans la faveur de Cromwel, & par une fatalité qui n'eft que trop
commune, ce zélé Républicain fut le fer-
viteur d'un Tyran. Il fut Secrétaire d'O-
livier Cromwel, de Richard Cromwel &
du Parlement, qui dura jufqu'au tems de la
reftauration. Les Anglais emploïerent fa
plume pour juftifier la mort de leur Roi, &
pour répondre au Livre que Charles II. avoit
fait écrire par Saumaife au fujet de cet événement tragique.

Jamais caufe ne fut plus belle, & ne fut
fi mal plaidée de part & d'autre. Saumaife défendit en Pédant le parti du Roi mort
fur l'échaffaut, d'une famille Royale erran-
te dans l'Europe, & de tous les Rois même
de

de l'Europe intéressés dans cette querelle.
Milton soutint en mauvais Déclamateur la
cause d'un Peuple victorieux , qui se van-
toit d'avoir jugé son Prince selon les Loix.
La mémoire de cette révolution étrange ne
périra jamais chez les hommes , & les Livres de Saumaise & de Milton sont déja en-
sévelis dans l'oubli. Milton que les Anglais regardent aujourd'hui comme un Poëte divin, étoit un très-mauvais Ecrivain en
prose.

Il avoit cinquante-deux ans lorsque la
Famille Roïale fut rétablie. Il fut compris
dans l'Amnistie que Charles II. donna aux
ennemis de son Pere ; mais il fut déclaré par
l'Acte même d'Amnistie incapable de possé-
der aucune Charge dans le Royaume. Ce
fut alors qu'il commença son Poëme Epique
à l'âge où Virgile avoit fini le sien. A peine
avoit-il mis la main à cet Ouvrage qu'il fut
privé de la vûe. Il se trouva pauvre, abandonné & aveugle , & ne fut point découra-
gé. Il employa neuf années à composer le
Paradis perdu. Il avoit alors très-peu de
réputation , les Beaux Esprits de la Cour
de Charles II. ou ne le connoissoient pas ,
ou n'avoient pour lui nulle estime. Il n'est
pas étonnant qu'un ancien Secrétaire de
Cromwel, vieilli dans la retraite , aveugle
& sans bien , fût ignoré ou méprisé dans
une Cour, qui avoit fait succéder à l'austéri-
té du Gouvernement du Protecteur toute
la galanterie de la Cour de Louïs XIV. &
dans

dans laquelle on ne goûtoit que les Poësies
efféminées, la molesse de Waller, les Sati-
res du Comte de Rochester, & l'esprit de
Couley.

Une preuve indubitable qu'il avoit très-
peu de réputation, c'est qu'il eut beaucoup
de peine à trouver un Libraire qui voulût
imprimer son *Paradis perdu*. Le titre seul
révoltoit, & tout ce qui avoit quelque rapport à la Religion étoit alors hors de mode.
Enfin Tompson lui donna trente pistoles de
cet Ouvrage, qui a valu depuis plus de
cent mille écus aux Héritiers de ce Tompson; encore ce Libraire avoit-il si peur de
faire un mauvais marché, qu'il stipula que
la moitié de ces trente pistoles ne seroit
païable qu'en cas qu'on fît une seconde
Edition du Poëme.

Le *Paradis perdu* fut long-tems négligé
à Londres, & Milton mourut sans se dou-
ter qu'il auroit un jour de la réputation. Ce
fut le Lord Sommers & le Docteur Atter-
bury, depuis Evêque de Rochester, qui
voulurent enfin que l'Angleterre eût un
Poëme Epique : ils engagérent les Héritiers
de Tompson à faire une belle Edition du
Paradis perdu. Leur suffrage en entraîna
plusieurs depuis : le célèbre Monsieur Adis-
son écrivit en forme pour prouver que ce
Poëme égaloit ceux de Virgile & d'Homére, les Anglais commencerent à se le per-
suader, & la réputation de Milton fut
fixée.

Y Les

Les Français rioient encore quand on leur
difoit que l'Angleterre avoit un Poëme Epique dont le fujet étoit le Diable combattant
contre Dieu, & un Serpent qui perfuade à
une femme de manger une pomme ; ils ne
croïoient pas qu'on pût faire fur ce fujet
autre chofe que des Vaudevilles, lorfque
Monfieur du Pré de Saint-Maur donna une
Traduction en profe Françaife de ce Poëme fingulier.

On fut étonné de trouver dans un fujet
qui paroît fi ftérile, une fi grande fertilité
d'imagination. On admira les traits majeftueux avec lefquels il ofe peindre Dieu,
& le caractère encore plus brillant qu'il donne au Diable. On lut avec beaucoup de
plaifir la defcription du Jardin d'Eden, &
des amours innocens d'Adam & d'Eve. En
effet il eft à remarquer que dans tous les
autres Poëmes, l'amour eft regardé comme
une foiblefle, dans Milton feul il eft une
vertu. Le Poëte a fu lever d'une main
chafte le voile qui couvre ailleurs les plaifirs de cette paffion ; il tranfporte le Lecteur dans le Jardin de délices ; il femble
lui faire goûter les voluptés pures dont
Adam & Eve font remplis, & ne s'éleve
pas au-deffus de la Nature Humaine cor-
rompue ; & comme il n'y a point d'exemple
d'un pareil amour, il n'y en a point d'une
pareille Poëfie.

Mais tous les Critiques judicieux, dont
la France eft pleine, fe réunirent à trouver
que

que le Diable parle trop souvent, & trop long-tems de la même chose.

En admirant plusieurs idées sublimes, ils jugérent qu'il y en a plusieurs d'outrées, & que l'Auteur n'a rendues que puériles, en s'éfforçant de les faire grandes.

Ils condamnérent unanimement cette subtilité avec laquelle Satan fait bâtir une Sale d'Ordre Dorique au milieu de l'Enfer, avec des Colomnes d'airain, & de beaux chapiteaux d'or, pour haranguer les Diables auxquels il venoit de parler tout aussi-bien en plein air. Pour comble de ridicule, les grands Diables, qui auroient occupé trop de place dans ce Parlement d'Enfer, se transforment en Pigmées, afin que tout le monde puisse se trouver à l'aise au Conseil.

Après la tenue des Etats infernaux, Satan s'aprète à sortir de l'abîme; il trouve la Mort à la porte, qui veut se battre contre lui. Ils étoient prèts à en venir aux mains, quand le Péché, Monstre féminin à qui des Dragons sortoient du ventre, court au devant de ces deux Champions. Arrète, ô mon Pere, dit-il au Diable; arrète, ô mon Fils, dit-il à la Mort. Et qui ès-tu donc, répond le Diable, toi qui m'appelles ton Pere? Je suis le Péché, replique ce Monstre; tu accouchas de moi dans le Ciel, je sortis de ta tète par le côté gauche, tu devins bien-tôt amoureux de moi; nous couchâmes ensemble, j'entraînai beau-

coup

coup de Chérubins dans ta révolte ; j'étois
groffe quand la bataille fe donna dans le
Ciel ; nous fumes précipités enfemble. J'ac-
couchai dans l'Enfer, & ce fut ce Monftre
que tu vois dont je fus Pere : il eft ton Fils
& le mien.   A peine fut-il né , qu'il viola
fa Mere, & qu'il me fit tous ces enfans que
tu vois, qui fortent à tous momens de mes
entrailles , qui y rentrent & qui les déchi-
rent.

Après cette dégoûtante & abominable
hiftoire, le Péché ouvre à Satan les portes
de l'Enfer ; il laiffe les Diables fur le bord
du Phlegeton, du Styx, & du Lethé. Les
uns jouent de la Harpe, les autres courent
la Bague : quelques-uns difputent fur la Grace & fur la Prédeftination ; cependant Satan voyage dans les efpaces imaginaires, il
tombe dans le vuide , & il tomberoit encore , fi une nuée ne l'avoit repouffé en
haut.   Il arrive dans le Païs du Chaos, il
traverfe le Paradis des fous, *the paradife of
fools*, (c'eft l'un des endroits qui ne font
point traduits en Français,) il trouve dans
ce Paradis , les *Indulgences*, les *Agnus Dei*,
les *Chapelets* , les *Capuchons*, les *Scapulaires*,
les *Moines*.

Voilà des imaginations dont tout Lecteur
fenfé a été révolté , & il faut que le Poëme
foit bien beau d'ailleurs, pour qu'on ait pu
le lire malgré l'ennui que doit caufer cet amas
de folies defagréables.

La guerre entre les bons & les mauvais
Anges,

Anges, a paru aussi aux Connoisseurs, un épisode, où le sublime est trop noïé dans l'extravagant. Le merveilleux même doit être sage, il faut qu'il conserve un air de vraisemblance, & qu'il soit traité avec goût. Les Critiques les plus judicieux n'ont trouvé dans cet endroit, ni goût, ni vraisemblance, ni raison; ils ont regardé comme une grande faute contre le goût, la peine que prend Milton de peindre le caractère de Raphaël, de Michel, d'Abdiel, d'Uriel, de Moloc, de Nisrot, d'Astarot, tous Etres imaginaires dont le Lecteur ne peut se former aucune idée, & auxquels on ne peut prendre aucun intérêt. Homére, en parlant de ses Dieux, les caractérisoit par leurs attribus qui sont connus; mais un Lecteur Chrétien a envie de rire quand on veut lui faire connoître à fond Nisrot, Moloc & Abdiel. On a reproché à Homére les longues & inutiles harangues, & sur-tout les plaisanteries de ses Héros. Comment souffrir dans Milton, les harangues & les railleries des Anges & des Diables, pendant la bataille qui se donne dans le Ciel?

Ces mêmes Critiques ont jugé que Milton péchoit contre le vraisemblable, d'avoir placé du Canon dans l'Armée de Satan, & d'avoir armé d'épées tous ces Esprits qui ne pouvoient se blesser; car il arrive, que lorsque je ne sai quel Ange a coupé en deux, je ne sai quel Diable, les deux parties du Diable se réunissent dans le moment.

Ils

Ils ont trouvé que Milton choquoit évidemment la Raison par une contradiction inexcusable, lorsque Dieu le Pere envoye ses fidèles Anges, combattre, réduire, & punir les rebelles.

,, Allez, dit Dieu à Michel & à Gabriel,
,, poursuivez mes ennemis jusqu'aux extré-
,, mitez du Ciel ; précipitez-les loin de
,, Dieu & de leur bonheur, dans le Tar-
,, tare, qui ouvre déja son brûlant Chaos
,, pour les engloutir.

Comment se peut-il, qu'après un ordre si positif, la victoire reste indécise ? & pourquoi Dieu donne-t-il un ordre inutile ? Il parle & n'est point obéï: il veut vaincre & on lui résiste : il manque à la fois de prévoïance & de pouvoir ; il ne devoit point ordonner à ses Anges de faire ce que son Fils unique seul devoit faire.

C'est ce grand nombre de fautes grossiéres qui fit sans doute dire à Dryden dans sa Préface sur l'Enéïde, que Milton ne vaut guère mieux que notre Chapelain, & notre Le Moine.

Mais aussi, ce sont les beautés admirables de Milton qui ont fait dire à ce même Dryden, que la Nature l'avoit formé de l'ame d'Homére & de celle de Virgile. Ce n'est pas la premiere fois qu'on a porté du même Ouvrage des jugemens contradictoires. Quand on arrive à Versailles, du côté de la Cour, on voit un vilain petit Bâtiment écrasé avec sept croisées de face, accompagné

compagné de tout ce que l'on a pu imagi
ner de plus ridicule & de plus mauvais goût.
Quand on le regarde du côté des Jardins,
on voit un Palaïs immenfe dont les beautez
peuvent racheter les défauts.

Lorfque j'étois à Londres, j'ofai compo-
fer en Anglais un petit Effay fur la Poëfie
Epique, dans lequel je pris la liberté de dire que nos bons Juges Français ne manque-
roient pas de relever toutes les fautes dont
je viens de parler. Ce que j'avois prévu eft
arrivé, & la plûpart des Critiques de ce
Païs-ci ont jugé, autant qu'on le peut faire
fur une traduction, que le *Paradis perdu*
eft un Ouvrage plus fingulier que naturel,
plus plein d'imagination que de graces, &
de hardieffe que de choix; dont le fujet eft
tout idéal, & qui femble n'être pas fait pour
l'homme.

Nous n'avions point de Poëme Epique
en France, & je ne fai même fi nous en
avons aujourd'hui. La Henriade, à la vérité, a été imprimée fouvent, mais il y
auroit trop de préfomption à regarder ce
Poëme comme un Ouvrage qui doit paffer
à la Poftérité, & effacer la honte que la
France a eu fi long-tems de n'avoir pu produire un Poëme Epique. C'eft au tems feul
à confirmer la réputation des grands Ouvrages. Un Ecrivain qui pendant fa vie ne
fera point protégé par fon Prince; qui ne
fera dans aucun pofte; qui ne tiendra à aucun parti; qui ne fe fera valoir par aucune

Y 4   ca-

cabale, n'aura probablement de réputation qu'après fa mort.

Il eft honteux pour nous, à la vérité, que les Etrangers fe vantent d'avoir des Poë-tes Epiques, & que nous, qui avons réuffi en tant de genres, nous foïons forcez d'a-vouer fur ce point notre ftérilité & notre foibleffe. L'Europe a cru les Français in-capables de l'Epopée ; mais il y a un peu d'injuftice à juger la France fur les Chape-lains, les Le Moines, les Desmarets, les Caffaignes & les Scuderys. Si un Ecrivain, célèbre d'ailleurs, avoit échoué dans cette entreprife ; fi un Corneille, un Defpreaux, un Racine, avoient fait de mauvais Poë-mes Epiques, on auroit raifon de croire l'Efprit Français incapable de cet Ouvrage ; mais aucun de nos grands Hommes n'a tra-vaillé dans ce genre, il n'y a eu que les plus foibles qui ayent ofé porter ce fardeau, & ils ont fuccombé. En effet de tous ceux qui ont fait des Poëmes Epiques, il n'y en a aucun qui foit connu par quelqu'autre E-crit un peu eftimé. La Comédie des Vifion-naires de Defmarets eft le feul Ouvrage d'un Poëte Epique qui ait eu en fon tems quel-que réputation ; mais c'étoit avant que Mo-liére eût fait goûter la bonne Comédie. Les Vifionnaires de Defmarets étoient réelle-ment une très-mauvaife Pièce, auffi-bien que la Marianne de Triftan, & l'Amour Tyrannique de Scudery, qui ne devoient

leur

leur réputation paſſagére qu'au mauvais goût
du Siècle.

Quelques-uns ont voulu réparer notre di-
ſette en donnant au Télémaque le titre de
Poëme Epique ; mais rien ne prouve mieux
la pauvreté que de ſe vanter d'un bien qu'on
n'a pas. On confond toutes les idées, on
tranſpoſe les limites des Arts, quand on
donne le nom de Poëme à la Proſe. Le
Télémaque eſt un Roman moral, à la vérité, dans le ſtile dont on auroit dû ſe ſervir pour traduire Homére en proſe ; mais
l'illuſtre Auteur du Télémaque avoit trop
de goût, étoit trop ſavant & trop juſte, pour
appeller ſon Roman du nom de Poëme. J'o-
ſe dire plus, c'eſt que ſi cet Ouvrage étoit
écrit en Vers Français, je dis même en
beaux Vers, il deviendroit un Poëme en-
nuyeux, par la raiſon qu'il eſt plein de détails que nous ne ſouffrons point dans notre
Poëſie, & que de longs diſcours politiques
& œconomiques ne plairoient aſſûrément
pas en Vers Français. Quiconque connoî-
tra bien le goût de notre Nation, ſentira
qu'il ſeroit ridicule d'exprimer en Vers,
* qu'il faut diſtinguer les Citoyens en ſept claſ-
ſes ; habiller la premiere de blanc avec une frange d'or, lui donner un anneau & une médaille;
habiller la ſeconde de bleu avec un anneau &
point de médaille : la troiſième de verd avec une
médaille ſans anneau & ſans frange, &c. &
enfin

Livre douze.

Y 5

enfin donner aux Efclaves des habits gris-brun.
Il ne conviendroit pas davantage de dire,
qu'il faut qu'une maifon foit tournée à un
afpect fain, que les logemens en foient dé-
gagés, que l'ordre & la propreté s'y conferve, que l'entretien foit de peu de dépen-
fe, que chaque maifon un peu confidérable, ait un falon & un petit periftile, avec
de petites chambres pour les hommes libres.
En un mot, tous les détails dans lefquels
Mentor daigne entrer, feroient auffi indignes d'un Poëme Epique, qu'ils le font d'un
Miniftre d'Etat.

On a encore accufé long-tems notre Langue de n'être pas affez fublime pour la Poëfie Epique. Il eft vrai que chaque Langue
à fon génie, formé en partie par le génie
même du Peuple qui la parle, & en partie
par la conftruction de fes phrafes, par la
longueur ou la briéveté de fes mots, &c.
Il eft vrai que le Latin & le Grec étoient
des Langues plus Poëtiques & plus harmo-
nieufes que celles de l'Europe moderne ;
mais fans entrer dans un plus long détail,
il eft aifé de finir cette difpute en deux
mots. Il eft certain que notre Langue eft
plus forte que l'Italienne, & plus douce
que l'Anglaife. Les Anglais & les Italiens
ont des Poëmes Epiques ; il eft donc clair
que fi nous n'en avions pas, ce ne feroit
pas la faute de la Langue Françaife.

On s'en eft pris auffi à la gêne de la rime,
& avec encore moins de raifon. La Jérufalem

falem & le Roland furieux font rimés, font
beaucoup plus longs que l'Enéïde, & ont de
plus l'uniformité des Stances; & non-feulement tous les Vers, mais prefque tous les
mots finiffent par une de ces voïelles, a. e.
i. o. cependant on lit ces Poëmes fans dégoût, & le plaifir qu'ils font, empêche
qu'on ne fente la monotonie qu'on leur reproche.

Il faut avouer qu'il eft plus difficile à un
Français qu'à un autre de faire un Poëme
Epique; mais ce n'eft ni à caufe de la rime
ni à caufe de la féchereffe de notre Langue.
Oferai-je le dire? c'eft que de toutes les Nations polies la nôtre eft la moins *Poëtique.*
Les Ouvrages en Vers qui font le plus à la
mode en France font les Pièces de Théâtre;
ces Pièces doivent être écrites dans un ftile
naturel qui approche affez de celui de la
converfation. Defpreaux n'a jamais traité
que des fujets didactiques qui demandent
de la fimplicité; on fait que l'exactitude &
l'élégance font le mérite de fes vers, comme de ceux de Racine, & lorfque Defpreaux
a voulu s'élever dans une Ode, il n'a plus
été Defpreaux.

Ces exemples ont en partie accoutumé
la Poëfie Françaife à une marche trop uni-
forme: l'Efprit géométrique qui de nos jours
s'eft emparé des Belles-Lettres, a encore
été un nouveau frein pour la Poëfie. Notre
Nation regardée comme fi legére par des
Etrangers qui ne jugent de nous que par nos
Petits-

Petits-Maîtres, eft de toutes les Nations la plus fage la plume à la main. La méthode eft la qualité dominante de nos Ecrivains: on cherche le vrai en tout, on préfére l'Hiftoire au Roman ; les Cyrus, les Clélies, & les Aftrées ne font aujourd'hui lus de perfonne. Si quelques Romans nouveaux paroiffent encore, & s'ils font pour un tems l'amufement de la Jeuneffe frivole, les gens de Lettres les méprifent. Infenfiblement il s'eft formé un goût général qui donne affez l'exclufion aux imaginations de l'Epopée ; on fe moqueroit également d'un Auteur qui emploiroit les Dieux du Paganifme, & de celui qui fe ferviroit de nos Saints. Venus & Junon doivent refter dans les anciens Poëmes Grecs & Latins : Sainte Génevieve, Saint Denis, Saint Roch & Saint Chriftophle, ne doivent fe trouver ailleurs que dans notre Légende.

Les Italiens s'accommodent affez des Saints, & les Anglais ont donné beaucoup de réputation au Diable ; mais bien des idées qui feroient fublimes pour eux, ne nous paroîtroient qu'extravagantes. Je me fouviens que, lorfque je confultai il y a plus de douze ans fur ma Henriade, feu Monfieur de Malezieux, homme qui joignoit une grande imagination à une littérature immenfe, il me dit : Vous entreprenez un Ouvrage qui n'eft pas fait pour notre Nation, *les Français n'ont pas la tête Epique:* ce furent fes propres paroles ; & il ajouta,

quand

quand vous écririez auffi-bien que Meffieurs
Racine & Defpreaux, ce fera beaucoup fi
on vous lit.

C'eft pour me conformer à ce génie fage
& éxact qui regne dans le Siècle où je vis,
que j'ai choifi un Héros véritable au lieu
d'un Héros fabuleux; que j'ai décrit des
Guerres réelles & non des Batailles chimé-
riques; que je n'ai employé aucune fiction
qui ne foit une image fenfible de la vérité.

Quelque chofe que je dife de plus fur cet
Ouvrage, je ne dirai rien que les Critiques
éclairés ne fachent, & c'eft à la Henriade
feule à parler en fa défenfe.

F I N.

TABLE

TABLE

De l'Effay fur la Poëfie Epique.

www.ingramcontent.com/pod-product-compliance
Lightning Source LLC
Chambersburg PA
CBHW050751030726
47505CB00002B/498